講談社文庫

追跡

千野隆司

講談社

目次

追跡

序章　永代橋

月明かりで、橋の欄干《らんかん》が鈍く光った。対岸から渡ってくる提灯《ちょうちん》の火が二つ三つ見えるが、人の気配は他にない。水面から、行き過ぎる船の櫓《ろ》の軋《きし》み音が聞こえてくる。

わずかに風があった。川下からの風だ。二人の男が、この橋を渡り始めた。手にした提灯の明かりで、どちらも頬が赤らんでいるのが見える。いくぶん酔っているようだ。

二人が振る舞われたのは、極上の灘《なだ》の下《くだ》り酒だった。霊岸島《れいがんじま》の老舗《しにせ》の酒問屋山城屋《やましろや》が、とっておきの商売ものを振る舞ったのは、彼ら若い板前の出仕事に満足をしたからである。

山城屋は改築した店に古くからの顧客を招き、お披露目《ひろめ》の宴を張った。油堀河岸南本所石原町代地《あぶらぼりがしみなみほんじょいしわらちょうだいち》の料理屋『菊田川《きくたがわ》』の主人の名代として、二人は山城屋へ出仕事に行った。舌の肥えた、口うるさい客だということは分かっていた。ぴりぴりした気持ちで板に向かった。

「あんたら、腕を上げなすった。料理人として、もうどこへ出しても恥ずかしくはありませんよ」

板前として、その腕を認められた。二人の名は、常次郎《つねじろう》と乙蔵《おとぞう》。連れてきた四人の追い回しは、すでに道具を持たせて先に帰していた。ご祝儀で貰った、ずっしりと重い銭も懐にある。

「どうだい、賭けをしてみねえかい」

乙蔵は、上機嫌な声で呼びかけた。

「おう。どんな賭けだ」

常次郎は、団栗《どんぐり》のような目を、もう一回り大きくして見返した。おもしろがっている。

「橋の欄干の上を歩いて、この永代橋《えいたいばし》を渡り切る。できたら、山城屋からのご祝儀をすべて貰うんだ。どうだね」

「よし、おもしろそうだ。おれがやろう」

前に二人でこの橋を渡った時、同じような話をしたことがあった。どちらも動作は機敏で、身が軽い。さして難しいこととは思えない。やってみようということになったが、あの時は昼間のことで、人通りが多かった。子供ならばともかく、二人とも二十八歳になるいい大人である。そのままで終わった。

今夜は人通りも極めて少ない。酔って気持ちも大きくなっていた。

「まあ待ってくれ。こうしようじゃないか」

欄干に上ろうとする常次郎に、乙蔵が呼びかけた。懐から銭を一枚取り出し、放り上げる。落ちてきたのを手の甲で受け、素早くもう一方の掌で隠した。

「上が表なら、常次郎、おめえだ。裏なら、おれがやる」

「よし。あけてみろ」

一文銭の表が手の甲に載っていた。

「やっぱり、おれだな。乙蔵、おめえのご祝儀は貰った」

常次郎は履いていた草履《ぞうり》を脱ぐと、ぱんぱんと叩いて懐にしまった。提灯の柄を口でくわえると、欄干によじ登り立ち上がった。体が揺れて、両手を広げて体勢を整えた。

すぐに、酔っているとは思えない達者な歩き方になった。くわえていた提灯の柄を右手に持ち直し、上下に振って見せるゆとりを示した。あれよあれよという間に、橋の中央まで進んだ。

だがそこで、体が大きくよろけた。強い風が、吹いたわけではない。手にしていた提灯が激しく揺れて、火がついた。ぼうと燃え上がった時には、常次郎の体も欄干から滑り落ちていた。

「あっ！」

叫び声が、闇の奥へ落ちて行く。

「常次郎！」

欄干から身を乗り出して乙蔵が叫んだのと、下から水音が聞こえたのは、ほとんど同時だった。

水中に、黒い塊《かたまり》が吞まれてゆく。

乙蔵は何度も何度も、常次郎の名を呼んだ。だが、闇に吞まれた体は、再び浮かび上がることはなかった。

半刻《はんとき》（約一時間）後に、水死体となった常次郎の体が引き上げられた。頭に打撲《だぼく》の跡があって、落ちた直後、せり出した橋板にぶつけたのだと判断できた。泳ぎの達者な男ではあったが、水に落ちた時には気を失っていたと思われた。

川から引き上げられ、濡れた遺体は戸板に載せられた。家まで運ぶと、常次郎の女房お永《えい》は、驚きのあまりに体を震わせた。もともと色白だったが、顔が瞬間、透き通って見えた。指先で撫《な》でるように、傷つき水で浮腫《むく》んだ常次郎の額に指を触れている。

衝撃で、泣くこともできない。

「お永ちゃん、すまねえ。おれが殺したようなものだ」

乙蔵は絞り出すような声をあげて、額を地べたにこすり付けた。

常次郎と乙蔵は、料理屋菊田川の十年後を背負う板前として、その先行きを嘱望されていたが、奉公に入ったのは常次郎の方が一年早く、十歳の時だった。共に励んで腕を上げ、意地の悪い兄弟子が、その上達ぶりに舌を巻いたこともある。二十三歳の時に礼奉公を終えた。

その頃、菊田川の庭の手入れを、作五郎《さくごろう》という初老の植木屋がしていた。作五郎には三人の子があったが、その末子《ばっし》がお永で、歳は十八だった。鼻が微かに上を向いているのをのぞけば、美しい娘だった。輝くような、きめの細かい肌をしていた。常次郎と乙蔵は共に惚れ、秘かに競い合うことになった。

結局、お永は常次郎を選び所帯を持った。

それから五年……。四歳になる男の子と、まだ乳飲み子の女の子が残された。

菊田川の主人菊右衛門《きくえもん》は、子飼いの職人常次郎の葬儀を滞りなく行った。お永は子を連れて、父作五郎のもとへ戻った。

乙蔵は、お永をめぐる常次郎との争いに破れた一年後、菊右衛門の声がかりで、その二人娘のうちの次女お梶《かじ》と祝言を挙げた。常次郎が死んだ時には、三歳になる息子と、お梶の腹に子が宿っていた。

葬儀が終わって間もなく、一つの噂話が油堀ぎわの町々に、まことしやかに流れた。

それは、乙蔵が常次郎を唆《そそのか》して欄干に載せ、落として殺害したというものだった。これには、もっともらしい理由までが付いていた。

板前としての腕は、明らかに常次郎の方が上だった。お梶を女房にした乙蔵は、菊田川の家の者になったが、同い年の朋輩で一年先輩でもある常次郎がいては、今後やりにくい。また、かつてお永を競ったが、好いた女を奪われた恨みもあったのではないか。表面では仲良く、何事もなかったように親しく付き合っていたが、人の気持ちの裏側なんて知れたものではない……と。

この噂話を、土地の岡っ引きで駒平《こまへい》という三十半ばの男が聞き咎《とが》めた。

周到な探索にあたったが、少数だが目撃者もあって、乙蔵が突き落としたという確証は、とうとう得られなかった。唆したという点については、本人の自白もなく、またそういう思いを抱いていたと窺《うかが》える言動もなかった。

乙蔵は不問に付された。もっとも、店から縄付きを出すのを怖れた菊右衛門が、駒平を含めた町方にかなりの金を包んだという噂も、後に流れた。

乙蔵の暮らしぶりは、噂など歯牙《しが》にもかけていない様子に見えた。驕《おご》った素振りはかけらも見せず板場を守っていた。当初、菊田川の使用人の中には、好意的な者ばかりではなく、嫌がらせをされることもあった。だが板前としての腕だけでなく、事にあたって場に合った対応を誤ることなく行ったので、時がたつにつれて店の者からは信頼を得ることができた。

乙蔵の手によるお造《つく》りは、魚選びの目のよさと共に素材の味を引き立たせると伝えられ、目当てに来てくれる客も増えた。そして乙蔵は、常次郎の残された女房子供の面倒も見た。暇ができると、菓子やおもちゃを持って訪ね、お永を励ました。

さらに二年後、菊田川に転機が訪れた。

常次郎が欄干から滑り落ちた永代橋だが、文化四年（一八〇七）八月、富岡八幡《とみおかはちまん》の祭礼の日に、一部が崩れ落ち、大勢の死者を出すという惨事が起こった。橋の東方三間ばかりが崩れた。

事故は、将軍家斉《いえなり》の実父一橋治済《ひとつばしはるさだ》らが乗った御座船《ござぶね》が橋の下を通り過ぎ、橋の通行止めが解除された直後に起こった。先を争う群衆が、富岡八幡を目指してなだれ込んだのである。川に落ちて死んだ者は千名を越えるといわれた。

たまたま京橋にある縁者のもとへ出かけ、その帰り道にあった菊右衛門と跡取りの長女夫婦が、その惨禍の巻き添えを食った。三人とも川に落ち、亡くなった。

そこで菊田川は、乙蔵とお梶が継ぐことになった。

乙蔵は、菊右衛門と名を改めた。

菊右衛門となった乙蔵は、さらに腕に磨きをかけたが、彼には経営の才もあったようだ。先代の菊右衛門は、若い頃に四年ほど上方料理の修業に行っている。したがって菊田川の料理には上方の流れを汲む調理法があって、それは献立の呼び名や調味料の使い方にまで及んでいた。江戸では「刺身」と呼ぶのを「お造り」と上方風に言わせたのもそれである。

乙蔵は、この上方風の調理法と献立の呼び方を強調することで、料理屋としての特徴を出していった。珍し物好きの江戸の人々は、これを受け入れた。料理の腕と評判が、新たな客を集めた。

店を深川蛤町《はまぐりちょう》に移し、商いの規模を大きくすることができた。代を継いで十六年の歳月が過ぎた時には、菊田川は深川でも一、二と呼ばれる料理屋になっていた。

その乙蔵が、菊田川の主人になってしばらくした頃、一度消えたはずの噂話がぶり返された。乙蔵が常次郎を唆して永代橋の欄干に載せ、落として殺害したという話に、尾鰭《おひれ》がついたものだった。

菊右衛門となった乙蔵は、作五郎が亡くなった後、お永に永代寺門前の馬場《ばば》通りに小店を購《あがな》ってやっていた。二人の子を養うために、団子屋を商わせたのである。しかしそれを人々は、お永への接近と解釈した。お永はまだ、噂になるだけの充分な美貌を残していたからだが、まるで見てきたかのような密通話が伝えられた。

腰の低い穏やかな人柄、面倒見のいいきさくな男。しかし料理屋の主人として商いに関しては、菊右衛門は外見とは違った厳しい男になる。妥協をしない。一度こうと決めた企てを、必ず最後までやり抜く執念深さと行動力を持っていた。

ために泣かされた者も、ないわけではなかった。

常次郎を突き落としたという確証は得られなかったが、さりとて落とさなかったという証拠もあったわけではない。目的のためならば何でもやる男。鋭さとしたたかさを隠し持った男。外面《そとづら》の人当たりの良さとは別に、町の人々は気持ちのどこかで菊右衛門を畏怖《いふ》した。

色と欲で常次郎を殺害したという噂は、菊田川が料理屋として繁盛すればするほど根強く、町の人々の中に残った。

第一章　高利貸し

一

七月になっても、残暑の強い日差しが町並みを照らしていた。

どの店の軒下にも、盆提灯がつるされている。まだ火は灯っていないが、植物や動物、器物や自然の風物が淡い筆致で描かれているのが見えた。大店《おおだな》は大瓜形の白張りを灯すが、日本橋高砂町《たかさごちょう》と難波町《なにわちょう》にはさまれた駕籠屋新道《かごやしんみち》には、目を見張るような大店はない。せいぜいが間口三、四間の小店であり、道も狭い。三、四人の大人が横一列に並んで歩けば、すれ違うのに気を遣わなければならないほどの通りだった。

浜町河岸《はまちょうがし》からその道へ、磯市《いそいち》は四人の仲間と入った。みな肩で風を切り、いくぶん足早。目をぎらつかせ、顔にひと仕事する前の意気込みがある。隣を歩く男の眉が、小刻みに痙攣《けいれん》するのが見えた。
五人の中心を歩いているのは鉄造《かねぞう》という三十半ばの男だが、この男だけがまともな
身なりをしていた。大店の番頭といった風情で、白足袋《しろたび》を履き、羽織をきちんと着て
いる。
だが磯市をはじめとする他の四人は、いかにもそれと分かる崩れた身なりをしてい
た。懐から、匕首《あいくち》の柄をちらつかせている者さえいる。

向かい合わせに歩いて来た定斎《じょうさい》売りの中年男が、怯《おび》えをあらわにして道端によけ
た。青物屋の店先で立ち話をしていた三人の女房は、目を見開いたまま声を呑み込ん
だ。通りの空気が、一瞬に変わったのが分かった。話し声はいっさい消えて、聞こえ
るのは五人の足音と遠くの蟬の鳴き声だけである。

常陸屋《ひたちや》と記された古い木看板が、斜めにぶら下がっていた。その小間物屋の前で、
男たちは立ち止まった。櫛《くし》や簪《かんざし》、笄《こうがい》に端切れ、紙入れなどが並んでいるが、どれ
も上物とは言いがたく、色褪《いろあ》せた品ばかりである。この店の軒下には、盆提灯はつる
されていない。

店に人の姿はなかった。しんとしている。

「鮫渕屋《さめぶちや》の者だ。常陸屋甚三郎《じんざぶろう》さん、出てきてもらおうか」

磯市が、通る声で中に呼びかけた。すると五十年配の痩《や》せた男が姿を現し、怯えた目をして鉄造を見た。すぐに視線を落とし、両手をつくと店の板の間に這《は》い蹲《つくば》った。そして懐から、二枚の小判と数枚の小粒を汗ばんだ手で差し出した。震えている。

「ふざけるんじゃやねえ」

これを見た吉次郎《きちじろう》という仲間の一人が、商品の並べられている棚を蹴り上げた。がらがらと派手な音を立てて、櫛や紙入れが土間に散らばった。常陸屋は、はっとしてそれに目をやったが、這い蹲った姿勢は変えなかった。

「お、お願いします。これで、あと二日待ってください。そうすれば……」

「そうすれば、どうなるんですか、常陸屋さん。元利をそろえて、お返しいただけるんですかい」

穏やかに、鉄造は応えた。いかにも大店の番頭らしい、やさしげな声音《こわね》。だが体つきは固太りの猪首《いくび》で、むくんだような黄色い肉厚な顔に細い双眸《そうぼう》が覗《のぞ》いている。その眸《ひとみ》は、気持ちの動きが、まるで伝わってこない不気味な輝きを宿していて、一癖も二癖もある男だということは、誰の目にも分かった。

「今日まで、私たちは辛抱強く待って差し上げた。けれども今日、返金がないのならば、このお店はいただく。それは証文にも、はっきり書いてあることなんですよ」

「ええ。そ、それはそうですが」

甚三郎は洟《はな》を啜《すす》りながら、強張《こわば》った声でかろうじて言った。額と頬の皺《しわ》が深い。顔色も悪くて、ぎりぎりまで金策に走り回ったらしい疲れが、目顔に出ていた。袂《たもと》で流れる額の汗を拭《ぬぐ》う。蒸れるような温気《うんき》が建物の中に淀《よど》んでいる。

店の前では、何人かの近所の者たちが恐る恐る中を覗き込んでいた。

磯市は土足のまま店に上がると、這い蹲ったままの甚三郎の襟首を摑《つか》んで、ぐいと引き上げた。力まかせに捩《ね》じると、苦しげに甚三郎の顔が歪んだ。

「さっさと出て行く用意をしな。今日《こんにち》ただ今から、この店は鮫渕屋さんのものだ」

低いが、腹の底から声を出して言った。

常陸屋甚三郎は、鮫渕屋軍兵衛《ぐんべえ》から高利の金を借りた。

鮫渕屋は霊岸島の刀剣商だが、裏では金貸しをしていた。半年前に借りた金は、現在では元利合わせて百両を越す金高になっている。借金の保証人になったのが甚三郎の躓《つまず》きのもとだが、それまでは小さいながらも堅実な商いをしてきた男である。

「まっ、待ってください。私には、病《やまい》の女房がありまして」

甚三郎は泣かんばかりになって、磯市の胸元を握った。充血した目に、涙が浮かんでいる。

磯市は、邪険にその手を払った。甚三郎の汗が、払った手についた。磯市は、まるで汚いものに触れたように袖《そで》で拭いた。

同情など浮かばない。甘ったれるなと思っただけだ。

おかねという女房が、店に多額の借金ができてから、気を病んで寝たり起きたりの状態でいることは知っていた。親戚筋は鮫渕屋の名と元利を含めた借金の額を聞くと、あの手この手で縁切りをしてきた。関わり合って、共倒れになることを怖れたのだ。

頼れる先は、もうどこにもない。常陸屋は数十両の借金で、土地付きの店を奪い取られることになったのである。

「おかみさんの養生は、出て行った先でしてもらいましょう」

そういうと鉄造は、磯市に顎《あご》をしゃくって見せた。仕事を進めろと命じている。

鉄造は鮫渕屋の番頭で、金の取り立てをもっぱらに行う。気の荒い若い者を絶えず店の奥に置いていて、手足として使っていた。

鮫渕屋の取り立ては、数ある高利貸しの中でもひときわ厳しいといわれるが、貸し渋ったという話は聞かない。どこへ行っても相手にされない者が頼って金を借り、そのことで逆に再生の可能性を完璧に閉ざすのであった。

軍兵衛が、どういう世界で生きてきた男かということは、磯市ら配下の者には知らされていない。四十二だという年齢と、六尺はある長身に引き締まった体軀。事を判断する時の瞬間の目の動きに、激しさと鋭さ、そして冷徹さがあった。

磯市は十一の歳から板前の修業に入り、十年間勤めた西両国の吉川町《よしかわちょう》の料理屋『沢瀉《おもだか》』を、一年前にやめさせられた。朋輩を包丁で刺し大怪我をさせたのが原因だが、以後、身を持ち崩した。小料理屋を転々とした挙げ句、博奕場《ばくち》にも出入りをすることになった。ここで金の悶着《もんちゃく》を起こし、指を二本落とされるはめに陥《おちい》ったところを、軍兵衛に救われた。

鉄造の後について借金の取り立てをしたり、命じられて金にまつわる相手に嫌がらせをしたりする日々が続いている。当初はいっぱしの板前になろうとした夢が破れて、焦《あせ》りと苛立《いらだ》ちがあった。だが考えてみれば、包丁で仲間を刺した板前が、まともな店で働かせてもらえるわけがない。これが身のほどにあった暮らしだと居直った時、怖いものがなくなった。

「おい。いらないものを叩き出すんだ」

仲間に目で合図をすると、磯市はしがみついてくる甚三郎を土間に蹴落とした。あっけないほど手応えのない体だった。

磯市は足音を立てて、建物の奥へ入って行く。

狭い家の中は埃っぽく、がらんとしていた。簞笥《たんす》などの調度は、何もなかった。畳にその跡らしいものがあって、すでに質入れか何かをした後だと想像ができた。

閉じられていた襖《ふすま》を開けると、布団《ふとん》が一組敷いてあった。その横に、女が二人抱き合うようにして座っていた。寝巻き姿の甚三郎の女房おかねと、娘のおせんである。

おかねは目を閉じて体を固くしていたが、おせんは重なった磯市との視線をはずさなかった。怒りと憎悪が、その輝きの中にあった。

歳は十九だが、痩せて血色の悪い貧相な顔立だと思った。

「ここはもう、おめえらの家じゃあねえ。出ていって貰おうか」

磯市は、冷たく言い放った。だが二人は動かなかった。動けなかったのかもしれない。かまわず薄い布団を、捲《まく》り上げて投げつけた。女の体が、畳の上を転がった。

「あっ」

おかねが悲鳴ともつかぬ声を漏らしたが、おせんは唇を嚙み締めていた。畳に手をついて、睨《にら》み返してきた。

どんな目をして見返そうと、お前にはどうすることもできはしねえ。ただ、出ていかされるだけだ。売られないだけましだと思え……。磯市は口に出しもしなかった。

胸の内で、吐き出すように言っただけだ。

おかねの腕を取って、力まかせに引きずりあげた。おかねが何か叫んだが、聞く気などない。手は緩めなかった。そのまま押す。

「やめて！　そんなことをしなくても、出て行く」

おせんは磯市の腕にむしゃぶりつき、爪を立てた。素早い動きだった。

「くそっ」

頬を張った。乾いた音がして、女の体が揺れた。思い掛けなく軽い、華奢《きやしや》な体だった。だが微かな痛みを感じた磯市の右腕には、三筋の赤い引っ掻《か》き傷が鮮やかにできていた。

二

深川馬場通りの一ノ鳥居に、沈みかけた西日があたっていた。家々の屋根に立てられた七夕の飾り笹竹にも、濃い朱色の日が差している。だが、根もとの庇《ひさし》の下あたりには、すでに薄闇が這い出していた。

日が高いうちから、沈んで夜が更けるまで、この通りから人のざわめきが消えることはない。荷を積んだ大八車の軋み音や、商人の売り声が消えると、今度は酔った男の話し声や、その相手をする女の賑やかな声が響いてくる。

広い通りから右に曲がり町木戸を潜って進むと、黒江川《くろえがわ》にあたる。幅広の川ではないが、荷舟が行き過ぎてゆく。外記殿《げきとの》橋という小さな橋が架かっていて、磯市は立ち止まり、その欄干に寄りかかった。

塵《ちり》一つ落ちていない、掃除の行き届いた河岸道が黒板塀に沿って続く。塀の向こうには見越しの松が覗いているが、建物は見えない。川から水が引かれていて、池のある庭になっている。橋の袂からまっすぐな道を進めば大島町《おおしまちょう》の家並みに入るが、その一画は黒板塀に囲まれた静かな場所になっていた。

数間先に、幅二間ほどの門がある。打ち水がされて人影はないが、中に植栽が見えた。門柱の手前に白い提灯が掛かっていて、崩した文字で『菊田川』と書かれているのが読めた。

黒江川の河岸にある、小さな船着き場に舟が着いた。乗っていた身なりの良い武士が、供侍と共に岸にあがり、門を潜って中に入って行った。

「ようこそお越し下さいました」

客を迎える男の声が聞こえて、それに女の声が何か言うのが続いた。

薄闇が、少しずつ濃くなってゆく。馬場通りの方からの喧騒が響いてくるが、この辺りは人通りはあっても、立ち止まることのないままに行き過ぎる者がほとんどだった。

駕籠が、菊田川の門前に停まる。降りてきたのは、大店の商家の主人と思われる、恰幅《かっぷく》のよい男だった。門の向こうから、提灯を提げた法被《はっぴ》姿の若い者が現れて、丁寧に中へ導いて行った。きびきびとした動きだ。

磯市は、見るともなくその様子を眺めていた。すると濃さを増す闇の中から、押さえた下駄《げた》の音が聞こえた。

「待った？」

おしなである。弾んだ声だった。淡い白粉《おしろい》の香に、若い女のにおいが交じっていた。弱い町明かりにも、白い肌に引かれた鮮やかな眉、整った目鼻立ちが分かって、気持ちが高ぶった。

「来たのは、四半刻《しはんとき》（約三十分）ほど前さ。でもあんたを待っているのは、楽しいもんだ」

「ほんと、うれしい」

おしなは磯市の手を取り、強く引いた。二人は、馬場通りの雑踏に向けて歩き始める。

懐には、五匁銀が二枚入っている。昨日、駕籠屋新道の常陸屋を追い出す仕事をした。その手当ての金を、軍兵衛から貰った。これから一刻（約二時間）ばかり、おしなと過ごすには充分な軍資金だった。

おしなを連れ出して遊ぶのは、これで何度目だろうか。六日前に会った前回は、とうとう出合い茶屋へ連れ込むことに成功した。今夜は初めて、日が暮れてから呼び出した。

「こうしておれと会っているのを、家の誰かは知っているのか」

「ううん。誰にも話してはいない。ただ、おとっつぁんは気づいているかもしれない」

「気づいているって」

「うん。だって、磯市さんは達者にしているかって、つい昨日、あたしに聞いたから」

おしなの父親は、菊田川の主人菊右衛門である。十八のおしなには、三つ年上の兄笙太郎《しょうたろう》がいて、これは修業を積んで店の板場に入っていた。菊田川の跡取りは、若年ながら確かな仕事をするという評判を、磯市は聞いたことがある。

「なんで相手がおれだと気づいたんだ」

「そりゃあ、二人でいるところを誰かが見て、話したんだと思うけれどね」

「なるほど。それで、関わるのをやめろとは言わなかったのか」

「言わない。言われたって、あたしは離れないけれど」

気の強い、派手好みの我儘《わまま》娘。そういう評判通りの激しさが、一瞬端正な横顔に流れた。だがそれは、すぐに笑顔に変わった。

「おとっつぁんは、磯市さんの料理人としての腕を見込んでいる。まともにやれば、すぐに取り返しがつくって、そう言っていた」

「ほう。そうかい……」

ふざけやがって、と思った。できもしないことを、わざとらしく言うその気持ちが憎かった。

磯市は朋輩の為吉《ためきち》という男を、板場の包丁で刺し怪我をさせた。本来ならば、小伝《こでん》馬町《まちょう》の牢屋敷へ放り込まれても仕方のないところだった。沢瀉の主人が、店から縄つきを出すのを嫌がって、表向き事がなかったように計らったのだ。

沢瀉を出された後、磯市は何軒かの料理人の紹介組織を訪ねた。腕には自信があったが、沢瀉を出された理由を知ると、どこでも紹介はできないと断られた。けんもほろろといった扱いを受けた。

まともな料理屋では相手にされないことを悟らされた。

しょせん菊右衛門なんて、口先だけだ。なにしろ、おれの親父を永代橋の欄干から落として殺した男だからな。磯市は胸の内で、そうつぶやいた。父親の名は常次郎。先代の菊右衛門のもとで働いていた、腕っこきの板前だった。

身の内に詰まっている凶暴な思いが、ふっと溢《あふ》れそうになった。おしなの肩を乱暴につかむと、腕で抱き寄せた。

「今夜は、泣かしてやる」

「もう、いや……」

おしなは、額を磯市の胸に押しつけた。

佐賀町《さがちよう》の船宿へ行く。そこから仕出しの料理と酒を積んで、大川へ出た。川風は、驚くほど肌に心地よい。他にも涼み舟が出ていて、三味線の音や話し声が流れて来た。

磯市が幼馴染みのおしなと再会したのは四月《よつき》前、たまたま母親のお永が商う永代寺門前町の団子屋を訪ねた帰り道のことである。

沢瀉を出されて、初めてお永のもとを訪ねた。板前修業に挫折した息子を迎えても、お永は悲しげな顔を見せなかった。共に昼飯を食い、半刻ほどいただけで帰った。だが別れ際、磯市の懐に匕首が押し込まれていることに、お永は気がついた。何も言いはしなかったが、明らかに悲しげな色が顔に浮かんだ。

人を傷つけ、高利の金を取り立てる毎日を磯市はおくっている。もう板前に戻れないという喪失感はあっても、戸惑いを感じることはなかった。まして心を痛めるなどは、ありえない。そういう荒《すさ》んだ暮らしをしていたが、お永の一瞬の表情は、磯市の気持ちをつんと刺した。

そんな時、おしなと再会した。大店の娘らしい派手な衣服に身を包んで、屈託のない明るい笑顔で声をかけてきた。

しくじった沢瀉での修業だが、もし今の菊右衛門が菊田川の主人でなければ、自分は板前としての道を歩み続けていただろうと考えている。あの男さえいなければ……。そういう思いが、おしなという娘に重なった。

汚して、おもちゃにしてやろう。胸が、すうっとすくのではないか。

おしなは我が儘娘だが、寂しがりやだとは、子供の頃から分かっていた。自分と妹のおひさ、そしておしなとその兄の笙太郎の四人で、何度も遊んだ。

再会したおしなの周りには、取り巻きの男友達が何人かいた。磯市はそれらを一人一人脅して、手を引かせた。そしておしなに対しては、こまめに呼び出してご機嫌を取り、肝心なこと以外は言うことに逆らわなかった。褒《ほ》めることができる、どんなに些細なことでも捜し出し、それを口にした。

けれどもそうやって三月あまりを過ごしているうちに、実は自分は、おしなを好いていたのではないかと考えるようになった。軍兵衛の仕事を終え、おしなに会うために永代橋を渡って深川に入る時、胸に喜びが湧くのに気づいたのである。

幼い頃のある出来事が、鮮やかに蘇《よみがえ》った。あれは、沢瀉へ弟子入りして一年ほどした頃のことだ。

兄弟子の用を言いつかって、裏木戸から店の外へ出た。昼下がりの、料理屋としては暇な刻限のことだったと思う。驚いたことに、おしなが一人でそこに立っていたのだ。磯市が出てくるのを待っていたと言うのである。

「いったい、どうしたんだ」

おしなは深川から西両国の吉川町まで一人でやって来た。今にも泣き出しそうな顔をしていた。

「あたしのおとっつぁんと、磯市ちゃんのおっかさんが……」

そこまで言って、洟《はな》を啜《すす》った。それを聞いただけで、おしなの言おうとしていることが分かった。二人の密通の噂話を、どこかで聞かされたのだ。その真偽のほどを確かめたくて、遠路はるばるここまでやって来たのだと思われた。

菊右衛門と母お永との間に噂話があることを、磯市は沢瀉に弟子入りする何年も前から耳にしていた。

「てめえなんか、密通者の子供じゃねえか」

「そうだ、菊田川の囲われ者の子だ」

近所の悪童連中に、何度もからかわれた。その度に喧嘩をし、力でその噂話を耳元から封じてきた。

物心ついた時から、菊右衛門はお永のもとを訪ねてきていた。磯市やおひさへの手土産を忘れたことはなかったが、来ればいつも二人は楽しそうに話をしていたのを、はっきり覚えている。母は、ひときわ優しい目で菊右衛門を見た。

悪童連中にからかわれた時は、むきになってその噂話を否定し、相手が泣いて謝っても殴るのをやめなかった。いつしか面と向かってその話を磯市にする子供はなくなったが、大人もその噂話をしていることは、よく分かっていた。

口に出したことは一度もなかったが、磯市は実はその噂を信じていた。

まだ、お永と共に暮らしていた頃のことである。忘れられない光景が、はっきりと瞼《まぶた》に焼きついている。

　夜半、小便に目を覚ました磯市は、茶の間からお永の押さえた泣き声を聞いた。驚いて襖の隙間から覗《のぞ》くと、お永が菊右衛門の胸に顔を埋めて泣いているのだ。菊右衛門は肩を抱き、なだめるように何かを言って背をなでていた。

　磯市は、見てはならぬものを見てしまった怖れと驚きで、小便をすることさえ忘れた。噂は真実だと悟った。

　そして菊右衛門を激しく憎んだ。

　しかしお永を恨み続けることはできなかった。お永は、菊右衛門とのことを除けば、申し分のない母親だった。自分への深い慈《いつく》しみは、他ならぬ磯市自身が身をもって感じていた。

「おいらのおっかさんと、おしなちゃんのおとっつぁんの間には、噂になるようなことは、何もありはしねえさ。気に病むことは、何もない」

　べそをかいたおしなの顔に、磯市は笑顔を作って答えてやった。

「ほんと」

「もちろんだ。おいらはずっと、おっかさんと一緒に暮らしていたんだからな。誰よりも本当のことを知っている」

そう言うと、おしなの目から涙がぼろぼろとこぼれた。

怖れと不安が、十歳にもならない女の子を、深川から西両国まで一人で歩いて来させたのだ。この時、磯市は、菊右衛門とその女房お梶との仲が、この噂のために険悪になったという話を聞いていた。おしなは、その二人の間にあって、心を揺さぶられて過ごしていたに違いなかった。

「もう、何も案ずることはねえさ」

指で、涙を拭いてやった。たまらないほど愛《いと》しいと感じたのを、今になってもはっきりと思い出すことができる。裏切られた者同士という思いがあったからかもしれない。


舟が、ゆっくりと大川を上って行く。両岸に、小山のように明かりが灯っている場所が見えた。両国橋によって繋《つな》げられた東西の盛り場だが、その喧騒が遠く舟の中まで届いてきている。櫓《ろ》の音が、辺りの水面《みなも》に響いた。

おしなは、磯市の膝に肘《ひじ》をついて体を持たせかけていた。残りの手で、杯の酒を口に含み、磯市を見上げた。酔いが、ほのかに回っている。

「おれは、餓鬼の頃から、おまえが好きだった」

触れ合うほどに顔を近付けて言った。女は含み笑いを返した。

「うん。あたし、なんとなく分かっていた」

磯市は妹のおひさの面倒をよく見、可愛がってきた。だが、おしなに対する気持ちは、それとは明らかに別な思いだということに、再会し、関わるうちに気づいた。

おしなが初めて体を許したのは、磯市が菊右衛門への恨みを晴らすためというよりも、ただ自分の好いた女への当然の気持ちとしてものを言い、関わったその直後のことである。熱い肌を抱きしめながら、その時、磯市は菊右衛門のことは、まるで頭になかった。

磯市は、自分の杯の酒を飲みほすと、徳利を取って空になった二つの杯に、酒を満たした。おしなはその腕を握ると、自分の胸元に引き寄せた。磯市の右の二の腕が剝《む》き出しになった。

「おや、これはいったい」

三本の引っ搔き傷が、まだ鮮やかに残っていた。追い出した、常陸屋の娘の憎しみの籠《こも》った目と、貧相な顔立ちが思い出された。

「ふん。汚い猫に引っ搔かれただけだ」

頭に浮かんだ女の顔を邪険に払いのけると、磯市は、おしなの首に手を回し体ごと覆いかぶさって唇で唇をふさいだ。

三

まな板の上で、淡い紅色をたたえた鱗《うろこ》が輝いていた。胸びれがぴんと伸びていて、澄んだ瞳をたたえている。ふっくらと弾力のある鯛《たい》の身は、指で押すとやんわりと押し返してくる。菊右衛門が、まだ暗いうちに魚河岸へ出かけて行って、仕入れてきた魚の内の一尾である。

濡れたその姿を見ているだけで、鮮度の良さが窺《うかが》われた。

襷掛《たすきが》けした笙太郎が、板の前に立っている。ゆっくりと、鼻から息を吸う。

まず、左手で魚の頭に手を添えた。右手で握った出刃包丁の先を、胸びれと腹びれの後ろから、かまが頭につくように斜めにあてて刺し込んだ。刃をまな板に垂直に立てて、中骨まで切り込む。頭の位置を変えずに裏返し、今度は反対側から同じように包丁を入れて、一気にガリッという音をたてて頭を切り落とした。

さらに腹側から包丁を入れ、手前に引きながら骨の上をすべるように動かして身をはがした。鯛は瞬く間に三枚におろされた。包丁はその間、一瞬もとどまることはない。

頭部は、かぶと焼きに使われる。

身の部分を、中骨を除いて節取りし皮を剝ぐ。そして野菜用の薄刃でこそぐように身を搔いて、五、六片ずつに小高く重ねて盛った。搔き出された鯛の薄身は白く、血合いの赤を透かして見せた。

側に控えていた盛り方が、黒塗りの縁高《ふちだか》を手渡す。その中央に、あらかじめ用意していた調味用の煎酒《いりざけ》の小皿を埋め、周りの四隅に搔いて重ね盛りした鯛を載せる。取り合わせに錦糸卵と岩茸《いわたけ》、くらげを用い、わさびとからし菜を添えた。

「搔鯛」のでき上がりである。

「うむ。まだまだ不満はあるが、ともあれ大垣屋《おおがきや》さんの膳に載せてみようか」

菊右衛門が渋い声で言った。にこりともしない。しかし、これで許しが出たのは確かだった。周りにいた者たちがため息を漏らした。菊田川の板場にあった緊張が、今の言葉でゆっくりと緩んでいった。

おひさは、その様子を祈る思いで見つめていた。ひと仕事を終えた笙太郎は、顔にこそ出さないが、誰よりも胸を撫《な》で下ろしていることは、手に取るように分かる。跡取りの身でありながら、これまでどれほど弟子や職人たちの前で、菊右衛門に怒鳴られ殴られてきたことだろう。

　木場の材木問屋大垣屋の主人は目と口の肥えた、古くからの菊田川の顧客である。笙太郎も近ごろ腕を上げてはいたが、顧客に出すお造りを任されたのは、これが初めてだった。もし菊右衛門が満足できる掻鯛が出来上がらなければ、怒鳴られるだけではない。またしばらくは、客に出すお造りを作らせてもらうことができなくなる。

　笙太郎が、必死の思いで包丁を握り、魚に向かっていることを、おひさは陰ながら見守ってきた。菊田川にふさわしい板前になることを、我がことのように願ってきたのだ。

「あんた、笙太郎さんが好きなんじゃないかい」

　仕事ぶりに見とれている時に、朋輩のおくにに言われたことがある。好きは好きだが、男として好きだと考えたことはなかった。笙太郎には、先代の菊右衛門が決めた許婚《いいなずけ》がある。おぬいという本所の太物《ふともの》屋狛江屋《こまえや》の娘だ。女将《おかみ》のお梶が、とても気にいっていることは前からよく知っている。

　菊田川の板場は、主人の菊右衛門と、先代の時からの弟弟子だった喜之助《きのすけ》という四十になる板前が支えていた。煮物焼き物を任されることはあっても、笙太郎は、まだまだ菊田川の料理すべてを背負うほどの腕だとは認められていなかった。喜之助に対しては、たとえ跡取りでも、若旦那面をすることは許されない。

笙太郎は、ただ熱心に板前としての腕を上げようと修業に励んでいる。師として菊右衛門や喜之助から、常に技を学び取ろうという気持ちを忘れてはいなかった。そういうところが、おひさはたまらなく好きなのだと思っていた。

「さあ、松の間にお客様がお入りになった。ぼやぼやしてはいられないよ」

仲居頭のお紋《もん》が、気合いを入れて声をかけた。日が沈みかけている。一組二組と客が入り始めていた。おひさは我に返って、前掛けを締め直した。菊田川には、一見《いちげん》の客は極めて少ない。ほとんどが馴染みの、大店の主人や大身《たいしん》の旗本、諸藩の留守居役などで、気骨の折れる一日が始まるのである。

「おひささん。松倉《まつくら》様のお部屋を見てきてくれないかい。今日はご機嫌斜めでね。あんたじゃないとだめなようだ。おくにが叱られて戻ってきたんだよ」

大垣屋の部屋に、笙太郎の搔鯛を出して戻ってくると、おひさはお紋に声をかけられた。松倉という客は、西国の小藩で用人を務めているという。主君と共に出府して来て、一年になると聞いた。気難しい客で、おくには、何かしくじりをやらかしたらしかった。

口数の少ないにこりともしない初老の武士で、損なった機嫌を取り結ぶのは、手間がかかる。朋輩の仲居のほとんどが、この客の受け持ちになるのを嫌がった。気の重い役割を押し付けられたわけだが、おひさは気持ちよく引き受けることにした。

吸い物の椀と新しい銚子の酒二本を受け取ると、部屋に沿った廊下を、奥の松倉の座敷目指して進んだ。

菊田川は、泉水を中心にして庭を囲むコの字形に座敷ができていた。おひさはもう、目をつぶっていても、この廊下を歩いて行くことができるようになっている。

十四の歳から、菊右衛門に勧められるまま、仲居としてこの店で暮らすことになった。来た当初は、仲居頭のお紋は恐ろしい女だと思ったものである。ずけずけとものを言い、立ち居、口の利き方については幾度もやり直しをさせられた。しかし一月も過ごしているうちに、お紋の働きぶりが見えてきた。

「菊田川の売りは、吟味された料理と、手入れの行き届いた庭ということになっている。だが、お紋さんの客あしらいの良さも見逃せませんよ」

大垣屋の主人が話しているのを小耳に挟んだことがあるが、おひさも同感だった。女将のお梶は家付き娘ということもあってか、気働きが利かない。お紋が采配を振ってこそ、段取りよく事が運ぶのだ。お紋は、一度来た客の顔と名前を忘れなかった。

菊右衛門の実の妹で、歳は四十一。若い頃一度嫁いだが、出戻って菊田川で働くようになったと聞いている。厳しくても仕事が終われば、おひさにちょっとした心遣いを示してくれた。月に一度は、永代寺門前町にいる母親お永のもとへ、手土産を持たせて帰してくれる。

「料理はね、板場だけで作っているんではないよ。あたしたち仲居も一緒に作っているんだ」

お紋の口癖である。料理は板場で作られて終わりではない。板場から客間まで、どれくらい時間がかかるか。そのおり吸い物はどのくらい冷めるのか。それを考えれば、運ぶ料理に気持ちが籠る。客の膳に載った時、料理はでき上がるのだというのだ。

なるほどな、と思う。

だからおひさは、菊田川の仲居として十九になる今日まで、お紋のしていることを見習いながら過ごして来た。板場で手にした一皿がどのような料理か、必ず目に止める。作った者の思いを知り、食べる者の立場に立つ。一度来た客の顔は、半年くらいまでの間ならば忘れない。客の好みの酒の銘柄を覚え、嗜好をかぎ分けて、場合によっては一言二言の話をする。その短い間に、料理と庭以外の菊田川の良さを味わってもらうことを心掛けた。

菊右衛門は、優しい言葉をかけてくれる。時に仕事ぶりを褒《ほ》めてもらうこともある。自分の働きを、菊右衛門とお紋の二人は分かってくれている。だからこそ手の掛かる客の応対を、お紋は任せてきたのだとおひさは考えた。

人から信頼され頼られるのは、なんと喜ばしいことだろう。今はただひたすら、料理屋菊田川の役に立ちたいと思うのだった。

「失礼いたします」

おひさは客間の襖を開けた。中には、床を背にして座った松倉が一人でいた。喜之助の手になる鯛の松皮造りには、まだ箸をつけていない。声をかけても、返事をしない。開け放たれた障子の向こうの庭を見ていた。

石灯籠の淡い明かりが、泉水を照らしている。明るいうちは残暑も厳しかったが、日が落ちると風も出て過ごしやすくなった。庭木の間から、虫の音《ね》も聞こえ始めていた。

おひさは松倉が不機嫌だと聞いて覚悟をしていたが、何かを言われる気配はなかった。椀と銚子を置いて、すぐにも引き下がろうかとも考えたが、同い年の朋輩のおくにが叱られている。おくには気働きのない仲居ではなかったが、ごくまれに、とんでもない思い違いをすることがあった。だからこそ、一言ご機嫌を取り結んでおきたかった。

おひさは庭の見える障子際へ膝でいざって寄ると、空を見上げた。

「星があまた出て、きれいでございますよ。あれはお国もとからも同じように見えるかと思いますが、奥方様も御覧になっておいでででございましょうか」

あと一、二ヵ月で、松倉は殿様と共に国もとへ戻るという話を、おひさはお紋から聞いていた。言った後で、余計なことだったかと後悔したが、口から出てしまった言葉は、どうしようもなかった。

「うむ……。わしには連れ合いはおらん。四年も前に亡くなった」

「それは、ご無礼を申しました」

おひさは慌てて、両手をついてわびた。叱責を覚悟したが、何も言われなかった。恐る恐る顔を上げると、目が合った。誰かに似ている。昔亡くなった、祖父の作五郎の目だと気がついた。祖父ならば、叱られても怖くはない。

目の前に、今持って来たばかりの銚子がある。

「おひとつどうぞ」

手に取って注ごうとして、おひさは杯が酒で満たされたままなのに気づいた。どうしようと躊躇《ためら》っていると、松倉は杯を取って口に運び空にしてくれた。

「ありがとうございます」

機嫌が直っていることに気がついた。銚子を置いてから、おひさは胸を撫で下ろした。自分の言葉で、松倉は国もとのことを思い出してくれたのだと分かった。

四

向かい合わせた六軒長屋のうちから、明かりが漏れているのは一軒きりだった。五つ半（午後九時）あたりか。おしなを菊田川へ送り返して、磯市は永代橋を通り、霊岸島浜町の自分の裏長屋へ帰ってきた。

夜の永代橋を渡る時、磯市の胸には、いつも激しい痛みが一陣の風のように過《よぎ》って行くのを感じる。ここで常次郎は、菊右衛門に殺された。

四つの時に死んだ父親の面影は、極めて薄い。共に何かをしたという記憶は、まったくといってよいほど残っていなかった。だが一つだけ、はっきりと残っている板前としての常次郎の姿が、磯市の脳裏に刻まれている。それが、この永代橋の闇に佇《たたず》む時に、鮮やかな記憶となって蘇ってきた。

外の光を背にした常次郎は、襷掛けをし、二の腕をあらわにした姿で立っていた。

右手には、包丁が握られている。左手で、おおぶりな魚を持ち上げた。すると、その魚の全身が、周りの光を集めて輝いた。

遠くから離れて見ていた子供の目には、強く燃え上がるほどの輝きに見えた。

魚をまな板に載せると、握っていた包丁が生き物のように動いた。身を削《そ》ぐ音と骨を砕く音。魚は瞬く間に、皿に盛られたあでやかな料理に変わった。周りで見ていた大人たちが、賛嘆の声を上げている。父親の常次郎は、目も眩《くら》むばかりの光の中で、凜々《りり》しい姿で立っていた。

磯市は、これまで、いつも父親のようになりたいと思って過ごしてきた。沢潟にいた老板前で、菊田川で修業をしたことのある者がいた。その男は、乙蔵すなわち今の菊右衛門の腕前は常次郎の腕にはとうてい及ばないものだったと、話したことがある。その言葉も忘れてはいない。

木戸を潜り、磯市は長屋の路地に入る。井戸で水をくみ、喉を鳴らして飲んだ。喉が渇く。着物に、おしなの化粧の香が残っている。その残り香が、磯市の胸に微かな苛立ちを起こさせていた。

抱くことに、喜びがある。しかしおしなに近づいたのは、汚しおもちゃにすることで腹いせすることを目指したからだった。

父が生きていれば、菊右衛門以上になっただろうという感慨が磯市にはある。そして、その父に勝る板前になりたいと修業をし、工夫をこらしてきた。

だがそれが今はできなくなった。そうなった理由も、実はもとをただせば菊右衛門にある。

「ちくしょう」

罵《のの》る声が、湧き出すように口をついた。もう一度、音を立てて水を飲んだ。

磯市の頭に、一人の男の消そうにも消えない顔が浮かぶ。沢瀉で同じ釜の飯を喰い、毎日顔を見合わせ、声を聞いた為吉という男だ。

為吉は磯市よりも二つ年上で、兄弟子だった。だが、磯市が修業の時期を終え、いよいよ礼奉公をするという段取りになった時でも、まだ親方の下で手伝い仕事をやらされていた。器用な男で、親方の指示を忠実に果たすことのできる腕を持っていた。だから重宝がられ、また評価もされていたのだが、その身の上を不満に思っていたのである。

磯市は、煮方を任されていた。一抱えもある両手鍋に里芋を詰める。上も下もすべて同じ状態に煮あげることができた。下の芋が焦げたり、煮崩れたりすることはない。上の芋に芯が残ることもない。百遍やって、百遍とも同じように煮あげる自信があった。

あれは一日の仕事を終え、後片付けもほとんど済んだ時分のことだった。親方に呼ばれて話をし、磯市が板場へ戻ってきた時、為吉は立ち回りの者数人と話をしていた。

「なに。あいつの腕が取り立てていいわけじゃねえ。あいつには後ろ盾がある。知っているか」

「へえ、菊田川のことですね」

「そうだ。うちの親方も、あそこの主人には頭が上がらないからな。菊右衛門という人は、あいつの後ろ盾をしなくちゃならねえ訳があるんだ」

話している者たちは、磯市が戻ってきたことに、まだ気づいていない。

「磯市さんのおとっつぁんを、橋から落としたからですかい」

「いや、それだけじゃねえんだよ」

板場の隅に立ち止まっていた磯市に、その時、為吉はちらと目を向けた。気づいたかに見えた。だが、そしらぬ風に続けた。

「あいつのおっかあは、体で一人息子の先行きを頼んだのさ」

そして急に為吉は小声になって、何か言った。立ち回りの者たちが、押さえた笑いを漏らした。

沢潟に弟子入りした時、先輩の為吉は、大根や里芋など野菜の皮を剝く仕事をしていた。そして新入りの磯市は、食材には触らせてもらうこともできないまま、掃除をしたり道具の後片付けをさせられた。意地の悪い兄弟子に、杓子《しゃくし》やすりこ木で殴られることなぞ珍しくもなかった。ただいっぱしの板前になることだけを目指して過ごしてきた。そこには菊右衛門は関係ない。

けれどもやっかんで、そういう見方をする者がいるのは仕方がないと思った。陰で何を言われようと構わない。許せないのは、聞いていると知りながら母親のお永を辱《はずかし》めたことだった。

あの忌わしい噂話が、今もなお秘かに語られていることは気づいていた。だが、はっきりと自分の耳で聞いたのは、数年ぶりのことである。

目の前にあった包丁を磯市は手に取った。冷静なつもりだったが、やはり後になってみれば逆上していたと思う。

ただその時の言葉を、取り消してもらいたかった。

「何だてめえ。そんな物で脅して、あったことを、うやむやにしようってわけか」

為吉も後には引かなかった。板前として先を越された磯市への鬱憤《うっぷん》が、刃物を向けられたことで噴《ふ》き出した。どこかに本当に刺すことはできないという、舐《な》めた気持ちもあったに違いない。

調理に関することでは、たとえ殴られても蹴られても、磯市は不服面をしたことはただの一度もなかった。だが今度だけは、許すわけにはいかなかった。

ためらわず為吉の下腹に、包丁の刃先を刺し込んだ。

為吉は、瀕死《ひんし》の重傷を負った。磯市は、刺したことに後悔はなかった。そういう強がりを、幾度も自分に言った。しかし、これまでの修業が、それで無駄になったのは確かだった。

そして、やけになって身を持ち崩し、高利貸しの手先になった。

軍兵衛の手先となって働くことは、居直って考えれば、身に合った仕事だ。さらに、いつまでも自分ばかりを責め続けていることはできない。磯市の怒りや苛立ちは、今や一点に向けられている。

菊右衛門だ。

「おい。いつまで、ぶつぶつ言っているんだ」

目の前に影が立ちはだかって、声をかけられた。聞き覚えのある声だった。仲間の吉次郎である。右手に酒の入った大振りな徳利、左手に魚を一尾ぶら下げていた。

「魚屋の親父を脅して、いただいてきた。何か作れねえか。極上の鯒《こち》だそうだ」

一年前までは、板前だったと話したことがある。吉次郎は鯒を奪い取ってから、そのことを思い出したようだ。

二つ三つ年上の、元版木彫り職人だが、今は根っからの博奕打ちである。普段は、気のいい部分のある男だが、事があると気持ちの抑えの利かなくなる質《たち》だった。顔色が見る間に蒼ざめて、どんなことでもできる男になった。

磯市は、長屋に入って明かりを灯す。

縦扁《じゅうへん》した鯒の魚体は、口も左右に大きく目つきも悪い。褐色の櫛鱗《しつりん》でおおわれ、尾《お》鰭《びれ》に黒色斑がある。それが濡れたようなつやを放っていて、鮮度は上々だった。

「よし、やってみようか」

そういう気になった。流しの下に、分葱《わけぎ》とうどが放り込まれているのが見えた。

料理と言える代物《しろもの》は、沢瀉をやめてから作ってはいない。もちろん朝夕の飯を自分で作ることはあるが、飯にみそ汁、魚を焼く程度のものだった。

行李《こうり》の底に、沢瀉の親方から貰った包丁一式が、一つ一つ手ぬぐいに包んでしまってある。どれも一生使えそうな上物だが、店をやめさせられた時、捨てようと考えた。しかし、どうしても捨てることができなかった。あれ以来、一度も開いてみてはいなかった。

　ふっと、あの包丁を使ってみようかと思った。だが、すぐに思い止まった。料理人ではない自分が使う道具ではなかった。流しの横に、小出刃《こでば》がぶら下がっている。使い古しの小振りなまな板もある。それで充分だった。

「鮪のぬた膾《なます》でも、作ろうか」

「いいな。酒の肴《さかな》としては申し分ねえ」

　磯市が包丁を握ると、その手元を吉次郎が食いいるように見詰めたのが分かった。

　頭と胸びれを一緒に落としてから内臓を除く。身をはずした半身には、中骨が途中まで腹側についているので、それに添って包丁を入れた。

「見事な手つきじゃねえか」

　吉次郎が、感嘆の声を漏らした。

「いや、そんなことはねえ。こんななまくらな包丁じゃあ、ろくなものはできやしねえ」

　磯市は吐き捨てるように言った。実際、包丁の通りが良くなかった。滑りが悪い上に、動かす度に刃先が骨に小さく触れた。

　次に、おろした身の皮を剝ぐ。皮目を下にして、皮のすぐ上に左から包丁を入れ、右に動かして行く。皮だけをひと息に剝ぐのが腕だが、磯市は二度皮を切ってしまった。行李にしまってある柳刃ならば、こんなへまはしないと思うと舌打ちが出た。

分葱は塩熱湯でさっと茹でた。うどは細めの拍子木に切り、酢水にさらす。味噌とすり胡麻《ごま》をまぜ、酢と味醂《みりん》で滑らかにすりのばす。これに鯒の切り身と、水切りした分葱とうどを和《あ》えて、縁《ふち》の欠けたどんぶりに盛った。

「うん、てえした味だ。やっぱり、おめえは素人じゃあねえぜ」

吉次郎はそう言って、忙しく箸を出して酒を飲んだ。磯市は生返事をしながら、膾には手を出さず、茶碗の酒を喉に流し込んだ。

あたりめえだ。おれは素人なんかじゃねえ。いっぱしの板前だったんだ。

胸の中で、何度も言った。だが鯒の皮を剝ぐのにてこずったこと、刃先が骨にあたって身をはずすのに動きが鈍くなったことが、気持ちに大きく引っかかっていた。

あの包丁でなければ、ああはならない。磯市は何度も考えた。

けれども、本当にそうなのだろうか……。

一年間、まともに包丁を握っていない。腕は、徐々に落ちているのではないか。それは紛れもない事実だと感じたが、そのことに自分は焦りを持っている。

吉次郎が昨日、鉄造らと追い出した常陸屋の話をしていた。

常陸屋は深川三十三間堂近くの裏長屋に引っ込んだ。あの時の病気の女房が、今日になって首を括《くく》って死んだというのだ。

しかし磯市には、そんな話はどうでもよかった。たった今したばかりの、包丁捌《さば》きの手際の悪さが、いつまでも気になった。

五

両国広小路の川岸に、水茶屋が並んでいる。材木を組み立てて、藁筵《わらむしろ》や板で囲った簡易な建物だが、屋根もあって履物を脱いで上がることもできた。奥の大川に面した部分では、区切って小部屋にし、酒も飲ませた。

若い女が揃《そろ》いの前掛けをして給仕をする。そのどれもが器量よしなので、繁盛した。透き間なく軒下につるされた提灯が、昼間さながらの明るさで、客や女たちの姿を照らしていた。

「おい、見ろ」

吉次郎が指さす先に、磯市は目をやる。一軒の水茶屋の奥で、二人の見るからに遊び人風の男が、茶屋の娘の手を取って何やらしきりに話し込んでいた。娘は嫌がっているのだが、客だということで、しぶしぶ我慢をしているように見えた。

客の一方は二十一、二歳で、もう一人は三十前後。若い方は六尺を越す相撲取りと見紛《みまが》うほどの大男で、もう一人はいかにも喧嘩慣れした荒んだ臭いのする男だった。左顎に、刃物傷の引き攣《つ》れがあった。

「あれが、和倉屋《わくらや》の用心棒どもだ」

吉次郎の声に、珍しく緊張の色があって、磯市は手に汗が湧くのを感じた。思わず着物の上から、懐に呑んでいる匕首の柄を握った。

和倉屋は、外神田佐久間町《そとかんださくまちよう》の高利貸しである。

鮫渕屋軍兵衛は、日本橋箱崎町《はこざきちよう》の船宿に百五十両からの貸し金があったが、その船宿は和倉屋からも店を抵当にして金を借りていた。額は六十両ほどである。返済の期限は和倉屋のほうが数日遅いが、だからといっておとなしく引き下がっている相手ではなかった。船宿の主人に無理《むり》じ強いして、返済期日を早めた証文を書き直させようとしている情報を得た。

「ひと脅しして、余計なことは控えてもらうようにしないとならないんでな。それで磯市、おまえを見込んで頼むんだが、吉次郎を助けてやってほしいんだ」

軍兵衛は昨日、磯市を呼び出して言った。大柄な体に、陰影の濃い面長《おもなが》な顔。日焼けした膚《はだ》に精悍《せいかん》な目が覗《のぞ》いている。心の裏側までが、見透かされてしまいそうな冷たい輝きがあった。

和倉屋の用心棒を叩きのめして、二度とふざけたまねをしないような気持ちにさせればいい。鮫渕屋の力を見せてやればいいのだと軍兵衛は言った。

「相手は手強《てごわ》い。面《つら》を見て、できないと思えばやめていい。無理はしないでいいぜ。しくじれば面目《めんぼく》を失い、鮫渕屋は舐められる。体を張ってやる覚悟があるなら、やってもらいたいということだ」

軍兵衛の話を聞いた磯市は、ぜひにもやらせてほしいと頼んだ。相手を見て、引き下がるつもりはない。指を二本落とされるところを、軍兵衛に救ってもらった経緯がある。また今日まで、法外な手当てを貰っていた。拾ってもらい、面倒を見てもらっているという思いもあった。

板前という仕事をなくした今、他には居場所を考えることはできなかった。

「お前は相撲取りをやれ。おれは顎に傷のある方をやる」

吉次郎が押さえた声で言った。磯市は大男の体を、頭のてっぺんから足のつま先まで見直した。ぶくぶくと肥えているのではない。だが、押さえ込まれさえしなければ何とかなる気がした。素早さでは負けない。むしろ、もう一人の方が手強そうだった。目に酷薄な色が濃く、喧嘩慣れした荒っぽさと得体の知れない狂気が感じられた。

磯市は腹の底にぞくっとするものが湧いたが、吉次郎はすでに何度か、こういう仕事を経験していた。

二人の男が水茶屋を出た。

「よし」

間をあけて追って行く。

いくらか酒を飲んでいるのか、足取りはゆっくりだった。広小路を抜けて、神田川に沿って柳原《やなぎはら》通りを歩いて行く。郡代屋敷の長い土塀が続いた。河岸の等間隔に植えられた柳の枝が、風に揺れている。人気《ひとけ》は広小路の喧騒が嘘のように少なくなった。

新シ橋を渡って外神田へ出た。佐久間町の和倉屋へ戻るつもりらしい。この辺りは材木商や薪炭《しんたん》商が多く、倉庫や木置き場が並んでいる。

人気はまったくなくなった。

吉次郎の歩みが速くなった。みるみる間が詰まって行く。磯市は、何度も唾《つば》を飲み込んだ。心の臓が高鳴って行くのが分かる。殺すわけじゃあねえ。脅すだけだ。そう自分に言い聞かせた。二間《けん》ほどの距離になった時、吉次郎がこちらを見た。それが合図だった。吉次郎は顔が蒼ざめて唇が歪んでいた。飛びかかりざま、懐の匕首を抜いた。

刺し殺そうとしているように見えた。

磯市は、握っていた匕首の柄を抜けなかった。若い男の肩を後ろから掴んだ。その手を脇の下から前に回して腕で肩を押さえた。思っていた以上に厚く固い体だった。構わず腰を入れて腕に満身の力を籠めた。

相手が振り向こうとしたのが、幸いした。巨体がぐらりと傾《かし》いだ。さらに腰を、男の尻の下へ押し込む。すると地響きを立てて巨体が地べたに沈んだ。

「このやろう」

磯市は叫んで、倒れた男の鼻先に拳を突き込んだ。鼻の骨は脆《もろ》い。折ってしまえば、相手はそれだけで抵抗ができなくなるだろう。

拳が、倒れた男の顔面にめり込むのが分かった。

よし！　これで、勝負はついた。

そう思った時、足に丸太ほどの太いものがぶちあたってきた。何だと思った次の瞬間には、腹に衝撃があって飛ばされ、尻もちをついていた。蹴られたことに気づくのに、数呼吸ほどの手間がかかった。

胸ぐらを摑まれて、引きずり上げられる。歯向かう間もなく、もう一度投げられた。磯市は、地べたに自分の体が弾むのが分かった。体を立て直そうとするが、すぐには止まらない。

相手の男の顔を見る。鼻の形が崩れて、血が出ている。骨が折れているのがはっきりわかる。けれども目はしっかりとこちらに据えられて、怒りが滲んでいた。じりと迫ってくる。手には抜かれた匕首が握られていた。巨体に似合わず、敏捷《びんしょう》な動きをする男だった。

吉次郎のように、初めから匕首を抜いて攻めなかったことを、磯市は後悔した。懐に手を入れる。匕首を捜したが、どこにもなかった。投げられた時に、どこかへ落としたらしかった。辺りに目を走らせるが捜せない。心の臓がいきなり鷲づかみされたような、激しい恐怖に襲われた。

やっとの思いで立ち上がった。しかしその時には、刃物を振り上げた巨漢が、目の前に迫っていた。引いてしまおうとする体を、無理やり斜め前に突き出して、匕首を握った腕を取った。

腹に刺さる寸前で、刃先が止まった。

渾身の力を入れて押し返す。だが腕力では向こうが上だった。このまま刺されると思った時、男の力が緩んだ。

磯市は両手で腕を握ったまま、相手の股ぐらを蹴った。男は呻《うめ》き声を上げてその場にかがみ込んだ。血の臭いが鼻を突いてくる。

「だいじょうぶか」

吉次郎が、かがんだ男の向こうに立っていた。握った匕首に、血が滲んでいるのが見えた。それで窮地から救われたことが分かった。

「すまねえ、おかげで助かった」

まず胸に浮かんだのは、安堵だった。まるで化け物に襲われたようだった。まわりで何が起こっていたのか、まったくかまうゆとりがなかった。

「それで、お前の相手は」

磯市が言うと、吉次郎は顎でもう一人の男が倒れている場所を示した。

「殺したのか」

「腹を刺したが、どうなったかは分からねえ。ただ殺すつもりでやった。そうじゃなければ、きっとおれがやられていただろう」

「そうか」

意気込みが、胸に沁《し》みた。人を脅すとは、そういうことかと感じた。磯市は、自分が吉次郎の住む世界に、今、首まで浸かったのだと悟った。

「行くぞ」

言い終らないうちに、吉次郎が走り出した。磯市も後を追う。足には自信があった。ただ闇雲に走る。

すぐ脇にあった吉次郎の足音が、いつの間にかなくなっていた。目の前に闇の道が続いている。それを一人で走っているのだと思うと、背筋に震えが走った。道のはるかな先に、町の明かりが見えた。どこの町か、見当もつかない。

その明かりを目指して走ろうとして、はっとした。自分は、とんでもない場所へ走り込もうとしているのではないか。そういう気がして立ち止まりかけた。

けれどもだからといって、立ち止まりはしなかった。走り続けた。どこへ行こうと、かまいはしないという気持ちが湧き上がったのである。今夜は、吉次郎に救われなければ殺されていたかもしれない。

父親常次郎は、つまらないことであっけなく殺された。だが自分は生きている。どこへ行こうと、やれるだけのことはやってやる。

今に見ていろ、磯市はそう思った。

六

店先から、母お永の話し声が聞こえた。団子を買いに来た老婆の、愚痴を聞いてやっているのだ。馴染みの客は、団子を買った後、ひとしきり話をして行く。

いつ来ても、店先の縁台に腰を下ろして茶を啜《すす》っている客の姿があった。小店ながらも町の人たちや、永代寺の参拝客に親しまれる団子屋になっていた。一串あたりの利は薄いが、お陰で食うに困ることはないままに来た。

この小店の店先にも、盆提灯がつるされていた。おひさは飾られた魂棚《たまだな》の前で合掌して、亡くなって十八年になる父親に話しかけた。

「おとっつぁん。あたしは元気に働いています。旦那さんにも、お紋さんにも、そして跡取りの笙太郎さんにも、優しくしてもらっています」

常次郎が死んだのは、まだおひさが生まれて一年もたたない頃である。だから、父親の記憶はまったくないが、おっかさんや兄の磯市から話してもらった。おひさの胸の中には、顔こそ見えないものの、腕っこきの板前としての父親の像ができ上がっている。

一年に一度、その霊がこの家に帰ってくるのだ。

七月十三日から十五日の夜までは、盂蘭盆会《うらぼんえ》である。籬垣《ませがき》で囲った魂棚には赤茄子《なす》白茄子、粟穂《あわぼ》稗穂《ひえぼ》、青柿青栗、禊萩《みそはぎ》、蓮《はす》の葉、瓢簞《ひょうたん》、菰造《まこもづく》りの牛馬などが供えられ、線香が上げられる。あの世から御霊《みたま》を迎え、魂を祭るのだ。

ほうろくに載せた苧殻《おがら》は、十三日の日暮れに燃やして迎え火とする。

永代寺門前町のお永の商う団子屋の軒下で、親兄妹三人が集って迎え火を焚《た》くことはできない。しかし、その翌日の午後には、おひさは菊右衛門の許しを受けて、刺鯖《さしさば》の手土産を持たされて、一刻ばかり家に帰ることができた。磯市も、沢瀉の女将が何かしら理由をつけて、同じような時刻に家へ帰れるように取り計らってくれた。

毎年七月十四日には、親子三人が、膝を揃えて父常次郎の霊に向かい合うことができていたのである。

「今年こそ、磯市は必ずやって来るよ」

お永は言った。一年ほど前、兄は兄弟子の為吉を刺して、沢瀉をやめさせられた。お永を、菊右衛門との古い噂にからめて笑い物にされたことを怒っての出来事だと、おひさは後になって聞かされた。

一時の激昂《げきこう》が、十年以上の修業を無にさせたことは悲しかったが、兄の思いが分からないわけではなかった。小さいころ、噂話を種に、悪童たちにからかわれ泣いて家に帰ってきた時、磯市はその者たちにかかっていった。年上だろうとかまわない。見幕《けんまく》に怯《ひる》んだ相手を、大人が止めに入るまで殴り続けた。

沢瀉を去った直後の去年の盆には、磯市は帰ってこなかった。どこで何をしているのか、音沙汰もないままに過ぎた。

だが四月ほどして、ひょっこりお永のもとを訪ねてきたという。

「すまねえ。沢瀉をしくじっちまった」

お永に詫びたそうだが、訳は言わなかった。それからは、二月に一度くらいの割でやって来て、四半刻ほど過ごして行くようになった。

高利貸しの取り立て屋になったという話を聞いたが、おひさはその間二度ほど顔を見る機会があった。初めは両国広小路の見世物小屋へ、朋輩のおくにと見に行った雑踏の中で、偶然に出会った。

半年ほど前のことである。目つきの鋭い、遊び人風の男と一緒だった。磯市も、その男に劣らないくらい荒んだ気配を身に纏《まと》っていたが、おひさに気がつくと、そばまでやって来た。

磯市を知らないおくには、怖れて小さな悲鳴を上げた。

兄は何も言わず、懐から巾着《きんちゃく》を取り出し、中から二朱銀を二枚つまんで、おひさの手に握らせた。

「うまいものでも食いな」

それだけ言うと、連れの男と雑踏の中に紛れていった。話はできなかったが、手に握らされた二朱銀に、温もりがあった。おひさはそれを握り締めた。

そして二度目は、つい数日前のことである。お紋に頼まれた用を足しに、おひさは佐賀町へ出かけた。その時、大川に面した船宿へ入って行くのを見かけた。磯市は、おしなと一緒だった。二人は親しげというよりも、狎《な》れ合った男と女が持つある種のにおいを漂《ただよ》わせていた。

もともと磯市とおひさ、筌太郎とおしなの四人は遊び友達だった。菊右衛門に呼ばれて、端午の節句や雛祭りの祝いに菊田川へ行ったし、また少し大きくなると、子供同士で行き来もするようになった。だから磯市とおしなが親しそうにしていたとしても不思議はない。だが、二人の間にあったにおいには、隠しごとめいた秘《ひめ》やかなものが感じられた。

磯市は、菊右衛門を嫌っている。いや、憎んでいるといってもいい。父常次郎を菊右衛門が殺したと信じているからだが、その思いは十歳になるかならないかの頃には気持ちの中で固まっていた。菊田川に弟子入りすることを勧められながら、沢瀉へ行ったのはそのためだ。

おしなは、その憎い菊右衛門の娘である。もし兄の方から近づいて行ったのだとしたら、何か暗い裏の思惑があるのではないかと、おひさは案じてしまうのだ。おしなとは、口を利《き》くことは少ないが、同じ屋根の下で暮らしている。訊《き》いてみようと幾たびも考えたが、未だにできないでいた。今でも顔が合えば、おしなは何くれとなく話しかけてくれる。派手好みのわがまま娘という評判があるが、おひさには幼い頃とそう変わったとは感じられなかった。

「磯市は遅いね。そろそろ来そうなものだが」

表の客を切り上げて、お永が奥へ戻ってきた。お永は磯市が料理の世界から離れたことについては、何も言わない。無念でないはずはないのだが、それを顔に出すことはなかった。

「先に食べ始めていようか」

あと四半刻ほどで、おひさは菊田川に戻らなければならない。手作りの稲荷鮨を、お永は膳の上に出した。一つを小皿に取って魂棚に載せる。

この稲荷鮨は照りのいい、大振りなつくりだ。椎茸、人参、干瓢《かんぴょう》、白ごまが酢飯の中に交じっている。磯市の好物である。沢瀉で客に出せる料理を作るようになっても、この稲荷鮨だけは自分には作ることができないと言っていた。

二つ食べると、おひさは腹がいっぱいになった。お永は、一つを半分近く残してしまっていた。

「おっかさん、具合でも悪いの」

この一年ほどで、お永は驚くほど痩せた。口には出さず、目顔に出すことがなくても、磯市のことが胸にわだかまっている、そういうことだと思っていたが、どこか体の具合が悪いのかもしれなかった。

「何でもないよ。おなかがすいていないだけさ」

「それならいいんだけど」

と、表から人の入ってくる気配があった。足音に覚えがある。磯市だった。

「よく来たね」

お永の顔に、笑みが走った。声が弾んでいる。おひさが来た時には見せない顔だ。うらやましい気もしたが、お永のそういう顔を見るのは嬉しかった。

兄の身なりは、どこから見ても堅気には見えないが、母や自分には悲しいほどに優しい。もう元の道に戻ることはできないのだろうか。

名の通った料理屋が受け入れてくれないのは、おひさにも分かっている。しかし町の小料理屋程度ならば、働かせてくれる場所はいくらでもあるだろう。が、磯市は、それでは嫌なのだ。

「兄さん、元気だった」

「ああ、元気だ。お前はどうだ。なんだか寂しそうな目をしているぞ」

うん。何だか寂しい。

おひさはそう言おうとして、言葉を飲み込んだ。寂しさの原因は、磯市の今の暮らしぶりにある。けれどもそれを口に出したところで、兄が変わらないということは分かっていた。身の変わりようを寂しく感じているのは、他ならぬ磯市自身なのだ。

人は、言われなければ分からないことがあるが、言われてもどうすることもできないことがある。

兄は、おひさが菊田川で働くことを嫌がっている。いつか不幸に堕《お》とされると心配してくれているからだが、そんなことはないという自分の思いは、兄に何を言われても変わらない。これまで何度も話したが、互いに伝わることは、とうとうなかった。

「さあ、稲荷鮨をお食べよ。おなかがすいているんだろう」

お永が、小皿に取って磯市に差し出した。

「うまそうだな。さっそくいただこう」

食べ始めた姿を見ながら、おひさは磯市に尋ねたいこと、聞いてほしいことがいっぱいあると感じた。だが、口からは何も出てこない。

ふと気づくと、お永も黙って食べる姿を見つめていた。

「そろそろ、あたし戻らないと」

「えっ、もう戻るのか」

「うん。久しぶりに兄さんの顔を見たから、うれしかった」

店先まで、二人が見送ってくれた。藍《あい》染めに「だんご」と白く染め抜かれた幟《のぼり》が、鰯雲《いわしぐも》の下で揺れている。物心ついてからずっと我が家として三人で暮らした家だが、今は年に数度訪ねて行くだけの家になってしまった。磯市にしても同じだ。

これから三人は、どうなって行くのだろうか。

お永の団子屋から、菊田川まで四半刻と歩かない。

一ノ鳥居を潜った辺りで、横合いから声を掛けられた。

「あんた、おひささんじゃないか」

声のした方を見ると、二十四、五の細面《ほそおもて》の男が立っていた。太い眉にはっきりとした目、鼻もすっとして高い。芝居の役者かと思えるほどの二枚目で、顔に覚えがあった。

「弥吉《やきち》さん」

半年ほど前だろうか、菊田川をやめさせられた男だ。器用で腕は悪くなかったが、女がこの男の美貌を放って置かなかった。次々に女との関わりができ、おだてられ、金を貢《みつ》がれしているうちに、気持ちに張りがなくなった。料理人としての気迫がなくなったのである。

菊右衛門は何度か注意したが、弥吉は女にだらしがなかった。仕事にも手抜かりが出るようになった。菊右衛門は、仕事以外の場所で何をしようとこだわらない男だったが、それが板場での働きに影を落とすことは許さなかった。

やめさせられたことを恨んでいると、おひさは聞いたことがある。

「達者に暮らしているかい。ずいぶん器量よしになった気がするが」

笑いかけてきたが、身ごなしに、磯市と同じ荒んだにおいがあった。板前をしているとは聞いていない。相変わらずの二枚目ぶりだが、顔に疲れと卑《いや》しさが出ていた。

「ええ、何とか過ごしています」

「そうかい。そりゃあ良かった。それで親方は、元気でいるのかい」

「はい。お元気ですが……」

弥吉の口元には笑みが浮かんでいたが、目にはからかいと舐めた色があった。おひさは言葉を飲み込んだ。明るい内の、人通りの多い通りで会ったのだから、怖いとは思わない。しかし人気のない夜道で会ったら、背筋に震えの走る目つきではないかと感じた。

「まあ、よろしく言っといてもらおうか。やめさせた弥吉は、達者で過ごしていると」

それだけ言うと、弥吉は去っていった。すれ違いざま、ぶつかりかけた中年のお店《たな》者《もの》が慌てて避けて行き過ぎた。わざわざここまで来たのか、たまたま通りかかったのか。

後味の悪さが、おひさの胸に残った。

七

「磯市さん。あんた、もう一度板前に戻る気はないかい」

おしなが言った。磯市の肩に顔を載せて、指先で二の腕のあたりを撫でている。高まりが去った後の気怠《けだる》さと甘えが、声にあった。

六日ぶりに逢った仙台堀《せんだいぼり》沿いの出合い茶屋の一室である。

「なんで、そんなことを言うんだ」

「あたしと所帯を持って、菊田川でやり直したらと思ってさ」

「なるほど。それはいい考えかもしれないいな」

左手で、おしなの首を後ろから押さえた。右手を背中にあてて、両手に力を入れた。

「あっ」

微かな叫びをあげて、おしなは磯市の胸の上に押さえつけられる形になった。

適度な女の体重を腹の上に感じながら、磯市は、おもしろい話じゃないかと思う。菊右衛門がこの話を聞いたら、どんな顔をするのか見てみたい気がした。表向きは、無下にはできまい。だが許すことはないだろうと思った。人当たりの良い善人を装ってはいるが、腹では自分の気持ちを、どこまでも押し通して行く男である。

口中深くに、牙を隠し持っている。いざとなれば己の欲望を満たすために、それを剝き出しにして襲いかかってくるのだ。

もし許したとしたら、何か裏がある。しかし、それでも婿として菊田川に入り、遮二無二戦って店を潰してしまうことができるかもしれない。

「本気で、そんなことを考えているのか」

「うん。あたしはあんたが好きだし、腕だって間違いない。それは沢瀉の主人がそう言っていたって、おとっつぁんが話していたから」

沢瀉の主人に、面と向かって褒められたことはない。ただ磯市の作った料理には、常に関心を持って見てくれていたことは確かだった。

「味と見栄《みば》えが前よりも良くなった。なぜそうなったか、よく考えてみろ」

良くできたと、内心自慢に思っている時に、必ずというほどそう言われた。褒めたりはしない。むしろ責めるような厳しい口調になった。

「うまくできた料理にはな、かならずそうなった訳がある。今日の手順を忘れてはいけねえぞ。そういう数を、増やして行くんだ」

沢瀉で過ごした板場での日々が蘇った。

今の磯市には、心を揺すってくる一日一日だ。

板場には、調理の柱になる板前がいて、沢瀉にはこの手助けをする脇板という者がいた。次が煮方で、これにも脇鍋がついた。磯市は、この煮方を任されていた。

そして焼き方がいる。この板前、煮方、焼き方をする者が一人前の職人として認められた。その下に盛り方、立ち回りという者がいて、手伝い仕事にあたる。一番下が洗い方だった。

調理について、誰かが教えてくれるわけではない。先輩の動きを見て、自分で盗み取るのだ。鍋に残った煮汁を、指ですくって嘗《な》めてみる。そうやって味覚を育てるしかなかった。意地の悪い先輩は、残り汁に、わざと水や塩を混ぜて洗い方によこした。

この洗い方にも等級がある。立て洗い、中洗いとあって、入った順に先輩後輩の洗い方がいた。入った当初は、追い回しと呼ばれる下洗いから始めなくてはならなかった。下洗いは、食材に触ることなどできない。まれにできたとしても、大根や根深についた泥を洗い落とすだけの仕事だった。

洗い方は裸足で仕事をする。履物は履けない。下は水で濡れているから、冬は足が切れるかと思うほど冷たく痛かった。少しでも早く仕事を片付けて、足を拭いて上にあがりたかった。煮方が引いたダシ殻を持ってきて、それを下に撒いた。

辛いと思ったことは、限りなくある。だが磯市は、いつも必死の思いで乗り越えてきた。

料理に関わることが好きだった。父常次郎が、生涯を歩もうとして歩み切れなかった道である。そして、この道を閉ざしてしまった者がいた。その男を見返してやりたい。考えてみれば、たった一つの思いが磯市の支えになっていた。

「ねえ、何を考えているの」

おしなが足を絡めてきた。

磯市の胸に哀切なものがある。だが、もう元に戻ることができないのは分かり切っていた。そうなったもとは、菊右衛門がお永を辱めたからであった。夜半、菊右衛門の胸に額を寄せて泣いていた、お永の声と姿を、磯市は忘れることができない。

「おれも、お前と所帯を持てるのは願ってもないことだ。しかし、菊右衛門さんが何て言うかだな」

「大丈夫さ。あんたのことは、おとっつぁんも気にかけているんだ。しっかりやりますと頭を下げれば、それで分かってくれる」

ふん、何を言ってやがる。磯市はそう思ったが、口には出さなかった。これまでの、積もり積もった恨みと憎しみを、ただ頭を下げるだけで晴らすことができるのならば、お安いご用である。百遍でも、二百遍でも下げてやろうじゃないか。

そう考えると、下腹にむくむくと力が湧いてきた。おしなを無茶苦茶にしてやりたい。気持ちが高ぶって、磯市はおしなの体を乱暴に入れ替え、下に組敷いた。

出合い茶屋を出て、磯市は猪牙舟《ちょきぶね》に乗って黒江川までおしなを送った。外記殿橋の下の桟橋で、門内に消える後ろ姿を見送った。

深川の料理屋として一、二といわれるこの菊田川を、沢瀉をやめさせられた直後、磯市は見に来たことがあった。あの時、自分とは、はるかにかけ離れてしまったと感じたものだが、今は手の届く場所にあると感じる。仲間の常次郎を死なせた上で、店を手に入れた菊右衛門。この店を、いつまでも栄えさせておくことは、やはりできない。

頭を下げて菊田川に入り、当分はまじめに働く。骨身を惜しまず働き、身につけた腕のすべてを見せてやる。そして信用させた上で、肝心なところで裏切ってやるのだ。乙蔵が、朋輩の常次郎を永代橋の上で裏切ったように。

「船頭さん、舟を出してもらおうか」

立ち去ろうとして言った時、橋の上から名を呼ばれた。振り仰いで橋の上を見ると、菊右衛門が立っていた。

「おや、これはお久しぶりなことで」

すらすらと声が出て、磯市は頭を下げた。これまでは会っても、こちらから挨拶をすることなどは一度もなかった。

「上がって来てもらおうか、話がしたい」

にこりともしない顔で、菊右衛門は言った。厳しい表情をしていた。

「へい。それならば、早速」

話なら、いくらでもしてやるぞ。歯向かう思いで舟を下りた。通りに出ると、菊右衛門は河岸の道を歩き始めた。

黙ってついて行くと、菊田川の黒板塀がとぎれ、隣家の垣根になった。木槿《むくげ》の垣根で、いくつもの白い花が開いていた。

「おしなとは、もう長いのか」

別れるところを、菊右衛門は見ていたようである。

「まあ、がきの頃からの知り合いですから」

「いや、あれとは今、そういう間柄ではないだろう」

「ええ、まあ」

そう応えると、菊右衛門は立ち止まった。木槿の花に目を向けていたが、そんなものを見ているのでないことは、すぐに分かった。

以前より肥えて、貫禄が出てきた。悪だくみが詰まっているのだ。一癖も二癖もある腹黒い男に見えた。

「本気なのかね。一緒になる気があるのかね。あんたは今、堅気の暮らしをしてはいない。高利貸しの手先になって、あこぎな取り立てをしている者には、娘はやれない。だが、堅気に戻るつもりがあるならば、考えてもいいんだ」

「…………」

「料理人に戻る気があるのか。地道にやろうという気が、お前にあるのか」

磯市の顔を見た。こちらの気持ちを射通してくる強い目差しだった。菊右衛門に、こういう目で見られたことは、これまでなかった。

どんと、体を衝《つ》かれた気がした。

「やろうと思っています。おれは、やっぱり料理が好きだから」

本音が出た、と磯市は思った。

話した内容に悔いはないが、この男に本音を漏らしたことには、こだわりが生じた。けれども気持ちの奥に、今は気にいられておこうという考えがはっきりとある。これでいいのだと自分に言い聞かせた。菊右衛門の目を見返す。しかし、こちらを見る目の光の強さには、変化はなかった。それをじっと見返した。

「一度この世界から離れた者が、まともにやり直そうとするのは大変なことだ。その覚悟は、あるのか」

「ええ、もちろんあるつもりですがね」

自分の額に汗が浮いてくるのを、磯市は感じた。気持ちの奥底を見透かされているのではないかと、ふと思った。

「そうだろうか。本当に、そうだろうか。お前は一年間、包丁を握っていない。腕は荒れているのではないかね。おそらく、相当に落ちているはずだ」

はっとした。まさしく菊右衛門の言うとおりだった。吉次郎が脅し取った鯒で膾を作った時、腕ははっきりと落ちているのに気が付いた。

「どうだね。違うかね」

磯市は、わずかに後ずさった。胸元をもう一度どんと衝かれたと感じたが、菊右衛門は身動き一つしていない。

「だいじょうぶですよ、それは」

やっとの思いで、言葉を絞り出した。

「そうか、それなら結構だ。ぜひ近いうちに、包丁捌《さば》きを見せてもらおう」

菊右衛門の表情が微《かす》かに緩んだ。だがそう言われた時、磯市の全身を襲ったのは怖れだった。あるいは、恥といってもよいのかもしれない。

あの包丁捌きを、こともあろうに菊右衛門に見せるのか。磯市は、それだけは我慢ができないと思った。

　腹の底から噴き上げてくるものがある。捨て鉢な、自分への怒りだった。そしてさらにそれは、菊右衛門にも弾き飛んだ。

「お見せしたいところですがね、やっぱりおれは、板場から手を引いちまった。もう板場に戻る気なんて、実はないんですよ」

　拗《す》ねた言い方になった。何かあると、こいつはすぐにおれを追いつめてくる……。

「それなら、おしなはどうなる」

　菊右衛門の顔が、みるみる赤味を帯びて歪んだ。怒りを押さえる目つきになった。ほら、やっぱり正体を現しやがった。この、狸親父《たぬきおやじ》。

「好きですよ。でも板場に戻ってまで一緒になりたいとは思わない」

「そうか、それならば寄るな。近づくことは許さない」

　菊右衛門は吐き出すように言った。他にも何かを言おうとしたが、くるりと背を向けた。足早に遠ざかって行った。後ろ姿に怒りがあった。

「ふん。ふざけやがって」

　磯市は、足下の小石を力まかせに蹴った。もともと、おれとおしなに所帯を持たせるつもりなんぞありゃしねえ。怒ったふりをしながら、実はほっとしていやがるんだ。とんだ食わせ者だぜ。

湧き上がる怒りは、すべて菊右衛門に向かった。

八

小名木川《おなぎがわ》の河岸道に、三味線の音が流れてくる。張りのある音色だが、どこかに荒さがある。じっと聞いていると、撥《ばち》の弾き方に癖があった。それで磯市は、おしなだと分かった。

こうやって稽古が終わるのを、何度も待った。待つことは、磯市にとって苦痛ではなかった。『三味線指南』と書かれた木看板を眺めながら待っていれば、おしなはじきに外へ出てくる。気持ちの躍《おど》る時間だった。

だが今日は違った。待っていることにわだかまりがある。持って行き場のない焦りと、不安がある。

磯市は四日前に、おしなと会う約束をしていた。しかしそれが、すっぽかされたのだ。こんなことは一度もなかった。菊田川まで出かけて、下働きの女中に銭を渡した。出てくるように伝えてほしいと言伝《ことづて》したが、返事はなかった。霊岸島の長屋へ訪ねても来ない。

おしなと所帯を持たせようという菊右衛門の申し出を、磯市は拒否した。包丁捌きを見せろと言われたのが拒否した理由だが、その折、板場に戻ってまで一緒になりたいとは思わないと話した。その程度の思いだと告げたわけだが、そう言ってしまったことに、はっきりと後悔があった。

向こう気の強いおしなは、この言葉を許さなかったのではないか。おしなが会う約束をすっぽかしたのは、そのために違いない。

磯市にしてみれば、明らかに落ちている自分の包丁捌きを、菊右衛門に見られるのだけは堪《たま》らない気がする。それは、おしなへの思いとはまったく別なものだということを説明し、分かってもらいたかった。

磯市を好いてはいても、おしなは許せぬことをそのままにすることのできない女である。歯を食いしばってでも、別れようとするはずだ。

三味線の音が消えた。しばらくして格子戸が開き、おしなが顔を出した。磯市を見て、あっという顔をした。

「話がある。ちょいとつきあってくれ」

そう言うと、おしなの目に薄っすらと涙が浮いた。磯市を見る目の光りは強く、はっきりと恨みが籠っていた。かまわず河岸の道を歩き出すと、おしなはついてきた。

川に突き出した桟橋が見える。船の姿はなかった。そこへ降りて行った。

「おまえのおとっつぁんが、どう言ったかは知らない。でもおれは、おまえを好いている。その気持ちは変わらねえ」

「でもさ、磯市さん。あんた板場に戻ってまで一緒になりたいとは思わないって言ったんだろ」

「ああ、言った。でもそれは、所帯を持ちたくないということじゃあねえ。おまえとは、どうしても一緒になりたいと思っているさ」

「それならば、料理人におなりよ。それだけの気持ちがあるならば、何だってできるはずだよ。違うかい」

「そりゃあそうだが……」

磯市は、言葉を呑んだ。菊田川でさえなければ、自分は喜んでやり直し、おしなと所帯を持って暮らすことができるだろう。たとえ腕が落ちていようと、そのことを詰《なじ》られようと、かまわない。修業をやり直すつもりでやれば、腕はすぐに元に戻るはずである。

けれども、菊右衛門のもとへ行くことだけはできなかった。もし腕が落ちていなかったのならば、一時頭を下げて取り入り、後に意趣返しをしてやるのも一つの手立てだ。だが料理人として劣ってしまった姿を、あの男に見せるのだけは、できないことだった。

「あたしはさ、あんたにあたしのために菊田川で職人に戻ってもらいたいんだ。そういう気持ちになってくれたら、おとっつぁんが何と言おうと、よそへ嫁入ったりはしないよ」

「よそへ嫁入るだと。それはどういうことだ」

聞き捨てならぬ思いで、磯市は訊ねた。するとおしなの目に、もう一度涙の膜が浮いた。

「芝《しば》に、おとっつぁんの知り合いの、大きな料理屋がある。あたしはそこへ嫁に行くことが決まった。おとっつぁんが、あんたと話をした後で決めてきたんだ。もう磯市とは、口も利いてはいけないってね」

鋭く、胸を衝かれた気がした。菊右衛門は、これまでは、表向きは磯市を受け入れるという態度を見せてきていた。それがいよいよ牙を剝いてきた。父常次郎を永代橋で死なせ、母お永を辱めた。そして今度は、磯市からおしなを奪おうとしている。

ちくしょう。

おれの大切な人間を、次々に……。

「おしな。おれのところへ来い。芝になんぞ、嫁にゆくことはねえ。菊田川とは縁を切るんだ」

手を握った。すると、おしなは激しい力で手を振り払った。その手で磯市の頰を打つ。乾いた音が響いた。睨み返すと、おしなの目から涙がこぼれた。それは見る間に、頰を濡らして行く。

「いやだよ。あんたみたいな勝手な男、大嫌いさ」

「何だと」

おしなへの思いが、磯市の体の中を駆け巡る。怒り、苛立ち、切なさ、そしてそれを越える慈しみと悔恨。折々のおしなの姿が一瞬脳裏に浮かび、その果てに泣きながら沢瀉へ訪ねて来た幼い日の顔までがよぎった。

しかし、それ以上の言葉は出てこなかった。さらに踏み込んで関わろうとする自分を、押し止めようとする力がある。それは他の誰でもない菊右衛門だ。あの男が、今のおしなの思いを阻もうとしていた。

「そうじゃないか。あたしのことなぞ、何も考えちゃいない。あんたなんて、どうにでもなればいい。高利貸しの手先だろうが人殺しだろうが、勝手になればいいんだ」

叫ぶように言うと、おしなは桟橋から河岸道へ走り出た。だが坂の途中で足を取られて転んだ。下駄の片方が脱げたが、それでもかまわず立ち上がって走った。泣いている。河岸道を泣きながら、走り去って行く。

磯市は、呆然とそれを見送った。しばらくは声も出なかった。体中から湧き上がってくる菊右衛門への憤怒を押さえるすべもなく、ただ立ち尽くしていた。

我に返ると、河岸への坂道に朱色の鼻緒の女下駄が残っているのに気づいた。

「ちくしょう」

その女下駄を、川に向かって力まかせに蹴飛ばした。下駄は軽々と飛んで、川面に朱色の鼻緒を上にして落ち、流されて行った。

握り拳を作る。それに渾身の力を籠めながら、磯市は呟いた。

「なってやろうじゃないか、人殺しに。菊右衛門を殺してやる」

足音が、闇の中に谺《こだま》していた。提灯も持たず、鉄砲洲本湊町《てつぽうずほんみなとちょう》の炭問屋の蔵の並ぶ道を、磯市は走っていた。人の気配はない。一面の闇だ。はるか彼方に明かりが見えた。鉄砲洲稲荷とその向こう、霊岸島の民家の明かりだ。

潮のにおいがする。蔵の先は、江戸の海だ。

額に湧き出た汗を、磯市は手の甲で拭く。すると血のにおいがした。人を殴ってきた。顔が血達磨《ちだるま》になるまでやってきた。殺してはいけない。また生涯にわたるほどの傷を残してはいけない。だが、それ以外のことならば、何をしてもかまわないと言われていた。

相手は京橋山王町《きょうばしさんのうちょう》の呉服屋の若旦那である。博奕でこしらえた借金の穴埋めに、軍兵衛から五十両の金を借りていた。それは現在、膨らんだ利も加わって二百両を越える金高になった。

これまでは、頼られれば良い顔をして貸してきた。しかしこれ以上は無理だと、軍兵衛は判断したのだった。

昨日までに三度、やんわりと催促をした。しかし若旦那は、のらりくらりと返済を引き延ばしていた。金貸しの軍兵衛を、気持ちのどこかで舐めているのだろう。

親に泣きつかなければ、もうどうにもならない金額になっている。老舗の呉服屋だから、親はなんとかするはずだ。しかし、その親にしても気楽に出せる額でないことは、はっきりしていた。

若旦那には、これ以上の猶予はできない。金高がさらに膨れ上がれば、親はこの道楽息子の借財を返済する前に、勘当してしまうかもしれなかった。そうなれば、どんなに痛めつけたところで金は戻らないのだ。

脅して、本気で親に泣きつかせなければならなかった。それも女親に。

「か、勘弁してくれ。殺さないでくれ。金は必ず何とかするから」

悲鳴を無視して磯市は殴った。殴ることに、快感があった。

お前よりもっと不幸な目、辛い目、苦しい目に遭っているやつがいくらでもいる。お前なんか、ましな方だ。甘ったれるな。

痛めつければ痛めつけるほど、気持ちが高ぶって行く。このまま続ければ、いつか殺してしまうのではないかと気がついた。

その場から走った。走ることで、気持ちを鎮《しず》めた。

けれども、そんなことでは高ぶった気持ちは収まらない。本気で鎮めるには、方法は一つしかない。いつかそれを、やってやる。

「よし、それでいいだろう。気合いが入ってきたぞ、磯市」

報告に寄ると、軍兵衛が穏やかに言った。行灯《あんどん》の光が、日焼けした顔を照らしていた。陰影の濃い面長の顔で、笑みを見せたことはない。四十二だというが、大柄な筋骨の逞《たくま》しい体つきは、三十代半ばに見えた。

世間では、軍兵衛のことを恐ろしい男だと噂している。金を返せない者には、仮借《かしゃく》ない取り立てをするからだが、磯市は怖れを感じたことはなかった。金を借りながら返さない者が、それなりの対応を受けるのは当然だ。きれい事を言わず世間の目を恐れず、確実に行ってゆく軍兵衛の強さに憧《あこが》れに近いものを感じた。

軍兵衛がどういう過去を持った男なのかは知らない。鉄造を右腕にして、常時十名ほどの男が出入りしているが、時として顔も見たことのない男が訪ねて来る。いずれも鉄造に似た、凶暴なにおいを湛《たた》えていた。物言いから、これも配下だと思われた。磯市など、垣間見ることもない裏の仕事をしている男たちだ。

庭から、溢れるほどの虫の音《ね》が流れ込んでくる。酒を振舞われた。飲むと、口中から腸《はらわた》へじわりと沁みて行くのが分かった。沢瀉でも、特別の客にしか出さない極上の下り酒だ。

「おれはお前を買っている。いつか大きな仕事ができるようになるだろう」

「へい。必ずやって見せます」

激しい喜びが胸に湧き上がって、熱い。注がれた酒を、磯市は続けて喉に流し込んだ。今の自分なら、どんなことでもできると感じた。

九

深川伊勢崎町《いせざきちょう》の履物屋三枝屋《さえぐさや》で、菊右衛門は思わぬ長居をしてしまった。店に帰るにあたって、目の前の仙台堀から猪牙舟を拾おうと考えたが見つからない。蛤町の菊田川まで、歩いても四半刻はかからない距離である。河岸の道を歩くことにした。

日差しが雲にさえぎられていて、実際の時間よりも遅く感じられた。薄闇が町を覆い始めている。だが傘の必要はなさそうだった。いくぶん足早になったが、急いでいるわけではなかった。荷船が菊右衛門を追い越して行く。

三枝屋の主人郷兵衛《ごうべえ》は、菊田川の顧客で長い付き合いをしていた。郷兵衛には邦太郎《くにたろう》という二十四になる跡取りがあった。父親譲りのずんぐりとした体型で、肉厚な鼻がやや上を向いている。だがまじめで、仕事のできる若者だった。

「どうです、おひささんを邦太郎の嫁に貰いたいが」

郷兵衛は、そう切り出してきた。菊田川でのおひさの働きぶりに惚れ込んだ。当の邦太郎も、一度店へ来ておひさの顔を見ていた。あの娘ならば一緒になってもよいと、その気になっているという。

菊右衛門にとっては願ってもない話だった。もちろん本人の意向を聞き、お永の承諾を得なければならない話だが、もし決まれば、おひさは可愛がってもらえるだろうと思った。

三枝屋は老舗である。釣り合いということもあるので、いったん菊右衛門の養女ということにして、それから嫁入らせればよいだろうと、そこまで話し合いをした。

「これで、肩の荷がおろせる」

呟きが漏れた。常次郎も喜んでくれるのではないかと、菊右衛門は考えた。

磯市とおひさは、父親のない子である。二人の身が立つようにするのが、菊右衛門にとってせめてものことだと考えてきたが、磯市とは相容れない関係になった。しかし幸いおひさは、こちらの思いを素直に受け入れてくれる娘になっている。せめておひさには、出来る限りのことをしたかった。

もちろん、磯市を見限っているわけではない。おしなと添わせて、菊田川で働かせたいと考えたのは事実だった。沢瀉で鍛えられた腕は、一年の空白で鈍っていることは確かだろうが、その気になれば、すぐに戻ると思う。磯市には器用さと、常次郎に劣らない勘の良さがあった。

菊右衛門は、沢瀉の板場で働く磯市の折々の姿を、秘かに見つめてきていた。磯市が沢瀉へ弟子入りできるように、裏で口を利いたのは菊右衛門である。沢瀉の主人とは、昵懇《じっこん》の間柄だった。

客として料理を食べたことも、一度や二度ではなかった。磯市の仕事ぶりは、器用なだけではない。調理や盛りつけに、いつも工夫があった。

だがその磯市は、菊右衛門を恨んでいる。それは、これまでの自分を見る目の色で感じられた。あれはいつの頃からだろうか。永代寺門前町に団子屋を開いたばかりのお永のもとへしばらく通っていたことがある。あの時には、すでにそういう目でこちらを見ていた。

言い訳はしない。済んだことをどう思われようと仕方がないが、菊右衛門はできるだけのことをするつもりでやってきた。だから磯市が沢瀉をやめさせられたのは、衝撃だった。事を公にしないために、菊右衛門も町の御用聞きに金を握らせるなど、尽力をした。

おしなと親しい関係にあることを知った時は、高利貸しの手先をやめさせる良い機会だと考えた。

しかし真意を話しても、磯市はかたくなだった。

磯市に対して、激しい怒りが湧いた。今の状態では、おしなと所帯を持たせるわけには行かない。磯市がおしなに近づいたのは、自分への恨みに繋《つな》がると、はっきりと感じた。共に菊田川の板場に立つことに不満はないが、その時は虚心な気持ちでなければ受け入れられなかった。

仙台堀に架かる海辺《うみべ》橋を渡る。辺りは寺町になった。茂った樹木の向こうに、本堂の屋根瓦がぼんやりと見えた。薄闇が徐々に濃さを増してきていた。

人通りはない。どこからか読経《どきよう》の声が聞こえてくる。

菊右衛門は、心もち歩みを速めた。そろそろ店に客が来始める刻限だ。菊右衛門がいなくとも、喜之助がいる限り店が開けないということはない。笙太郎も、腕を上げてきている。だから安心して外出ができるようになったが、それでもいざという時、自分がいなければと思う。今の店で満足しているわけではない。まだまだ料理屋として工夫を重ね、伸びて行くことができると考えていた。

風が吹いた。驚くほど涼しい風だった。秋の風だと感じた時、背後に走り寄ってくる人の気配があった。

菊右衛門は振り向いた。と、その時には手拭いを被った男が、目前に迫っていた。前屈みの姿勢で、両手に何かを握っている。匕首だと気づいて、斜め後ろに体をかわす。手で男の腕を払いながら、かろうじて刃先をかわした。

「お前、何者だ」

菊右衛門は叫んだ。この数日、何者かに後をつけられているという感覚がないわけではなかった。深川でも指折りの店になって、厄介事に巻き込まれることも時にはあったのである。

男は応えない。素早く体を立て直すと、もう一度刃先を突きかけてきた。腰を落としたのは一瞬だったが、充分に力が溜まっていた。

瞬く間に、胸元まで迫っている。

身がまえる暇はなかった。ただ数歩後ずさりしながら、両手で相手の手首を握ろうとした。だが切っ先は蛇のように動いて、気がつくと右の二の腕を斬られていた。

激しい痛みが腕から全身に走った。

しかし、男はそれで満足しなかった。わずかに離れると、もう一度匕首をかまえ直した。初めてそこで顔を見た。手拭いを被った顔は、薄闇に紛れて判別ができなかった。

「やめろ」

もう一度叫んだが、声に張りがなくなっているのが分かった。

男が突き込んできた。痛みを堪《こら》えて、菊右衛門は渾身の力を振り絞って、その向こう脛《ずね》を蹴りあげた。

手応えがあった。男の体が傾いだ。その下腹をもう一度蹴った。

「うっ」

初めて男は声を漏らした。前のめりに体が崩れかけた。

それで菊右衛門は、わずかにほっとしたが、男は立ち上がった。腰を落として再度、匕首をかまえた。粘りのある踏み込みだった。

殺されるのかと思った。間違いではない。明らかに自分の命を狙っていた。いったいこいつは誰だ。

男の体が迫ってきた。黒い塊のようだ。寸刻の間も置かず匕首は目の前に現れ、かわそうとしたが今度はできなかった。脇腹に、異物が入り込むのを感じて、菊右衛門は意識を失った。

第二章　おせん

一

戸板で運ばれてきた菊右衛門を見て、お梶が悲鳴を上げた。下腹のあたりがぐっしょりと血に濡れていた。蒼白の顔に、脂汗が浮いている。意識はない。右の二の腕にもざっくりと割れた刃物傷があって、肉の繊維が剝き出しになって乾きかけていた。腕のつけ根を手拭いで止血されている。通りがかりの者が発見し、自身番に知らせてくれたのだ。

ともかくも奥の部屋へ運び込み、医者を呼ぶ。菊田川の誰もが、まんじりともしない一夜を明かすことになる。

お梶は怖れと興奮を隠さなかった。菊右衛門の側を、片時も離れない。

者を叱咤《しった》した。

「みんな。おろおろしてちゃいけないよ」

気丈だったのは、お紋である。菊右衛門が裏口から運び込まれた時、店はまだ客が入り始めてそう間のない頃だった。浮き足立ってはならない、客に惨事を悟らせてはならないと、仲居や店の者に命じた。板前頭の喜之助もこれに呼応して、板場で働く者を叱咤《しった》した。

おひさも、奥に運び込まれた菊右衛門の容態が気になったが、お紋の指図を受けていつものように、いやいつも以上に働いた。最後の客が帰ると、初めて膝頭が震えた。

「出血が多いのが気になりますが、今夜一晩もてば助かるでしょう。下腹を刺されてはいるが、抉《えぐ》られてはいませんでした。ただ……」

医者は言いよどんだ。

「右腕の筋が斬られています。起きられるようになっても、これまで通り包丁を握ることはできないかもしれません」

まずは命だと、お梶は応えたという。

商いの後片付けが済んでも、すぐに寝床に潜り込む奉公人はいない。二、三人が集まって、ぼそぼそと話をしている。彼らは、奥の部屋へ行くことは許されていなかった。

「親方が包丁を握れなくなったら、どうなるんだろうね」

おくにが呟いた。菊右衛門の仕事は、仕入れの指図と献立を作ること、それに客の応対が主である。包丁を握ることはほとんどない。大事な客に出すお造りのときだけだ。だが、いざとなれば菊右衛門がいる。そういう思いが、菊田川の者たちにはあった。

「でもさ、喜之助さんがいるし、筆太郎さんも腕を上げてきた。生きてさえいてくれれば、菊田川は安泰さ」

古手の女が、皆を励まして言った。

「そうだね。古くからのお客さんも、筆太郎さんのことをほめていた」

そういう声を聞きながら、おひさは、そうだ筆太郎には踏ん張ってもらわなければならないと考えた。そして自分は、支えていこう。菊右衛門が襲撃されたことは衝撃だが、こんなことで、菊田川は小ゆるぎもしないということを、襲撃した者に知らせてやらなければならないと思った。

翌朝おひさは、まだ暗いうちに目が覚めた。台所へ出ると、お紋がすでに起きていた。腫《は》れた目をしていた。

「親方は、何とか命を取りとめたようだよ」

その言葉を聞いて、おひさはほっとした。昨晩は、うつらうつらとまどろんだが、体の芯は寝ていなかった。もどかしい気持ちで、夜を明かした。

泊まりがけで看病をした医者が帰ると入れ違いに、この辺りを縄張りにしている岡っ引きの駒平が顔を見せた。

「菊右衛門さんを刺した野郎は、このおれが必ず取っ捕まえてやる」

六尺近い大柄な男で、一重の瞼は浮腫《むく》んでいるが、眼光には怒りが籠っていた。五十二になるが四肢に衰えが見えない。すばしこい手先を抱えている。手荒なこともするし、あこぎなまねも平気でする。強持《こわも》てで知られた男だった。

菊右衛門とは、十数年来の付き合いである。付き合い始めは、菊右衛門がまだ乙蔵と名乗っていた頃、常次郎を永代橋の欄干から落としたと噂された時だ。菊右衛門が白と判断されてからは、親しく関わり合うようになったという。

菊右衛門が代を譲られて菊田川の主人となってからは、盆暮れや節季の折々などに、過分の付届けを忘れていない。来れば上等な酒と肴でもてなしたから、駒平のほうもそれに応じた対応を菊右衛門のためにする。

菊田川には、さまざまな客が訪れる。ほとんどが大店の主人や高禄の武家だが、時には得体の知れない者が紛れ込んで悶着を起こすことがないわけではなかった。そんな折りには、駒平は手先を引き連れて駆けて来る。たちどころに悶着の主を捕らえ、菊右衛門の意をくんだ処理をしてくれた。

この繋りは、町中の者が知っている。だから菊田川に難題をふっかけたり、言いがかりをつけて来るならず者はいまやいなくなった。

菊右衛門が戸板で運び込まれた後、駒平は一度顔を出していたが、あれから厄難《やくなん》のあった現場へ行き、聞き込みをしてきたという。

「刺した男の見込みは、まだ立たねえ。そうとうに慣れた男の仕業だろう。人通りの途切れたほんの少しの間に事を起こしている。はっきりと刺す気を持って、やったに違いない。ただ殺すつもりがあったかどうか、そこまでは分からねえ」

「どういうことですか」

話を聞いていた筌太郎が、怪訝《けげん》な顔をした。筌太郎も、満足に眠っていない。それでも明け方、喜之助と魚河岸へ仕入れに行ってきた。

「医者が言うには、腹を刺した傷には、抉った様子がないという。抉られていれば、間違いなく死んでいたが、それはしていない。やったやつが手慣れた男だとすれば、刺した後、抉るのを忘れるわけがない」

「では、何のために」

「脅しじゃねえかね。恨みがあるか、あるいは菊右衛門さんが邪魔になる、何かの事情を持っている男だ。笙太郎さんには、思い当たることはないですかね」

「さあ、刺されるほどの恨みとなると」

笙太郎は頭を捻った。深川で一、二を争うほどの料理屋になるためには、きれい事だけでは済まされない部分もあっただろうし、妬《ねた》む者もいる。だが笙太郎には、襲われる覚えは浮かばない。

駒平は、菊田川の奉公人の一人一人を捕まえては、親方について気づいたこと、店の中や外で不審な者の姿を見かけなかったか、などについて聞き込みを行った。おひさの番になった。

側に立たれると、見上げるほどの大男で、射すくめられるような目をしている。菊右衛門やお梶と話している時には笑みを絶やさないが、奉公人相手の時には、にこりともしない。自分までが、襲撃した者の仲間だと思われている気がした。

「それじゃあ、思い当たるふしはねえってわけだな」

「そうです」

　おひさは消え入りそうな声で答えた。事実、菊右衛門と毎日顔を合わせ、同じ屋根の下で暮らしていて、不審に思うことなどなかったのである。だがそこで、はっと思い当たった。盂蘭盆会の折り、一刻ばかり永代寺門前町のお永のいる団子屋へ行かせてもらった帰途に、弥吉という男に出会った。荒《すさ》んだ暮らしぶりが顔に出ていた。逆《さか》恨《うら》みということも考えられる。

「なるほど、弥吉か。うむ、おれも顔は覚えているぜ」

　駒平は、わずかに考えるふうを見せて言った。だが次に出てきた言葉は、弥吉とはまるで関わりのないものだった。

「ところであんたの兄さんは、達者に過ごしているかい」

　そう言われて、おひさはえっと思った。駒平の口元に、嗤《わら》いが浮かんでいる。

「磯市は、菊右衛門さんをいまだに恨んでいる。父親を殺されたと思い込んでいるんじゃやねえのかい」

「そ、それは……」

　胃の腑《ふ》が急に熱くなった。あの磯市が、まさかとは思う。けれども、絶対にないとは言い切れないものが、おひさの胸の奥にある。確かに菊右衛門を今でも恨んでいるはずだ。その思いを隠しはしなかった。身近にいた者なら、誰でも磯市の恨みに気づいただろう。

「霊岸島のあこぎな高利貸し鮫渕屋の取り立て役をしている。たいした羽振りだそうじゃないか。なかなかの腕っ節だと聞いているぜ」

「…………」

鮫渕屋のことは、おひさも知っていた。そこの主人だという男は、客として菊田川へも何度かやって来ていた。頭が鴨居に届くような長身で、獣のような暗い冷たい目をした男だった。居直って腹を据えたら、どんなに恐ろしいことでもしてしまいそうな、不気味な雰囲気を持っていた。菊右衛門が客の座敷に呼ばれて話し相手をすることはよくあったが、鮫渕屋の相手をした後は、ひどく疲れた様子に見えたことは記憶に残っている。

磯市が、あんな男の下で借金の取り立てをしているのかと思うと、おひさはぞっとした。

駒平は、磯市を怪しんでいる。そう考えると、虞《おそれ》が体の芯に芽生え、みるみる全身に広がっていった。

二

「ふん。運のいい野郎だ。だがな、これで終わりだと思うなよ。おめえをふん縛ることなんぞ、わけのねえことなんだ」

駒平の脅し文句を背中に聞きながら、磯市は鞘《さや》番所の戸口を出た。殴られ蹴られした体が、熱を帯びていて重い。外の昼前の日差しが、やけに眩しかった。

一昨日の朝、磯市は起き抜けに霊岸島浜町の裏長屋から駒平に連れ出された。永代橋を渡って深川の鞘番所へ押し込められ、丸二日の間、菊右衛門刺傷についての詮議を受けたのである。鞘番所は、容疑者を留置し犯行の有無を糾《ただ》す場所だった。

有無を言わさぬ強引さで、自白を迫られた。

「てめえには、刺し殺してえわけがある。憎んでいるんだろう、菊右衛門さんをよ」

駒平の詮議は執拗だった。容赦のない鉄拳が見舞われ、その傷跡に塩をすりこまれた。年によらず膂力《りょりょく》があった。責めどころを知っている。覚えず呻き声を漏らしてしまうほどの痛みがあったが、自白はしなかった。してもいない刺傷を、したとは言えなかった。

「やっていねえというなら、あの刻限に、いってえどこにいたというんだ」

菊右衛門が刺された時には、磯市は浜町河岸にある大名家下屋敷の中間《ちゅうげん》部屋にいた。鮫渕屋軍兵衛が、秘かに胴元を務める賭場にいたのだ。だが、それを口に出すことはできなかった。そのために二日もの間、駒平の詮議を受けるはめに陥《おちい》った。

当初、菊右衛門が襲われた話を聞いた時には、ざまを見ろと思った。なぜ死んじまわなかったのかと、惜しい気持ちさえ浮かんだ。溜飲《りゅういん》が下がったのは事実だ。しかし暴行に近い尋問を受けているうちに、それらは雲散霧消し、残ったのは菊右衛門への怒りと憎しみだけだった。

駒平と菊右衛門は繋っている。またあいつのために、苦しいぶざまな思いをさせられた……。

鉄造が請《う》け出しに来てくれなかったならば、自分はいったいどうなっただろうと、磯市は考えた。

軍兵衛は金と手づるを使って、請け出してくれたに違いなかった。

「賭場のことを喋《しゃべ》らなかったのは上出来だ。鮫渕屋の旦那も満足しておいでだ」

足を引き摺りながら歩く磯市に、鉄造が言った。永代橋を渡って、霊岸島へ戻った。道々、菊右衛門の様子を話してくれた。別れぎわ、懐から紙包みを取り出すと、磯市の手に握らせた。

「まあこれで、二、三日養生するがいい」

「へえ。ありがてえ」

鉄造は背を向けた。その後ろ姿を見送った後、握らされた紙包みを開いた。五匁銀が十二枚入っていた。およそ一両。思い掛けない大金だった。

軍兵衛の手厚い配慮を感じた。二日の間痛い目に遭わされたとはいえ、お陰で鞘番所を出ることができた。料理人の世界から弾き出された自分の居場所は、もう他にはないのだと改めて考えた。

紙包みを、磯市は握り締めた。

体中がだるい。つい一刻ほど前まで、石畳の上に座らされていた。食欲はなかったが、目についた一膳飯屋で腹ごしらえをすることにした。

口にいれた食べ物が、口中の傷に触れて染みた。血の味がする。どうにか食い終え、茶をすすりながら、菊右衛門のことを考えた。

刺された菊右衛門の腹の傷は深手だったそうだが、順調に回復しているという。迎えに来た鉄造が話してくれた。もし死んでいたならば、そう簡単に放免はされなかったはずだ。

「それにしても菊右衛門は、命強い男だ」

と思った。そのしぶとさが、父親の常次郎を死に至らしめ、今日の菊田川を作ったのである。

腹の傷は、抉られてはいなかったというが、それで殺意がまるでなかったとは言い切れない。刺しただけでも、人を死なせることはできる。自分以外に菊右衛門に対して殺意を抱いている者がいるというのは、驚きだった。

「いったい、誰がやりやがった」

外面《そとづら》だけはいい菊右衛門だが、裏に回って何をやっているかは知れたものではない。憎まれ恨まれるようなまねをしてきたからこそ、命を狙われたのだ。それを、探ってみよう。叩けば埃の出る男だと考えることには、小気味の良さがあった。

何か弱みを捜し出すことができれば、しめたものだ。

長屋に帰り着いて、布団に潜り込むと、磯市はすぐに眠りに落ちた。


目覚めたのは翌日で、すでに日は高く昇っていた。井戸端で顔を洗う。傷口を水で洗った。痛みは薄れている。ぐっすり眠ったことで、体はかなり回復していた。

昨日と同じ一膳飯屋で飯をかき込む。腹が減っていて、どんぶり飯をお代わりした。その足で深川へ出た。

菊右衛門を刺したのは何者なのか。それを探ってみたかった。

「菊田川の親方が狙われるなんて、思いも寄らないことでしたね。そりゃあ古い噂話もあるし、妬む者もいるだろうが、刺して殺そうとするほどの恨みを買うような人とは思えないね」

近所の住人や出入りの米屋、酒屋の手代からも話を聞いた。面識のない者を選び、口の固そうな者には銭を握らせた。しかし、こちらが望むような話を聞き出すことはできなかった。古くから菊右衛門を知る者は、常次郎との永代橋での事件に触れる。さらにはお永との密通話へと繋るわけだが、刺した者が誰だと推量させると、彼らは常次郎の息子すなわち磯市の存在を挙げた。これでは話にならなかった。

それでもどうにか、半年前に女との身持ちが悪く金の悶着を起こして菊田川をやめさせられた弥吉という男の話を聞き出すことができた。

弥吉は、本所の地回りの手先になっているという。本所相生町《あいおいちょう》に住む女髪結いの、遊び人の亭主といった暮らしをしているとも聞いた。

本所へ向かう。

竪川《たてかわ》を渡って、河岸に沿った町が相生町である。道端のしもた屋の庭先に、まだ青い実をつけた柿の木が見えた。

女髪結いの家は、すぐに分かった。裏店《うらだな》で小さいが、一軒家だった。声をかけると、二十半ばの女が顔を出した。年増だが、肌の色は白かった。弥吉はいないと言う。

「おおかた、東両国の矢場にでもいるんじゃないかね」

そう言われて、両国橋ぎわの広場に出た。屋台店や筵がけの見世物小屋が出ていて、賑やかだった。川向こうの広小路と比べると、雑駁《ざっぱく》な様子は否めないが、江戸有数の盛り場であることは確かだった。

瓢箪に矢の刺さった絵が描かれた提灯が、軒下にぶら下がっている矢場を見つけると、磯市は中へ入った。狭い店で、客は二十七、八歳の男が一人きりで、酒を飲みながら女と矢を飛ばしていた。

「あんた、弥吉さんだね」

菊田川で仕事をしていた男だから、見覚えがあるかと思っていたが、記憶にない顔だった。声をかけると、振り向いた。値踏みするように、磯市の頭のてっぺんから爪先までを見た。鞘番所でつけられた顔の傷に目がいくと、一瞬眉をひそめたが、「なんでえ」とおうような風を装って応えた。

なかなかの男前だったが、目の縁に狡《ずる》さとしたたかさが潜んでいる。どこかに凶暴さも交じっていた。この数ヵ月で、磯市は最初の一瞥《いちべつ》で相手を見抜く習慣ができていた。見間違えれば、こちらが大怪我をする。そういう暮らしを、軍兵衛の下についてからしていた。

「あにいに、話を聞かせてもらいたくてね」

一応、相手を立てる言い方をした。

「なんでえ。やぶから棒に」

弥吉は、わずかに身構えた。

「菊右衛門が刺されたのは知っていなさるね。やったのは、ひょっとしてあにいじゃねえかと思って、聞きに来たんでさ」

場合によっては、取っ組み合いになるかもしれないと考えた。けれどもまともに問いかけて、素直に話す男だとは思えなかった。煽《あお》って激昂させ、その言葉尻の中から判断するつもりだった。

「ほう。どこで聞いて来たか知らねえが、確かにおれは菊右衛門を恨んではいるよ。だがよ、やっちゃあいねえ。それは確かなことだ」

菊右衛門が刺された時には、本所の地回りの家にいた。駒平も調べに来て、裏を取っていったという。

「そりゃあ済まねえことを言っちまった、勘弁してくんねえ」

磯市は懐から五匁銀一枚を出して、弥吉に渡した。それで、いくぶん機嫌が直った。

「おめえ、何もんだ」

「へえ。菊右衛門を恨んでいる者を、調べるように頼まれた者で」

「それなら、おれの所へ来るよりも、洗っておいた方がいい相手がいる。そっちへ行ったらどうだ」

「誰です」

「磯市ってえ野郎だ」

「なるほど、そいつならば、ここへ来る前に会って来た」

「じゃあ、おれに聞くこともねえだろう」

弥吉は手に持っていた矢を射た。すると矢は音を立てて飛び、的の中央に当った。

そしてもう一度、こちらの顔をまじまじと見直した。

「おめえ、磯市じゃねえのか。よく見ると、おひさに似ている」

「そうですかい。そんなに似ていますかい」

磯市は、認めるようにうなずいた。すると、弥吉が急に打ち解けた顔になった。

「ああ似ている。それにしても、菊右衛門を刺したのは、おめえじゃなかったのか」

「違います。他に心当たりはありませんかね」

そう言うと、弥吉は初めて真剣に考える風を見せた。矢場の女に酒と杯を運ばせ、磯市にも飲めと勧めた。

「おれやおめえの他に恨んでいる者が思い当たらないわけじゃあねえが……」

弥吉は、奥歯に物の挟まった言い方をした。

「どういう話か、聞かせてくれませんかね」

磯市が言うと、弥吉はうなずいた。

「今から、そう十一年前になるか、菊田川は、それまで油堀河岸の南本所石原町の代地にあった。知っているか」

「もちろんですよ」

ちょうど沢瀉へ弟子入りする頃のことだ。蛤町で、料理屋が火事で焼けた。夜間、調理場から出火し全焼した。火消しの動きが迅速だったこともあって、大火にはならなかったが、死人が何名か出たことは覚えている。その跡地を買い取って、菊右衛門は現在の菊田川の建物を建て移って来た。

「焼けた料理屋の名前は、『萩月《はぎづき》』といって老舗だった。腕のいい板前がいたという話だが、菊右衛門はひでぇ扱いをしやがった」

「どういうことで」

火事は、女将と娘それに奉公人二名を死なせた。主人の九郎右衛門《くろうえもん》は、それをはかなんで後を追うように首を括って死んだ。そこへ店を起こしたのが菊右衛門だが、萩月の跡取りの板前と数名の料理人を、新たな菊田川で使ってもらえないかという話が起こった。

「菊右衛門はそれを、あっさり断りやがった。なんとか馴染みのある場所で働きたいという料理人の気持ちをよ、踏みにじったわけだ。跡取りも他の連中も、腕が未熟だてえことでな」

「で、断られた料理人たちはどうしたんで」

「それよ。腕が未熟だと折り紙をつけられた連中を雇う物好きは、そうはいねえ。いつの間にかいなくなっちまった。跡取りはもともと酒好きだったらしいが、それ以後飲んだくれて、掘割に嵌《はま》って死んだそうだ」

「他に萩月の残された身内はいねえんで」

「さあ。聞かねえが、もし残っていれば恨んでいるんじゃねえかね」

「なるほど、そういうことですか」

萩月が火事になったのは、菊右衛門のあずかり知らないところである。残された料理人を使うかどうかも、勝手なことだ。かりに恨んだとしても、十一年も前になる。今になって、刺そうと思うほどのものとは考えられなかった。

だが、もしかりに、その火事が菊右衛門の手によるものであれば話は別である。けれどもそうならば、奉行所へ訴え出れば済むことだ。自らが手を下す必要はない。

やはり他に、強烈な恨みや憎しみを抱いている者がいるはずだ。

「菊右衛門に、何かするつもりがあったら話してくれ。力になるぜ」

磯市が礼を言って矢場を出ようとすると、弥吉がにやりと笑った。酒で目が赤い。薄っぺらい男だと思った。

三

その足で磯市は、蛤町へ行った。念のため古くから町に住んでいるという老人二人に、萩月が焼けた時の話を聞いた。いずれにしても十一年も前のことだ。不確かな記憶には違いなかったが、出火は話の通り調理場からで、焼死した下洗いの火の不始末ということだった。老人の話が、弥吉のものと重なった。萩月の遺族は、酒飲みの跡取りの他に、九郎右衛門の老母と末娘がいたが、この二人は芝の遠縁のもとへ引き取られて行ったという。

跡取りは、萩月にゆかりのある者を訪ねては金を借り、しばらくは大島町の裏長屋にくすぶっていたが、一年もたつ頃に仙台堀の掘割に嵌って死んだという。

やはり今度の菊右衛門襲撃とは、繋らない気がした。どこかに、磯市の知らない新たな人物が潜んでいるようだ。

翌日は、菊田川に関わりのある料理人を訪ねて回った。しかし聞き取りは難航した。

磯市を知っている者は、菊右衛門について話すことに、露骨に不快な様子を示した。顔見知りでない者を選んで訪ねると、おおむね菊右衛門を慕う風を見せた。

大きな料理屋にいる者ばかりではない、修業が身につかず結局は場末の小料理屋で働くようになった者も、悪く言うことはなかった。

「菊田川を出る時には、道具を揃《そろ》えてもらって、行き先の面倒を見てもらった。追い出すようなことだけは、しない親方でしたよ」

掃除や道具の始末をする下洗いの段階で店を出た者はともかく、四年五年と修業した者には、面倒見のいい男だったというのである。弥吉のような出され方をした者は、ごく珍しかった。こうした話を聞くたびに、磯市は激しい苛立ちを感じた。

夕刻には、ぐったりと疲れた。

馬場通りを歩いていると、見慣れた団子屋の幟が揺れているのが見えた。お永の団子屋の幟だ。昨日の今日で、殴られた顔の腫れが消えてないのが気になったが、寄ってみようと思った。盂蘭盆会の時から、すでに半月以上がたっている。

「あんた、その傷は」

案の定、お永は磯市の顔を見て驚きの声を上げた。菊右衛門襲撃の嫌疑で、駒平に鞘番所へ連れ込まれたことはすでに知っていた。一応容疑が晴れたことを伝えると、ほっとした様子を見せた。

「おひさも、あんたのことを案じていたよ」

今朝がた、おひさはやって来たという。菊右衛門の容態は小康状態で、とりあえずは危機を脱したことを知らせに来たのだ。

「お腹が、すいていないかい」

お永はお茶と団子を出してくれた。磯市はむさぼるように、それを食った。昼飯を食べていなかったので、腹が減っていた。

団子を食っている姿を、お永はじっと見つめていた。何かを言うのかと思って待ったが、何も口には出さなかった。言いたいこと聞きたいことは山ほどあるのだろうが、ほとんど口に出さない。そういう母親だった。

口には出さずに、二人の子供のことを思っている。こうなったのは、いつの頃からだろうか。団子を食いながら、磯市は、ふと考えた。

思い当たるのは、磯市が菊右衛門の誘いを断って、沢瀉へ弟子入りすることを決めた時のことである。お永は、菊田川へ弟子入りすることを望んでいた。

「あんた、そんなに、あの人が嫌いなのかい」

問われて、磯市は見つめ返し、「そうだ」と答えた。お永は何も言わず、ただため息を漏らした。そのため息に、母の悲しみが交じっているのが、はっきりと分かった。

お永の、菊右衛門に肩を抱かれて泣いている姿が蘇った。どういう成り行きでそうなったのか、知る由もない。だが二人が心を通わせていたことは、子供心にも感じた。

激しい孤独が、磯市を襲った。

菊右衛門は父を死なせ、母を汚し、その心を奪った。そして後には、妹のおひさまでが菊田川で過ごすようになった。

騙されるな、あいつは腹黒い身勝手な男だ。どうでも良いことには寛容なふりを示すが、肝心なことになれば、話は別だ。己の欲望のためには、どんなことでも平気でする。見えない奥底に、鋭い牙を隠している男だ。そう言って、何度も近づくことを止めた。

しかしおひさは聞かなかった。ついにはその頬を、磯市は打った。

お永は止めに入った。何も言わなかった。ただ涙を流して、振り上げた腕にしがみついた。

その時、磯市はお永と菊右衛門の関係について、改めて考えさせられたのであった。あの泣き声を聞いた夜から後、菊右衛門は姿を現さなくなった。ごくまれに用があって来ることがあっても、昼間の明るいうちで、四半刻もいないでそそくさと帰って行った。子供だった磯市は、それで幾分なりともほっとしたのだが、実はあの折、二人はそれまでの関係に決着をつけたのではなかったか。

歳月が流れ、大人になった磯市とおひさが、菊右衛門のことで言い争う年になっても、まだお永の心から、かつて繋り得た者への思いが消えていないのを、振り上げた腕にしがみついたお永の思い掛けない力の強さによって知らされた。それは新たな憎しみが湧くというよりも、驚きだった。そしてさらにそのことでお永が、磯市らに対して後ろめたさを感じながら過ごしてきたことに気づいたのであった。

それで磯市も以後、お永の前で菊右衛門のことを口にするのをやめた。母と息子は、胸に秘めた肝心なことの一部分を、口にしない親子になった。

「もっと食べるかい」

三皿を食い終えると、お永が言った。もういいと言うと、茶をいれかえてくれた。その立ち姿を見て、驚くほど痩せていることに気がついた。この前来た時も痩せたと感じたが、それ以上である。

「腹の具合でも悪いのか」

これまでに味わったことのない虞が、胸中に兆《きざ》した。だが、お永は笑った。ひどく優しい目で見返された。

「いや、どこも。ただちょいと疲れただけさ」

「おれが、気苦労をかけたからか」

「そうじゃないよ。腹があまりすかないだけさ」

暮らしに困っているとは見えない。こうして磯市が団子を食っている間にも、客はやって来た。

「これで、うまいものでも食ってくれ」

軍兵衛からもらった五匁銀を一枚、框《かまち》に置いた。

「いらないよ。あんたが遣えばいい」

そう言われたが、金を置いたまま店を出た。今の磯市がお永のためにできることは、それくらいしかなかった。具合が良くないのは、自分が気苦労をかけているからだろうが、だからといってどうすることもできなかった。

「おれの居場所は、鮫洲屋しかねえんだ」

思いが言葉になって出た。夕暮れ時の人込みが、広い通りを行き来している。風が妙に湿っぽい。一雨来るのかもしれなかった。磯市は霊岸島へ帰ろうと歩みを速めた時、人とぶつかった。ぶつかった相手は尻もちをついた。質屋の前で、そこから出てきた女だった。

「ごめんなさい」

洗いざらしの襟《えり》も袖も擦り切れた着物を着ていたが、若い声である。急いでいるのか、ちらと磯市に目をやると、すぐに立ち上がり小走りに歩いた。

瘦せて血色の悪い娘だが、どこかで見たことのある顔だと思った。後ろ姿を見送る。身なりがあまりに貧しげになっていたので咄嗟《とつさ》には思い出せなかったが、ようやく分かった。

　日本橋駕籠屋新道で小間物屋を商っていた、常陸屋の娘である。一月ほど前に、鉄造らと共に追い出しをした。病の母親をかばって睨み返し、それでも引きずり出そうとする磯市の腕に、引っ掻き傷を残した娘だ。おせんという名だった。

　そういえば仲間の吉次郎が、店を出た常陸屋一家は、深川のどこかの裏長屋へ引っ込んだという話をしていた。

　追い出した相手が、その後どういう暮らしをしていようと、磯市の知ったことではない。首を括ろうと、娘が女郎屋へ売られようと、それこそかまいはしないのだが、あの時、自分を睨んだ憎しみの目は、印象に残っていた。

　追い出されて行く者は、みなもっと弱々しい目をした。それまでにさんざん脅して、歯向かう気力をそいでおくからだ。問答無用で追い出されることを察して、目を合わせるだけで、怯んだ気配を示す。だがあの娘はそうではなかった。

　磯市は、後をつけた。

　足取りが、危なげに見えた。自分を睨みつけた目の、あの激しさとはひどくかけ離れていた。

　娘は、永代寺の山門の前を行き過ぎると、小さな米屋へ入った。二合の米を買う。

「これまでの払いは、どうしてくれるんだい」

米屋の女房から邪険に言われると、銭を払いながら何度も頭を下げた。質屋から出てきたところを、磯市とぶつかった。だが、こちらの顔に気づきもしなかった。やっとの思いで銭を作ったのだろう。その額は二合の米を買うのに、ぎりぎりのものだったのかもしれない。

米屋を出ると、また通りがかりの男とぶつかりそうになった。大事に米の入った布袋を胸に抱えて、三十三間堂の裏手に通ずる路地に入る。日は、すっかり沈んでいた。娘はそこで、今度は石にけつまずいて転んだ。

米袋が手から離れて、地べたへ落ちた。慌てて辺りを見回し、そして手で地べたをなぞりながら袋を捜す。暗い路地道とはいえ、通りには小店もあって、明かりがないわけではなかった。米袋は、手の先半間のところに落ちている。

娘はそれを、手探りをしながら捜し出した。目がよく見えないのだと、磯市はそれでようやく気づいた。

四

長屋の軋む腰高障子《こしだかしょうじ》を、おせんは押し開いた。狭い部屋に、父親甚三郎の鼾《いびき》が響いていた。染みの浮いた土気色の膚が、骨にへばりついている。この一月あまりの間に、驚くほど老けた。気力もなくした。

それでもこの四日の間は、朝から日が落ちるまで出かけていた。今日は、深川八名《やな》川町《がわちょう》にある遠縁の家に金を借りに行った。昼過ぎ、父は疲れ切った顔で帰ってきたが、まともに相手にもしてもらえなかったことは、聞くまでもなかった。

「おとっつぁん、もう無理をしないで」

白湯《さゆ》を飲ませて、そのまま寝床に就かせた。

昨日から、米櫃《こめびつ》には一粒の米も入ってはいない。腹は減っていないと言ったが、事実この数日は、ほとんど食欲を示さなかった。

おせんは、髪に挿《さ》していた櫛《くし》を抜くと、両手で握り締めた。母親のおかねが、自分のために残してくれた最後の品だった。それを握りしめて長屋を出たのだった。

買ってきた二合の米を米櫃に移し、もう半分を釜に入れた。

竈《かまど》の火をおこす。といだ米を火にかけると、煤《すす》けた部屋の片隅に、おせんは蹲《うずくま》った。

この三十三間堂の裏手の長屋へ移ってきた翌日、母親は、寺の立ち木に自ら首を括って死んだ。長い間癪《しゃく》を患っていたが、駕籠屋新道の常陸屋の店を潰され追い出されて、生きる気力を失った。ほんの少し目を離した隙の出来事だった。

残された父親は、その衝撃で心の臓の発作を起こした。なけなしの金で医者に見せた。だが、はかばかしい回復は得られなかった。この一年あまりの借金との戦いが、甚三郎の体を打ちのめしていたのだ。

借金の保証人になったのが、しくじりのもとだが、その穴埋めに借りた金は、見る間に利を膨らませた。あの膨大な利息がなければ、店は立ち直ったはずである。初めのうちは援助をしてくれた縁者も、鮫洲屋からの借金の額を聞くと、ついには縁切りをして知らぬ振りをするようになった。

「私が悪かった。保証人になぞなったのが、間違いだった」

おとっつぁんは、何度もそう言って自分を責めた。けれども、おせんはそうは思っていない。困って助けを求めてきた人を放ってはおけなかっただけだ。おとっつぁんは、そういう人だ。悪いのは、借金を押しつけて逃げて行った者である。そして一切の事情を斟酌《しんしゃく》せず、あこぎに高利をむさぼり、店を取り上げた借金取りの男たちだ。寄ってたかって、おとっつぁんを苦しめ追いつめた。あいつら一人一人の顔と声は忘れない。

乱暴者の借金取りが出入りするようになると、客が見る間にこなくなった。目新しい品を、仕入れることもできない。一日一日が、怯えと焦りの中で過ぎていった。店を取られて、鮫渕屋からの脅しを伴った矢のような催促はなくなった。一息ついたと思ったが、引っ越してしばらくしてから、新手の借金取りが押し寄せてきた。

「逃げようったって、そうはさせねえぞ」

甚三郎は、鮫渕屋の他からも高利の金を借りていた。外神田佐久間町の、和倉屋松《まつ》左衛門《ざえもん》という男で、表稼業は口入れ屋である。小柄で人当たりの柔らかさが売り物だが、実は土地の地回りと密接な関係を持っていた。

元利あわせて十一両になるという。

深川へ移ってからは、小間物の行商をしながら、細々と暮らしてゆこうとしていた。働くことを厭《いと》う甚三郎ではなかった。だが心の臓の発作を起こしてからは、思うようにそれもできない。売り食いをしながら今日まで過ごしてきたが、十一両の借金返済など及びもつかないことだった。

店を追い出される一月前に、鉄造の脅しに堪え切れず、二月の期限で借りたのだ。越した先は、誰にも伝えはしなかった。ひっそりと暮らしていれば、なんとか矛先をかわせるのではないかと父娘は考えたが、それは甘かった。

「痩せたとっつぁんを逆さにして振っても、鼻血も出ねえことは分かっている。もうこの娘を売るしかなさそうだな」

やって来た松左衛門の手先は、脅すだけ脅すとそう言った。二十代半ば、長身で怒り肩の男で、酷薄な目をしていた。

「半端な娘だ。これじゃあ、どこの女郎屋が引き取ってくれるか知れたものじゃねえがな」

嗤った。

おせんは、幼い頃から鳥目だった。医者に通ったが、とうとう治らなかった。昼間はどうにか見えるが、夕刻過ぎると、とたんに目の前に白い幕が張られたように薄ぼんやりとしてきてしまうのである。

それでも手先の男は、金を返せないのならばと連れて行こうとした。

「ま、まってくだせえ」

甚三郎は、四日の猶予を願い出た。おせんが売られてしまうことを訴えて頼めば、縁切りをされたとはいえ、哀れんでくれる者が一人や二人現れるだろうと伝えたのである。許されてから今日まで、病を押して、縁戚や旧知の者の家を訪ねて回った。朝出かけて行く姿は痛々しい。しかしそれでも、藁《わら》にも縋《すが》る思いで出かけて行くのは、娘おせんの身を思うからだ。おとっつぁんは、自分を可愛がってくれた。鳥目を治すために、江戸中の名医と呼ばれた目医者を回ってくれたこともあった。神仏に両手を合わせる時、父母は「おせんに幸あれ」と願をかけるのを忘れたことはなかった。事ここに至っても、守ろうとしてくれる気持ちは胸に沁みた。

甚三郎がやっとの思いで出かけた先は、常陸屋を潰される直前にも最後の助けを求めて回った家々である。どこの家もこの前と同じだった。にべもない対応をされただけだ。

「こうなったら、お前一人ででも逃げるんだ」

戻ってきた甚三郎は、おせんを見つめて言った。人の良い父親の、せっぱ詰まった言葉だった。しかしおせんには、そう言われても行く先がなかった。金もない。出無精で、家に閉じこもりがちだったから、かくまってくれる友達もいないのだ。

「おっかさん」

両手で握っていた櫛を、もう一度握り直した。涙は出ないが、むしょうに寂しかった。「おせんに幸あれ」そう願をかける父母の声が、耳に聞こえてくる。自分は鳥目で、明るくもないし器量よしとも言えない。まともな所帯など持てるはずがないと、長い間考えてきた。望外な幸せなぞ望んではいけない、そう言い聞かせて過ごしてきた。

けれども年頃になって、店が順調にいっていた時には、入り婿話がないわけではなかった。目が不自由なことを承知で、婿になろうという男もいた。うれしかった。だが店が傾くと、男は手のひらを返したように冷たくなって、離れていった。

十九の歳になって、自分はほんとうに独りぼっちだ。

早ければ今夜にも、松左衛門の手先がやって来る。どう言い訳しようとも、駕籠屋新道の家を無理やり追い出されたように、自分は連れ出されることになる。残される父親はどうなるだろうと気になった。しかしおせんには、どうすることもできなかった。

せめて粥の一杯も食べさせたかった。

この一、二日体がだるい。風邪を引きかけていたが、ともあれ櫛を握り締めたまま長屋を出た。はからずも顔見知りになった質屋へ行く。質種《しちぐさ》になりそうな品は、もうこれをおいて他になかった。決して悪い品物ではない。番頭は渋い顔をしたが、米二合を買うぎりぎりの銭をくれた。

炊飯のにおいが、部屋に満ちていた。粥が炊けている。さっき長屋の路地を入ったところで降り始めた雨は本降りになっていた。

おせんは甚三郎を起こした。茶碗に粥をよそっていると、いきなり戸が乱暴に開けられた。どきりとするくらい冷たい雨風が、部屋に吹き込んだ。

「とっつぁん。銭はできたかい」

怒り肩の、いつもの男だった。濡れた草履のまま框に足をかけた。その後ろには、もう一人の見かけない男が傘をさして立っている。だが、この男の顔は、ぼんやりしてはっきりとは見えなかった。

「ぜ、ぜには……」

うめくように甚三郎が言った。胸が痛むのか、顔が苦痛に歪んでいた。

「できなかったわけだな。それならば、約定通り娘をもらって行こう」

男が、おせんの腕を摑んだ。

「待って。せっかく炊いたお粥を、おとっつぁんに食べさせてからにして」

思わずきつい言い方になった。

「ふざけるな。甘えたことを言うんじゃねえ」

茶碗を持ったおせんの腕を、ぐいと引く。手にあった粥をよそった茶碗が、土間に落ちた。茶碗は音を立てて割れた。

「何するんだよ」

悔しさで、体が震えた。むしゃぶりつこうとして、頰を張られた。容赦のない叩き方だった。

「や、やめてくれ」

甚三郎がかすれた声を上げた。よろよろと立ち上がるのが見えた。土足の足が、その腹を蹴ろうとしている。

おせんはその腰にしがみついた。蹴られれば、おとっつぁんはそれだけで死んでしまう。それだけはさせられない。すると、力まかせに振り払われた。土間にたたきつけられる。

「おとなしくしねえと、ただでは済まさねえぞ」

怒声が飛んだ。襟首を摑まれて、男の胸先に引きずり上げられた。苦しい。ぼんやりと見える顔が、悪鬼の形相《ぎょうそう》に見えた。殺されると思った。両手で突き放そうと胸板を押すと、手が何かに触れた。わけも分からず、ただ必死の思いで握り取る。それが匕首だと気づいたのは、刃先を抜き出して、男の腕の付け根あたりを突き刺した後だった。

「こ、このやろう」

濃い血のにおいがして、男の力が緩んだ。摑まれた手を、おせんは必死で振り解《ほど》いた。戸外へ逃れ出ると、今度は外にいた男に押さえ込まれた。

「逃げろ。逃げてくれ！」

甚三郎の声が聞こえた。かすれた弱々しい声だ。逃げようともがいたが、外にいた男の腕はぴくりとも動かなかった。

だめだ。そうあきらめた時、男の力が緩んだ。誰か他にも人が現れて、おせんを押さえつけていた男を、押し倒した。地響きがあがった。現れた男が、倒れた男の胸を蹴った。二度、三度と繰り返すと、骨の折れる音がした。

「来るんだ」

そう言われて、腕を捕らえられた。強く引かれて、おせんはその方向に身を寄せた。雨の中を抱えられるようにして、二人で走った。下駄も履かず、素足で逃げたことに気づいたのは、しばらく走ってからだった。

どこをどう走ったのか、おせんには分からない。ただ大川を渡ったのは分かった。あの橋は、永代橋だったのだろうと後になって考えた。橋を渡りきった辺りから、体が震え始めた。冷たい雨である。ぐっしょりと濡れそぼって、背筋に悪寒が走った。

「ここだ」

男の声が耳元で響いて、建物の中に入れられた。乾いた着物を手渡され、おせんはやっとの思いで着替えた。敷いてくれた夜具に横たわると、疲れと寒さでしばらく震えていたが、いつの間にか眠ってしまった。

五

目が覚めると、障子紙の向こうに雨音が聞こえた。夜は明けている。

おせんは起き上がろうとして、眩暈《めまい》がした。体がだるく、熱があるのが分かった。ゆっくりと部屋の中を見回す。三十三間堂裏の長屋と同じ広さだが、見覚えのない部屋である。流しに、男の後ろ姿がおぼろげに見えた。

「目が覚めたか」

気配に気づいたのか、男が振り向いた。昨夜、和倉屋松左衛門の手先に連れ去られようとして、救い出されたことを思い出した。

「お世話になってしまって」

もう一度起き上がろうとしたが、体がだるくてできなかった。

「具合が良くなるまで寝てりゃあいい。ここには、おれの他には誰もいねえ」

つっけんどんな言い方をすると、男は再び後ろを向いた。おせんはその声に聞き覚えがあったが、咄嗟《とっさ》には思い出せなかった。二十一、二の若い男だが、これも初めて見る顔ではない。だが、体がひどくだるかった。寒けもした。

おせんはもう一度、眠りに落ちた。

二度目に目を覚ました時には、男の姿はなかった。雨の音はしなくなっていたが、薄暗い。時刻は見当もつかないが、枕元に何か置いてあるのが分かった。手で触ってみると、まだ温かい。粥を炊いた土鍋と茶碗である。

反故《ほご》の裏に、何かが書いてある。目を近づけて、やっとの思いで読んだ。『くえ』とあった。

男の好意を感じた。食欲はなかったが、おせんは、ともかく茶碗に半分ほどよそって食べた。味は分からない。あれから、おとっつぁんはどうしただろうと気になったが、どうすることもできなかった。

眩暈が消えず、食べ終えると横になった。そして、そのまま、また眠った。

鳥の鳴き声が聞こえた。子供の喋り声と、水を汲む音も耳に入ってくる。目を開くと、障子紙を通して、朝の日が差し込んでいて眩しかった。

二晩、寝込んでしまったのだと気がついた。おせんは起き上がる。体にまだだるさが残っていたが、一昨夜のようなものではなく、寒けも薄らいでいた。

あの男は、どうしたのだろうと部屋の中を見回した時に、戸が開いた。おせんは入ってきた男の顔を見て、「あっ」と声を漏らした。

顔が腫れている。唇に殴られた跡があったが、忘れるわけがない。駕籠屋新道の常陸屋へ何度も顔を出し、ついには自分たち親子を追い出した、鮫洲屋配下の借金取りの一人だ。

「あ、あんたは」

「そうだ、思い出したか。おれは、磯市ってえ者だ」

にこりともせずに言うと、男は框に腰を降ろした。おせんは、その声を戦慄《せんりつ》しながら聞いた。おとっつぁんを心の臓が病むほどに脅し、客を店に寄り付かなくさせ、親子三人を一片の憐憫《れんびん》もなく追い出した男の一人である。

こんな男に急場を救われ、二夜の世話になったというのか。

涙が滲んだ。目の前にいるのは、憎んでも憎み切れない高利貸しの手先ではないか。

「何であたしを助けたのさ。何で看病までしたんだよ」

気持ちが激して睨みつけた。こんな男の長屋には、一刻でも居たくない。寝ていた布団までがおぞましかった。おせんは半身を起こすと立ち上がった。

だが足下がふらついた。膝に力が入らなくてよろけた。

「あぶねえな。まだ治っちゃいねえだろう」

体を支えられた。がっしりとした手だった。この手に縋《すが》って、雨の中を逃げてきたのだ。

「さわらないで」

おせんは力まかせに、腰にかかった手を払った。しかしその弾みで、布団の上に尻餅をついた。起き上がろうとするが、体が重くて持ち上がらない。激しい眩暈に襲われた。

「まだ起き上がれる様子じゃねえ。どうしようと勝手だが、後もう一日休んでいけ。そうすれば、熱も引くだろう」

「余計なお世話だよ。あんたなんて……」

再び立ち上がろうとした。布団を踏みしめる。おっかさんを死なせ、おとっつぁんを追いつめた借金取りの部屋にいると思うだけで、腹立たしさが湧いてくる。その根には、こんな男の世話を受けてしまった我が身の情けなさもあった。

目の前の汚《けが》らわしい男を、おせんは払いのけようとした。戸口へ向かおうとすると、いきなり頬を張られた。乾いた高い音が耳元でして、頬が痺《しび》れた。立ち上がりかけた体が、ずるずると下に崩れた。

「分らねえことを言うんじゃねえ。そんな体で、どこへ行けるんだ」

怒鳴られた。激しい言い方で、熱のある体が震えた。

捻《ね》じれた布団を、磯市と名乗った男は、直してくれた。押さえつけられるようにして、横にならされた。有無を言わせぬ強さがあった。

体を硬くしたまま、おせんは目を閉じた。渦がゆっくりと頭の中を回っていて、不安定な気持ちだった。

「飯を作ってやる。食って寝るんだ」

鍋を竈にかけたらしい。そして包丁を使う音がした。妙に調子の良い、巧みな包丁捌きを感じさせる音だった。

ちくしょう。ちくしょう。あんな男の世話になって。

涙が溢れた。罵《ののし》っている相手は男ではなく、自分だった。

しばらくうとうとした。そして気がつくと、味噌に鰹節の交ざった柔らかな香ばしいにおいが、部屋の中に籠っていた。

「味噌粥ができた。起き上がるんだ」

おせんは気がつかない振りをしていたが、乱暴に布団をめくられた。むりやり背中を起こされた。ふて腐れたように目を開けた。

小鉢によそわれた雑炊から湯気が昇っている。中を見ると、細かく刻まれた分葱《わけぎ》と生姜《しょうが》が載せられていた。

「さあ、熱いうちに食うんだ」

乱暴にれんげが差し出された。

ふん、お前が作ったものなんて、食べてたまるものか。そう思ってそっぽを向くと、顎を摑まれて、前に向けられた。男は粥をれんげに一さじすくい取ると、無理やり口の中に押し込んだ。熱い。だし汁に味噌と生姜の染みた粥の味が、口中に広がった。

たちどころに、小鉢一杯分の味噌粥が、口に押し込まれた。咀嚼《そしゃく》していると、腹の奥に温かい粥が染み込んでゆくのが分かった。昨日、借金取りとは気づかず、男が作った粥を食べて以来、二度目の食事だった。

「よし。食ったら眠るんだ。余計なことを考えずにな」

磯市は、手早く食器を片付け始めた。おせんは、男に背を向けながら横になった。いまいましいことだったが、味噌粥のお陰で体が暖まったのは事実だった。

自分が逃げ出した後、おとっつぁんはどうなったのだろうか。無性に気になった。

夢中で摑み取った匕首で、腕の付け根あたりを刺した怒り肩の男。そして雨の中で磯市に蹴られ、骨を折られた男。走り抜けた永代橋。一昨夜の出来事が、切れ切れに浮かんだ。

おせんは、きつく目を閉じた。

六

おせんの寝息を背中に聞いて、磯市は長屋を出た。鮫渕屋へ顔を出す。

奥の部屋へ呼ばれて、茶を振る舞われた。菊右衛門襲撃に絡んで駒平に責められたおり、軍兵衛の賭場について口を割らなかった。痛い思いをさせられたわけだが、鮫渕屋の中では、それで磯市を見る目が変わった。

軍兵衛は痛み料として、磯市に一両の駄賃を弾んだ。そして昨日今日と顔を出すと、そのたびに奥の部屋へ呼んでくれた。配下の少数の主だった者とする世間話の中に、磯市を交ぜてくれるようになったのだ。鉄造の口の利き方も、これまでと若干変わった。軍兵衛の懐に、一歩踏み込むことを許された。そういう気がした。

「磯市。お前には、いろいろな仕事をやってもらおう」

四軒の商家の、利を受け取りにゆく仕事を命じられた。脅しに行くのではない。こういう役を一人でするのは、初めてだった。もちろん払いが悪ければ、素直に引き下がって来るわけには行かないが、じかに金を預かる仕事だった。

磯市は、まず日本橋北鞘町《きたさやちょう》の筆墨屋へ行く。外見は堅実な商売をしている店に見えたが、鮫渕屋から来たと告げると、番頭が顔色を変えて奥へ招き入れ、金子の入った紙包みを差し出した。中身を確かめてから、受け取りを渡す。

どの店の者も、露骨に迷惑そうな顔を見せることはないが、出ていこうとすると、ほっとした表情を見せた。嫌われ、疎まれて生きて行くことに不満はなかったが、自分のために料理人に戻ってくれと言った、おしなの言葉を思い出した。

小名木川の河岸の道で、三味線の稽古帰りのおしなと話をした。あれから会ってはいない。芝の料理屋へ嫁に行くと話していたが、まだ嫁に行ってないのは確かである。何とかしたいという気持ちは強いが、菊右衛門に頭を下げるつもりは毛頭なかった。

「それにしても……」

三十三間堂裏の長屋から連れ出されるのを救い、世話をしているおせんという娘のことを考えた。同じ年頃でも、おしなとは比べ物にならないくらい貧相で、華のない陰気な娘だった。おまけに、目も不自由なようである。

そんな娘を、どうして自分は借金取りから救い出し、こじらせた風邪が治るのを面倒見ているのか。これまで、幾多の金に詰まった者を相手に、借金の形《かた》として家や娘を売らせてきた。済ませた仕事の後に、気持ちを奪われたことはない。

それなのに磯市は、質屋から出てきたおせんと馬場通りでぶつかって、そのふらふらした足取りをつけてみようという気になった。長屋までつけたところで、雨が降り出した。雨宿りのつもりで軒下にいると、借金取りが女衒《ぜげん》を連れて現れた。悶着が起こったのを、なぜか飛び出して連れ出した。

同情をしたわけではない。下心なども当然ない。

熱が下がれば追い出すつもりだが、それにしても長屋に置いておくわけは思い当たらなかった。

「そういえば、あのおやじ。どうなったのだろうか」

常陸屋甚三郎は、病んでいるように見えた。それにどこの金貸しかは知らないが、娘を逃がされ手先を傷つけられて、それで黙っているはずはなかった。何らかの始末がつけられていることは明らかである。


霊岸島の鮫渕屋へ戻って金を鉄造に渡すと、用はなくなった。磯市は、深川へ出て様子を見て来ることにした。

三十三間堂の古い土塀の先に、棟割り長屋が二棟並んでいる。その中の一つが、おせんらの移り住んだ場所だった。路地を入って、木戸口を見ると、男が二人、辺りの様子を見張るように立っているのが見えて、磯市は慌てて身を物陰に隠した。

男たちは、荒くれ者のにおいをはらんでいた。鮫渕屋にたむろしている若い男たちと、同じにおいである。舌打ちをして、路地から表通りに抜けるところまで戻った。

表通りを歩いている者に、長屋の様子を訊ねる。だが、知っている者はいなかった。仕方なく、人が出て来るのを待つことにした。

四半刻近く待っていると、ようやく赤子を背負った老婆が、長屋のある路地から出てきた。広い通りを永代寺に向かって歩き始めてから、磯市は側により声をかけた。

「長屋で何があったのか、教えちゃくれねえかい」

老婆は驚き、怖れた風を見せた。しかし多めの銭を握らせると、おどおどした様子のまま話し始めた。

「じ、甚三郎さんが、おとついの晩に亡くなったんですよ」

「ほう、どうしてだ」

なぶり殺しにでもされたのかと思った。鮫渕屋でも、同じようなことをされたら、ただでは置かない。

「心の臓の発作でですよ。大きな声じゃ言えないが、おとついの晩に借金取りが来て、おせんちゃんを連れて行こうとした。ところが、どこの誰だか知らないが、邪魔立てした男がいて、おせんちゃんを連れて逃げちまったんだよ」

「…………」

「二人の借金取りは大怪我をしたけど、甚三郎さんもその騒ぎで発作を起こしてさ。そのまま死んじまった。おとついから今日にかけて、がらの悪い男が何人もやって来た。逃がした男のことを、あたし達も根掘り葉掘り聞かれてさ。難渋したよ。でも誰も顔を見ていないんだから、答えようがなかった」

「なるほど、誰も見ていなかったのかい。それで、その借金取りは、どこの誰だか分かるかね」

「それはさ、たしか外神田佐久間町の和倉屋松左衛門とかいう名前だったと思うけど」

「和倉屋だって」

腹の底がじんと熱くなった。一月ほど前に、吉次郎と組んで二人の用心棒を襲ったその主人である。軍兵衛と敵対する高利貸しだ。

「そうだよ。手下を何人も連れて来てさ。おせんちゃんを捜せって、えらい見幕だった。まだ見つからないようでね、戻って来るかもしれないって、見張りの男が残っているんだよ。でもこれじゃ、仏さんの弔《とむら》いもできやしない。いくら借金を抱えていたって、あまりに不憫《ふびん》だよ」

「なるほど、そういうことか。それで甚三郎の遺骸はどうした」

「長屋に寝かせたままだよ。大家が話をしてくれているけれどね」

和倉屋の連中は、執念深くおせんを捜すだろう。甚三郎の遺骸も、そうたやすくはいじらせないはずだ。おせんをおびき出す材料にしようという腹に違いない。

軍兵衛は配下の者に、他の高利貸しや地回りに勝手な動きをすることを許さない。

和倉屋とは日本橋箱崎町の船宿へ、それぞれが貸し金を抱えており、その悶着はまだ決着を見ていなかった。一触即発の状態にある。

面倒なことに関わりあったという気がした。

手先が連れて来た女衒の肋骨《ろっこつ》を折ったが、あの男たちは、自分の顔をはたして覚えているだろうか。雨の中でのわずかな時間のことである。その点は大丈夫だと思った。

「話を聞かせてもらって、助かったぜ」

老婆と別れると、磯市は足早に歩いた。いずれにしても、一刻も早くおせんを追い出さなければならないと考えた。

七

井戸端で長屋の女房たちが、喋りながら夕餉《ゆうげ》の米をといでいた。いつものように賑やかで、高笑いも聞こえた。磯市が入って行くと、それまでけたたましかった女のお喋りが、すっとやんだ。ちらと見るが、声を掛けてくる者はいない。どこかにしらけた雰囲気が漂って、自分の噂話をしていたのだと感じた。

おせんを連れ込み寝かせていることは、おそらくとうに気づいている。どのような素姓の娘かと、物見高い女房たちは、あれこれ勘ぐっているに違いなかった。

磯市は、そんな女たちを無視して通り過ぎる。

長屋の者たちとは、ほとんど口を利かない。越してきた初めの頃は、荒んだにおいを持った磯市を、長屋の人々は怖れた。吉次郎のような、気味の悪い仲間もやって来る。しかし金やものを無心したり、悶着を起こしたりすることがないと分かると、怖れは消え、どこか気心の知れない煙たい住人という程度の扱いになった。

磯市が行き過ぎると、また女たちのお喋りが始まった。

自分の長屋の、建付けの悪い戸を開ける。中はひっそりとしていて、おせんは背を向けて眠っていた。戸を閉めると、その気配に気づいたのか、目を覚ました。磯市をちらと見たが、何も言わなかった。

朝出かけた時から、眠っていたらしい。顔のむくみが引いて、熱も下がったようだ。

「三十三間堂裏の、おめえの長屋へ行ってきた」

そう言うと、おせんは起き上がった。微かに汗のにおいがしたが、朝とは違うしっかりした身の起こし方だった。磯市を見る目に不安と怖れがあった。

「おめえのおとっつぁんは、おとついのあの晩に、心の臓の発作で死んだ。亡骸《なきがら》は、まだ長屋にあるそうだ」

「そうですか」

おせんは身を固くし、目をそらせた。涙が浮かんだが、取り乱す様子はなかった。すでに覚悟を決めていたのかも知れなかった。

「それで、どうする。熱が下がれば、いつまでもここに置いておくわけにはいかねえんでね」

「はい。たいへんお世話になりました。あたし、出て行きます」

おせんはにこりともしなかったが、布団から体を出すと、丁寧に両手をつき頭を下げた。乾かして、枕元に置いておいた着物に手を出そうとして、振り向いた。一拍ためらう風を見せたが、思い切ったように言った。

「あたし、あんたに助けてもらって、世話になった。だけど、何《なん》にもお礼ができない。だって、何にも持っていないから。だから抱いてください。それしか、あたしにはできないから」

おせんは寝巻きの紐《ひも》に手をかけた。手の動きがこわ張っている。顔は能面のように動かず、必死に気持ちを抑えているのが見てとれた。娘らしい、華やかさのかけらも感じない。男として何とかしようなどとは、考えもしない相手だ。

「やめなよ。そんなことは、するにゃあ及ばねえぜ」

「えっ」

はっとしたように、おせんは磯市を見た。目に怯えが走ったが、それはすぐに憎悪に変わった。何か言おうとしたが、声にはならなかった。

「そんなことをしてもらうつもりはねえ。おれはよ、おめえを抱きてえから、ここへ連れてきたわけじゃあねえんだ」

「じゃあどうして、どうして助けたりしたんだよ。一度は、店から身ぐるみ剝いで叩き出したあたしを……」

声が震えた。積もり積もった恨みや憤《いきどお》りが、一瞬ほとばしり出たらしかった。刺すような憎悪の目が、磯市に向けられている。

はっとした。それには、息詰まるほどに胸を圧迫してくるものがあった。

追い出した常陸屋の者たちに対して、おせんに対して、鮫渕屋の手先としてしたことに負い目はない。借り金を返せない者に、当然のことをしたまでである。恨まれるのは筋違いだが、自分を憎む目つきに、思いがけない鮮烈さがあった。色つやの悪い、貧相なだけのはずのおせんの顔に、初めて娘らしさを感じた。

「さあ、何故だか分からねえな。たまたま見かけて、気まぐれで、ちょいと手出しをしたくなった。それだけのことだろうよ」

どこかに、いじめてみたいという気持ちが起こっていた。しかし、口から出た言葉は真実だと思った。

おせんの目から、涙があふれた。乱れた息遣いで洟を啜《すす》り上げたが、声は出さなかった。握りこぶしを作って、気持ちを抑えている。なぜ涙を流したのか、その理由は分からなかった。

「さっさと着替えるんだ」

邪険に言うと、磯市は表に出た。閉めた戸口の前で待った。井戸端の女房たちが、探るように見たのを感じた。激しく苛立った。本気で睨み返した。

戸が開いたのは、ほんのわずかな後である。ちらと磯市を見た。頬は濡れたままで、涙を拭いた気配はない。

「あんたの顔なんて、二度と見たくない」

挑む目を向けると、おせんは長屋の路地を走り出て行った。裸足だった。磯市の下駄を用意しておいたのだが、履かなかったようだ。

屋根の上で、烏《からす》の鳴き声が聞こえた。遊びから戻ってきた子供が、井戸端の母親と長屋の戸口に入って行く。気がつくと、路地のそこここに薄闇が這《は》い始めていた。

日が、今にも落ちようという刻限だった。

確かおせんは、日が落ちれば、ほとんど目が見えなくなる。見えない目で、江戸の町のどこをほっつき歩くというのだろう。頼れる身よりなどないはずだった。

「ふん。どうにでもなりやがれ」

磯市はそう口では呟いたが、足は表通りに向かっていた。

考えてみるまでもなく、おせんに他の行き場所なぞありはしなかった。永代橋の袂に立つと、小走りに渡って行く裸足の女の後ろ姿が見えた。時おり体がふらついている。まだ病み上がりである。泣いているらしく、袂の袖を何度も目に押し当てていた。

磯市も、永代橋を渡り始めた。長さ百十間余の橋を渡り終える頃には、薄闇は濃さを増していた。おせんは一、二度転びかけたが、なんとか深川へ入り込み馬場通りへ出ることができた。町には、明かりがともり始めている。

おせんはひたすら東に向かって歩いた。行く手には、三十三間堂がある。

「馬鹿な女だ。長屋へ戻ったところで、借金取りが待っているだけじゃねえか。せっかく助け出してやったものを……」

だが、呼び止めることはできなかった。長屋へは、置いておくことのできない女である。和倉屋の者に勘づかれれば、面倒なことになる。そうと気づいていながら、後をつけることをやめられなかった。

三十三間堂の屋根が、闇の中でかろうじて見えた。長屋のある路地を、おせんは間違えることなく曲がった。不自由な目には、おそらく辺りがぼうと霞んで見えるだけのはずだが、戻りたいという気力が、ここまで来させたのだと思われた。

長屋の木戸を抜けると、おせんは自分の長屋の戸口の前で立ち止まった。明かりが漏れている。待っていた男が、顔を出した。磯市が昼間見た和倉屋の手先である。

「おとっつぁんは。おとっつぁんは中にいるんだろ」

おせんは男の胸を押して、戸口を入ろうとした。だが男は、その襟首を摑んだ。ぞんざいな摑み方だった。おせんは叫んだ。

「何するんだよ。あたしは、おとっつぁんに会いに来たんだ」

「うるせえ。てめえのお陰で、仲間が二人大怪我をさせられたんだ。ただじゃあ済まねえことは、分かっているはずだ。手間をかけやがって」

怒気の籠った声だった。もう一人の男が外へ出た。辺りを見回している。他に人がいるかどうかを探っていた。磯市は、長屋の建物の裏手に回って身を潜めた。

「一人のようだぜ」

「よし、連れていこう」

もがき、中へ入ろうとするおせんを、二人の男が井戸端まで引きずり出した。何度か頬を張る。力の籠った鈍い音がした。

「お願いだよ。せめて線香ぐらい上げさせておくれよ」

ずるずると引きずられながらも、おせんはあきらめなかった。足をふんばり、体を揺する。とうとう摑んでいた男の腕に嚙《か》みついた。

「このあま」

嚙まれた男は、おせんの腰を力まかせに蹴った。細い女の体が、軋み音を立てて地べたへたたきつけられた。

「おい、怪我をさせちゃあいけねえぜ。これでも売り物だ」

もう一人の男が言った。腕を摑むと、無理やり立たせた。低いが落ち着いた声である。体もがっしりとしていた。

「さあ、行くぞ」

強引に、おせんの腕を引いた。有無を言わせぬ足取りで、おせんが踏ん張ろうとしても、摑まれた腕は、びくりともしなかった。

「おとっつぁん」

洟を啜る声が、幼児の泣き声に聞こえた。張りつめていた声に、明らかなあきらめが滲んでいた。それを聞いて磯市は、目の前にぶら下がっていた棒を握り締めた。すりこ木である。

「あんたの顔なんて、二度と見たくない」

磯市の長屋を出る時、挑む目でこちらを見た、あの目には、溢れる怒りと憎しみがあった。反発を覚えるよりも、激しさに圧倒された。それは、磯市自身が心中に抱えている、癒《いや》しがたい憤りと同じものだと感じた。だからこそ、こうして後をつけてきたのだと、今になって気づいた。

物陰に潜んだまま、三人が木戸を出て行くのをやり過ごした。後からついて、兄貴分の男の後頭部を狙って、すりこ木を打ち下ろした。

すりこ木が当たる寸前、気配に気づいた男が振り返り、頭をかわした。渾身の思いで振り下ろしたすりこ木は、男の肩に当たった。ぼきりと音がして、手に骨の砕ける手応えがあった。だが、それとほぼ同時に、男の足が磯市の腹を蹴りつけていた。

うっと息が詰まって、磯市はそのまま尻餅をついた。

男はもう一度、今度は顔を蹴ろうとしたが、それはかわすことができた。力が緩んでいた。肩に当たったが、衝撃は感じない。

その足を摑んで引きながら、立ち上がった。もう一方の利き足を、こちらの足で掬《すく》う。音を立てて男の体が地に沈んだ。

「この野郎」

もう一人の男が、磯市に殴りかかった。拳が頰に当たった。頰骨から脳天へと衝撃が走ったが、痛みは感じなかった。

体をこごめて半身になり、相手の内懐へなだれ込んだ。

片手で帯を摑み、右の拳で力まかせに下腹を突いた。二度三度と繰り返す。

男の体が、ずるずると足下へくず折れていった。

「ついて来い」

おせんの腕を握ると、走った。おせんは寸刻のためらいを見せたが、ついてきた。

馬場通りの広い明るい道へは出なかった。裏手に回って、油堀に架かる小橋を渡り、暗い河岸道を走った。

八

深川伊勢崎町の履物屋三枝屋の主人郷兵衛が、菊右衛門の見舞いに来た。菊右衛門が襲われたのは、三枝屋を訪ねての帰り道である。郷兵衛は事件のあった翌日には菊田川を訪ねて来、容態を気づかった。しかしその時は、面会をできる状態ではなかった。八月も半ば近くになって、ようやく顔合わせがかなうことになったのである。

郷兵衛は、跡取りの邦太郎を連れていた。父親譲りのずんぐりとした体つきで、肉厚な鼻は低い。お世辞にも男っぷりが良いとは言えないが、切れ者で、よく働く若者だ、と悪く言う者はいない。おひさも一度会ったことがあった。

郷兵衛は、顔色の良くなった菊右衛門を見て安堵の様子を見せたが、腕の傷については、詫《わ》びの言葉を口にした。三枝屋からの帰路に狙われたことを、斟酌《しんしゃく》したのだ。

「こうなったら、笙太郎さんに、ひと踏ん張りしていただきませんとな」

郷兵衛は、履物屋仲間の世話役をしている。ここでは、毎年八月十五夜の晩に、江戸府内の料理屋を選んで観月の宴を開く。今年は菊田川がその会場になっていたが、菊右衛門が惨事に遭って包丁を握れないことになった。ついては場所を変えてはどうかという話が、仲間の者から起こったという。郷兵衛はそれらの声を遮《さえぎ》って、笙太郎の腕に期待をかけた。

「笙太郎さんの腕のさえを見せてやってくださいな」

後ろ盾になろうというのだ。

献立を決めるのは、もちろん菊右衛門である。だが三枝屋郷兵衛は、板場の中心として笙太郎を前面に押し立てて、盛大な宴を開こうと言うのであった。口うるさいお歴々を満足させることができれば、笙太郎はもう一つ見直されることになるだろう。

菊右衛門に異存はない。この観月の宴は、一年近く前から菊田川で行われることが決まっていた。辞退することは考えていなかった。喜之助を柱に乗り切る覚悟でいたが、この申し出は都合の良いものだった。

そしてもう一つ、郷兵衛は用件を持って来ていた。

三枝屋父子が帰る時、おひさはお梶から見送りに出るように言われた。郷兵衛は、笑顔でねぎらいの言葉をかけてくれた。お紋から、観月の宴についての話を聞かされていたから、頼もしい人を見る思いで見送った。跡取りの邦太郎も、好意の目を向けて帰って行った。口数は少ないが、身ごなしのしっかりした男だった。

そして菊右衛門の病間へ呼ばれた。

「さあ、お入りなさいな」

お梶の機嫌は良かった。珍しく茶を振る舞い、菓子を出してくれた。

菊右衛門は羽織を着て、寝床の上で起き上がっていた。面窶《おもやつ》れしてまだ顔色も良くなかったが、おひさは、その目に生気があるのを感じてうれしかった。時がたてば、さらに元気になるだろう。

戸板で運び込まれて来た時以来、おひさがじかに顔を見るのは初めてである。おりおり回復ぶりを聞いてはいたが、実際に顔を見ると気持ちが落ち着いた。

お梶は、これまで病間へおひさを入れることはなかった。あくまでも奉公人として遇していたからである。

おひさにしても、お紋からは、店を守ることで菊右衛門への快癒の思いを伝えろと言われていた。おひさはそのつもりで過ごしていたが、こうして回復しつつある顔を見ていると鼻の先がつんと痛くなってきた。

「今日は、ぜひ話しておきたいことがあってね。こんなことにならなければ、もっと早くに話していたんだが」

菊右衛門が、静かに口を開いた。

女郎花《おみなえし》の黄色い花が床の間に生けられていた。お梶も、笑顔でおひさを見つめている。

「今お帰りになった三枝屋さんだがね。あんたを嫁に欲しいと言っていなさる。跡取りの邦太郎さんも、大乗り気でね」

「えっ」

思いがけない言葉だった。嫁に行くことなぞ、考えてもみなかった。

「もう十九になるじゃないか。本気で考えなければいけない歳だよ。それに三枝屋さんなら大店だ。邦太郎さんはしっかり者だし、玉の輿《こし》に乗るようなものだよ」

お梶も続けた。言われてみれば、もっともな言い分だと、おひさは妙に醒めた気持ちで考えた。けれども、喜びは少しも感じない。長く菊田川に置いておいてほしい。そう思った。

「今すぐに返事をしろとは言わない。おっかさんとも相談して、決めるんだ」

菊右衛門が言った。おひさが釣合いのことを告げると、菊田川の養女ということにして嫁入ればいいと応えた。いつものように、優しい目で見てくれている。自分のことを思って進めてくれた話だと、素直に感じられた。

見送ったばかりの、邦太郎の顔を思い浮かべた。心弾むものはなかったが、嫌な男ではなかった。

「はい。ありがとうございます。おっかさんにも話して、考えてみます」

言い終えた後で、ちらと磯市のことを考えた。兄はこの縁談について、いったい何と言うだろう。

「目出たい話じゃないか。うちでは、間近に三つの縁談がまとまる」

お梶が漏らした。もう二つの縁談とは、笙太郎とおぬいの話であり、おしなの芝の料理屋への嫁入りの件である。どういう内容になっているのか知る由もないが、今の口ぶりでは、二つともかなり話が進んでいる気がした。

胸の奥で、どきりとするほどの寂しさを感じて、おひさはうろたえた。

九

横串を打った子持ちの鮎を、強火で充分に素焼きする。焼き色を見て、火から上げるように命じたのは笙太郎だった。蒸し方の若い者が、蒸気の上がった蒸し器の底に巻きすを敷き、串を抜いたぷっくりと腹のふくらんだ鮎を並べる。

少しでも型崩れしたものは使わない。その場で除く。

中火にして、半刻ほど蒸す。途中四度ほど酒を吹きかける。四半刻も蒸している と、酒の香りに、生臭さの消えた鮎の香ばしいにおいが交ざって、板場に広がった。落ち鮎の煮浸しは、履物屋仲間の十五夜観月における宴の、献立の一つになっていた。

蒸し終えた鮎は、そのまま冷ます。冷めてから鍋に薄板を敷き、鮎を並べる。煮方の職人が、煮汁の水、酒、酢、爪昆布を加えた。じっと見ていた笙太郎が口出しをし、さらに酒を加えさせた。煮方の職人は二十九。笙太郎よりも経験の長い男だが、笙太郎は遠慮していなかった。目に、意気込みがあった。

「へい」

煮方は、笙太郎の指示に逆らう素振りを見せなかった。側にいる喜之助は、目で仕事ぶりを追ってはいるが、一切口をはさまない。

煮汁が沸騰した頃、氷砂糖を加え、さらに煮る。濃口醤油を加えて、今度は弱火で煮る。四半刻の半分ほど煮てから、いったん火から下ろし一日置く。明日も煮て、客に出すのは明後日のことである。観月の宴の下準備はこれだけではない。献立は菊右衛門が作ったが、それには笙太郎の意見が大きく取り入れられていると、おひさは聞いた。

板場に入って行くと、おひさはふっと笙太郎と目が合うことがある。そういう時は、気持ちを籠めてうなずき返す。おぬいとの祝言が、迫っているらしい。しかしこうして目と目を見つめ交わすと、そういうこととは別に気持ちが和《なご》むのを感じた。

深川の馬場通りは、日を追うごとに賑わいを増している。明日の十四日から、富岡八幡宮の祭礼だ。

商家は、団子を調じ、柿、栗、芋、枝豆、葡萄を添えて三方盆にうずたかく盛り上げ、尾花、秋草を花入れに挿《さ》して月に供える。通りには、気の早い屋台店が商いを始め、町々では自慢の山車《だし》や練物の準備に余念がない。町全体が浮き浮きして、菊田川の客は切れることなくあった。

お永の団子屋も、書き入れ時である。さぞかし忙しく暮らしているだろう。歩けば四半刻のところに暮らしているが、思い合うばかりで会うことはできない。しかし今は、菊田川での日々を大事にしなければならないと、おひさは考えた。

翌十四日、八幡宮の祭礼が始まった。朝から神楽《かぐら》太鼓の音が響き、そこここに幟がはためくのが見えた。神輿《みこし》の渡御《とぎょ》があり、捕らえた雀を空へ放つ放生会《ほうじょうえ》が行われる。どこの町の山車が来たといっては騒ぎ、練物の工夫を評する人の群れが町に溢れた。江戸中から人が集まってきたようだ。

「さあさあ、喉を潤してくださいな」

菊田川では大鍋に甘酒を作って、道行く人々にふるまう。仲居たちが、仕着せの着物に紅い襷をかけて、道行く人たちに声をかける。

「ごちそうさん。さすがに菊田川の甘酒だ」

生姜の香りがほのかに漂う。大鍋は、瞬く間に空になった。

昼過ぎに、本所の太物屋狛江屋が、娘のおぬいを連れて現れた。狛江屋は、菊右衛門を見舞うと早々に引き上げたが、おぬいは菊田川に残った。笙太郎は観月の宴の準備と店の仕事があり、また八幡宮の氏子《うじこ》でもあったから多忙を極めている。落ち着いて相手をできる状態ではなかったが、お梶が引き止め、おしなを含めた女三人で祭り見物に出かけ、戻ってきたのは夕刻である。

日が落ちても、通りの人混みは少しも減らない。祭り囃子《ばやし》の笛や太鼓の音色も消えない。むしろ賑やかになった。しかし菊田川では、予約の客を受け入れると、それで店は仕舞いにした。料理を出してしまえば、片付けは受け持ちの洗い方がする。明日の宴会の下仕込みも、おおむね終えていた。料理を盛る器も、盛り方が用意をし、点検を終えていた。

板場を受け持つ笙太郎は、ようやく一息つける。

お梶の言いつけで、おぬいを本所の狛江屋まで、笙太郎が送り届けることになった。

「どうぞ、またお越し下さいませ」

おひさは、ちょうど係の客を門先まで送り出したところだった。下げた頭を上げると、笙太郎とおぬいの姿が、外記殿橋を渡って行く。

昨日、菊右衛門から三枝屋への嫁入りを勧められたおり、お梶が笙太郎の縁談も進んでいることをにおわせた。その二人を見ると、やはり心の臓のどこかがちくりと痛んだ。おひさは思わずため息をついた。

すると、三十前後の地回り風の男が、外記殿橋を渡って行くのが目に飛び込んできた。笙太郎らの行った先に目を向けて、意味ありげな笑みを漏らしたのである。ぞっとするほど、意地悪そうな目つきをしていた。それだけのことだったが、おひさは妙に気になった。

二人をつけているように感じる。胸騒ぎがした。

おひさは、その男の後に続いた。勘違いならば、それでいい。そうと分かったところで戻ってくればいいのだと考えた。男の数間先には、笙太郎とおぬいが歩いている。

馬場通りに出ると、二人は左に曲がり、大川に沿った道に出た。人の流れに逆らって油堀を渡り、仙台堀を越えた。祭り囃子の音色は、すでに聞こえなくなっていた。

人通りは徐々に減っていく。それでも男は、二人との間を保ったまま後ろを歩いて行った。あきらかに、つけている。

肩幅の広いがっしりした男だ。落ち着いた確かな足取りに見える。歩きぶりだけを見ていれば、とても人をつけているとは感じられない。

町家がとぎれた。提灯の明かりが、まだちらほら見える。しかしこれが見えなくなったらと考えると、おひさは、ぞっとした。

おひさは、心の臓の高鳴りと込み上げる怖れを押さえかねた。笙太郎が襲われても、女の自分には助けることはできない。いったいどうしたらいいのか。焦る気持ちばかりが空回りして、思案がつかなかった。

男を追い抜いて、知らせるんだ……。それしかない。知らせて、三人で人気の多い方向へ逃げればいい。

腹が決まって足を速めた。前を行く笙太郎らは、小名木川にかかる万年橋《まんねんばし》を渡った。人気はほとんどなくなっている。橋の向こうは、紀伊《きい》家下屋敷の白壁が、月明かりを受けて蒼く続いて行くのが見えるばかりだった。

男への距離が縮んだ。息苦しい。今にも男は振り向いて、自分を襲ってきそうな気がした。

その時、前の男が走った。素早い動きだった。足音はしない。前を行く筌太郎もおぬいも、気づいた様子はない。男は懐に手を突っ込むと、何かを抜き出した。それが月明かりに、きらと輝く。匕首だった。

「…………」

筌太郎が殺される。おひさは必死の思いで叫ぼうとした。しかし声が出なかった。かすれた息が、ひゅうと漏れただけである。恐怖と絶望が、一気に全身を捕らえた。足が縺《もつ》れて転んだ。

「あっ」

したたかに、両手と肘それに膝頭を打った。だが痛さは感じない。声が出た。

「筌太郎さん！」

腹の底から叫び声を上げた。匕首をかざした男は、今にも手の届くところまで迫っていた。おひさの叫びなど歯牙にもかけぬ様子で、匕首を突きかけた。

声に気づいた筌太郎が振り向いた。おぬいを押し退《の》けると、体を半身にして賊の突き出した匕首の切っ先を、かろうじてかわした。

前のめりになった賊は、寸刻の間も置かず体を立て直した。匕首を胸元で構え直す。慣れた身ごなしで、動きにゆとりがあった。

「誰か来て！　人殺し」

もう一度おひさが叫んだ。夜のしじまに、高く響く声になった。

「助けて！」

それに呼応したように、おぬいも叫んだ。賊の動きが、一瞬止まった。慌ただしく、辺りに目を走らせる。

笙太郎は賊に向かって、初めて身構えることができた。だが顔は、驚愕の色を隠し切れない。生つばを飲み込むのが見えた。

匕首を構え直した賊が、足を前に踏み出した。

笙太郎は、じりじりと押されて行く。喧嘩などしたことのない男だ。賊は、嬲《なぶ》るような笑みを浮かべた。

再び刃先を突き出す。笙太郎は身を引かず、逆に飛び込むことでこれをかわし、足をかけようとした。だが難なくかわされた。せめてもの反撃だったが、相手は段違いの喧嘩上手である。刺されるのは、時間の問題だ。

賊は匕首をかまえ直した。じりじりと間合いを詰めて行く。

「誰か来て」

おひさは転んだまま、立ち上がることも忘れて、さらに叫んだ。おぬいも、これに合わせて声を上げた。

「人殺し」

さらに繰り返す。

すると、背後にばらばらと人の駆ける足音が聞こえた。一人ではない、三、四人の足音だった。

「どうした」という、男の声も交じっていた。

すると、匕首を構えていた賊の体から、すっと力が抜けた。そのまま、新大橋の方向へ身を躍らせた。職人風の四人の男が現れた時には、賊は大川端に沿った闇の中に走り込んでいた。

第三章　花扇

一

「それで、賊の顔に見覚えはなかったのか」

駒平が、苛立った声で、おひさに言った。話す度につばが飛ぶ。菊右衛門が襲われて、半月ほどがたつ。しかし襲った者の手掛かりは、つかめないままであった。そして今度は笙太郎が襲われた。二度まで続くと、さすがに鼻っ柱の強い古手の岡っ引きも、面目を潰されたと感じるらしかった。

「隠し事をしちゃあいねえだろうな。賊が磯市だったなんてことは、ねえんだな」

まだ、気持ちの中で疑っているのか、荒々しい言い方だった。

しかし、賊は磯市ではなかった。これは笙太郎も認めていた。襲った男は、初めて見る顔だった。

誰かが菊田川を狙っている。二つの事件の襲撃者が、同じ人物かどうかは分からない。しかし菊右衛門への個人的な恨みだけを洗っていては、襲撃者の洗い出しは難しいだろう、と駒平は言った。

走り寄ってくれた職人は、これから八幡様への祭りに繰り出そうとしていた大工の見習い達だった。三人を近くの自身番まで送ってくれた。

しばらくして知らせを受けた喜之助が、駒平と共に自身番へ駆けつけて来た。

「襲った様子を見ていた者は、いなかったようです」

辺りの聞き込みをしていた下っ引きが戻ってきて、そう言った。襲われた辺りは、いつもならば数人の夜鷹が出没するだけの、寂しい場所だった。祭りへ行く職人たちが通り掛かったのは、不幸中の幸いである。

駒平と笙太郎らに、外記殿橋を渡って行く男を見かけたところからの話を、おひさは順を追って説明した。話していると、またもやこういうことが起こるのではないかと、底の知れない怖れが胸に湧いた。

一通り話を終えると、三人は菊田川へ戻った。夜は更けている。けれども町は、たった今あった襲撃などに関わりなく、祭り気分に浮かれていた。

お梶は、笙太郎の顔を見ると、目頭を押さえた。ほんの数刻の間に、ひどく面窶《おもやつ》れしたように見えた。菊右衛門と共に、おひさにねぎらいの言葉をかけてくれた。

奥の部屋から、台所へ戻ろうとすると、住み込みの職人や仲居が、一段落したところで、数人ずつ集まって話をしていた。誰もが、興奮気味だった。祭りだとて、出ていこうとする者はいない。

「おひささん」

後ろから、笙太郎に呼ばれた。落とした声だった。目が、ついてくるようにと誘っていた。母屋を出て、食器類や花器、軸物などを収めている小さな土蔵の脇に出た。虫の音が聞こえ、見上げると丸い月が見えた。見事な月だった。

「肘の傷は、大丈夫かい」

転んだ時、擦り剝いた。血が出ているのに気づいたのは、自身番を出てからだった。

「あんたのお陰だ。私を呼んでくれなければ、今ごろは刺されて呻いていただろう」

笙太郎は、おひさに向かい合って言った。すっと、手を握られた。温かかった。

「いえ。笙太郎さんは気丈でした。逃げないで、ちゃんと向かい合って。背を向けていたら、きっと刺されていました」

「そうかもしれない。だが、向かい合えたのは、おひささん、あんたがいたからだ。私を守るために、ずっと後をつけて来てくれたんだろう」

「……………」

筌太郎は、握っていた手を離すと、それをおひさの背に回した。ぐっと抱きすくめられた。

「いけません。そんなことをしちゃ」

おひさは手で、穏やかに筌太郎の胸を押そうとしたが、ぴくりともしなかった。

「私は、おぬいさんとは所帯を持たない。持つならば、おひささん、あんただけだ」

「えっ」

驚きとともに喜びがあった。今までも、筌太郎の気持ちは、それとなく伝わってくることがあった。だが、それは幼馴染みに対する淡いものだ、と我が身に言い聞かせていた。

自身番で落ち着きを取り戻した後、真っ先に礼を言ってきたおぬいの端正な顔が浮かんだ。人をそらさない、優しい女である。筌太郎を救うために、共に叫び声をあげた、あの声には、おひさに劣らない切実なものが籠っていた。

きっと、似合いの夫婦になるだろう。寂しいが、正直そう思った。

「私の女房になってくれ。お前が側にいれば、どんなことでも怖れないで、前を向いて行ける。今夜は、それに気づいた」

「だって」

「何にも言うな。黙ってうなずいてくれ」

抱きしめる腕に、力が加わった。胸が軋むほどに痛みを感じた。その痛みは、自分の心深くに芽生えた、おぬいに取って代わろうとする気持ちを、いち早く咎《とが》めてくれた気がした。筆太郎を好いているが、うなずくことなどできはしない。だが抱きしめられた腕から、逃げ出すこともできなかった。

心地よい。好いた男の腕に抱かれることが、これほど心地よいとは知らなかった。胸の痛みが、体の芯に沁みてくる。

「明日、観月の宴がうまくいったら、おひささんのことを、おとっつぁんとおっかさんに話す。二人がどう言おうと、私の気持ちは変わらない」

うれしかった。目に涙が滲んでくるのが分かった。しかし、おぬいも筆太郎を好いていることは、同じ女の身で感じる。あの人を裏切ってはならない。

筆太郎の腕に、さらに力が加わった。おひさは、あまりの息苦しさに気が遠くなった。

翌日は未明に、おひさは目を覚ました。いよいよ観月の宴があると思うと、気持ちが引き締まった。

笙太郎は、喜之助と魚河岸へ仕入れに行った。二人の顔には、緊張の中にも自信と意欲が見られた。おひさは、それを頼もしく感じて見送った。

お造りは魚を見てから決める。魚河岸から戻った笙太郎は、喜之助と話し合って、『鱚《きす》の昆布じめ』にした。鱚の旬は夏だが、白鱚の良いのが手に入った。

鱚は淡泊な味の魚だが、昆布じめにして細造りにすると、潜んでいた味が引き立ってくる。浜防風、三つ葉、岩茸を添え、菊田川秘伝の煎り酒をかけて全てを混ぜてから食べていただく。

煎り酒は、酒と水、梅干、爪昆布を合わせ、弱火で半量になるまでことことと煮る。これに削りがつおと炒り米を加えて火を止め、三刻ほどおく。目の細かい布で漉《こ》して、薄口醬油で味を調えるが、炒り米をいるのは笙太郎がじきじきにやった。焙烙《ほうろく》で、こんがりと色がつくまでやる。足りなくても、やりすぎてもいけない。脇役だが、味の決め手になるのだ。梅はもちろん、紀州物の極上を使った。でき上がると、さっそく菊右衛門が嘗めて味見をした。

明るくなってから、亀戸村《かめいど》の馴染みの青物売りの老婆が、倅《せがれ》と二人で大振りな茄子を運んできた。弾力があり、肌の艶も顔が映るほど鮮やかな紫である。前から頼んでいたものだが、思惑以上のできだ。なので、焼き物は『茄子の田楽』。

椀物は『海老《えび》真薯清汁仕立《しんじょせいしゆうしたて》』。真薯は、火を通したときの海老の色の美しさと歯ごたえを生かせるように、すり身と粗く刻んだ身とを混ぜて作った。添えもののしめじと金時にんじんは、吸地八方でさっと煮て、下味をつけた。

土産の折詰にも笙太郎は気を遣った。上には取り肴、下がすし。鯛の焼き物、それに栗きんとんを添えた。儀式ものなので、忌み嫌うものが交じっていてはならない。


空に、月が上がった。

真ん丸な月は、徐々に輝きを増した。いくぶん風があって、時おり満月が雲にさえぎられる。だが顔を現す度に、庭の樹木が微妙に色を変えた。

商人の集まりだから、生臭い話も出るし、中には大酒飲みもいる。月見が目的とは言っても、それぞれの思惑が絡んでの会である。

「笙太郎さんによろしくと、そう言って帰って行った人が、何人もいましたよ」

滞りなく宴が済んで、三枝屋が板場までやって来て、笙太郎に言った。

「派手でなく、一品一品に作り手の気持ちが籠っている。菊田川の心意気ですな」

これを聞いて筆太郎の顔に浮かんだのは、喜びよりも安堵の色だった。

昨夜の事が、あったばかりである。何らかの妨害があるかもしれないと、気持ちの中に一抹の不安を抱えて時を過ごしていたのは、自分だけではなかったのだと、おひさは気が付いた。

そして、ともかくも、おおむねこの宴を楽しんでもらえたことを、おひさは三枝屋の顔つきを見て感じた。

その夜、筆太郎は菊右衛門とお梶に、おひさと祝言を挙げたいという意志を伝えた。狛江屋のおぬいとの話を、ないことにする覚悟であった。

菊右衛門は何も言わず話を聞き、お梶は拒絶したという。おひさは翌朝、筆太郎からその顚末《てんまつ》を聞かされた。

体が震えるほどの喜びがあったが、同時に三枝屋への話を進めてくれている菊右衛門に対して、裏切りをしてしまったという思いも浮かんだ。観月の宴の上首尾は、三枝屋の肝入りがあってこそのものである。

「何、時をかけて説き伏せてみせるさ」

そう言われて筆太郎に手を握られた。すると、襲われた闇の中でおひさと共に助けを求めた、おぬいの叫び声が蘇った。

二

戸を開け閉めする軋み音で、磯市は目が覚めた。明るい。遠くから子供の遊ぶ声が聞こえ、井戸端から水を汲む音が聞こえた。竈にかかった釜から湯気が上って、米の炊き上がるにおいがした。

寝床が心地《ここち》よい。磯市は起き上がるのに、わずかなためらいを感じた。昨夜床についたのは、遅い時間だった。うつらうつらしながら、米の炊き上がる湯気のにおいをかいだ。

幼い頃、こうして布団に潜っていると、土間からお永が味噌汁の菜を刻む包丁の音がして、それで目が覚めた。朝飯ができたという声で、ようやく布団から起き出す暮らしが、脳裏に浮かんだ。しかし、この米を炊いたのはお永ではない。そう考えると、眠気が消えた。

並べて敷いてあった布団は、すでにたたまれている。おせんの姿は見えないが、体のにおいは狭い部屋に残っていた。水でも汲みに行ったのか。

おせんがこの長屋に暮らすようになって、十日あまりがたっていた。和倉屋の者たちは、血眼《ちまなこ》になって行方を捜している。二度にわたって逃げられ、その二度とも若い者が傷つけられた。このままでは、面目が立たない。

二度目は、明らかに顔を見られてしまった。あれ以来、磯市は一度だけ様子を見に深川へ足を踏み入れたが、和倉屋の連中は路地一本一本を余すことなく聞き回っていた。土地の地回りとも繋りをつけたようである。見つけ出されれば、半殺しに遭わされる程度では済まないはずだ。

探索の手が、霊岸島のこの長屋まで及んでくるとは、いまのところは思えなかった。だがいつまでも、おせんをこの長屋へ置いておくことはできない。早急に叩き出さなければならないという焦りは、日に日に強くなっていたが、どうすることもできないでいる。

戸が開いた。入ってきたのは、おせんだった。手に持った笊《ざる》に、洗った大根が載っていた。

「…………」

目が合う。おせんの目には、激しい憎しみの色が一瞬よぎる。だが、怒りをぶつけてくることはなくなっていた。

おせんはすぐに背を向け、大根を刻み始めた。口は利かない。磯市に対しては、時おり憎しみの目で見るきりだが、掃除と洗濯、それに飯の支度はした。夜は背中を向けあって寝る。指一本、触れ合うことはなかった。

米と味噌は、前に買いためていたものがある。三日に一度の割で、食い物を買う銭を流しの隅に置いておく。おせんはそれで、朝と夕に二人分の食事を作るのだった。

奇妙な暮らしである。長屋の者たちは、興味深そうに様子を探ってくるが、磯市は説明をしない。おせんも、女房たちにあれこれ話しかけられるようだが、話をしている気配はなかった。貧相で陰気な娘である。女房たちは気味悪いものを見る目で、遠くから見張っていた。

なぜ叩き出さないのか。そのわけは、近頃少しずつ分かり始めてきていた。おせんは金を持っていないし、行く場所もない。薄暗くなれば、たちどころに目が不自由になるというのでは、雇ってくれるところなどないはずである。しかし、そんなことが長屋へ置いておく理由ではなかった。

おせんの、自分を見る目である。

一人では生きて行けない病持ちの娘が見せる、憎しみの眼差しには、塵《ちり》一粒ほどの怯《ひる》みもためらいもない。店を奪われ、二親を死に至らしめたのは、磯市に責《せめ》があるわけではないが、おせんは憎しみのすべてを向けてきていた。小柄でいかにも貧相な娘のどこに、これほどの激しさが秘められているのだろうか。

おせんの示す恨みと憎しみには、鮮烈ささえ覚える。それははからずも、自分に向けられているが、その目の強さ、激しさに、磯市は共感するものがあった。

どうあっても許せない男がいる。不倶戴天《ふぐたいてん》の相手だが、そういう男が磯市にもある。菊右衛門を見る時の目は、おせんが自分を見る時の目をしているのではないか、そう感じたのだった。

手拭いを持って、井戸端へ顔を洗いに行く。今日は吉次郎と、日比谷町《ひびやちょう》の質屋へ貸し金の催促に行くことになっていた。

雪隠で用を足して部屋へ戻ると、敷かれていた布団は畳まれていた。

「どうぞ」

聞き取れないほどの小さな、ぶっきらぼうな声である。言いながら、おせんは膳を押し出した。どんぶり一杯の飯に、大根の味噌汁。それに縁の欠けた小皿に香の物がついていた。

こちらの顔は見ない。膳を押し出した後は、背を向けて座った。

磯市は出された飯を、何も言わずに食い始める。一人で暮らしていた時は、朝飯など作ったことはなかったが、おせんから出されたものは食った。うまいとは思わない。しかし置いておく以上、働こうとするのを止めるつもりはなかった。

おせんは磯市が食い終えると、ありあわせの他の椀で飯を食う。それを横目で見ながら、長屋を出ようとした。すると、戸が外側から開いた。

「おい、一仕事増えたぞ」

吉次郎だった。日比谷町の質屋のほかに、新たな用ができたらしかった。

「おや、おめえいつの間に所帯を持ったんだ」

女の顔を覗き込もうとするのを、磯市は慌てて外へ押して出た。まずいところを見られたと思ったが、後の祭りだった。

「ちょいと預かっているだけだ。すぐにいなくなる女だ」

腕を引いて、木戸から通りへ向かった。吉次郎は何か考える風を見せたが、とうとう思い出した。

「あれは、常陸屋の娘じゃねえか。なんであの女が、おめえの長屋にいるんだ」

問い詰めてくる声音になった。徐々に何を見ているのか分からない、焦点のぼやけた目になってくる。完全に焦点をなくしてしまうと、この男は何をしでかすか分からなくなる。鉄造の忠実な配下で、命知らずだった。

磯市は唾を飲み込んだ。腋の下を、冷たい汗が一筋流れた。

鮫渕屋と金の悶着のあった者と、個人的な関わりを持つことは固く禁じられていた。ましておせんは、敵対関係にある和倉屋とも、面倒な繋りのある女だ。その絡みで磯市も、和倉屋の手の者を傷つけていた。

「すまねえ。訳ありなんだ。見なかったことに、しちゃあもらえねえか」

磯市はそう言いながら、腹を決めた。どう言い訳しようにも、朝飯を食べているところを見られては無駄な気がした。口封じができないならば、手段は一つしかない。懐には匕首が入っていた。

軍兵衛も鉄造も、話を聞けば許さない。規律を破った者を罰する場面には、磯市もいたことがある。これまでの関わりも、してきた仕事も斟酌《しんしゃく》しない。

血で贖《あがな》う制裁があるだけだった。

「そうだな……」

吉次郎の目が、こちらを見据えた。ぞっとするほど不気味な目だったが、しばし考える内に、焦点がはっきりしてきた。

「よし。お前に貸しを作っておこう。いつか返してもらうぜ」

笑った。意味ありげな笑いだった。何か含むものがあるらしいが、取りあえずはほっとした。

「ありがてえ」

借りは高くつくと思ったが、口に出して言った以上は裏切らないはずである。吉次郎は、骨の髄までやくざ者だが、それだけに貸しは貸しとしてきちんと帳じりを合わせる。その部分では信用が置けた。

「だがよ、早々に追い出すんだな」

「ああ、分かっているさ」

亀島川《かめじまがわ》の河岸に沿った道を歩きながら、新しい仕事の話を聞いた。朝の濃い潮のにおいが鼻をついた。

借金を踏み倒して逃げた男を、捜す仕事である。額はたいしたものではないが、男は、取り立てに行った手先を傷つけて、逃げたのだという。

「見つけ出したら、す巻きにして大川へ流せってえことだ」

嫌な話を押しつけられたと思った。

「それとよ、おもしれえ話を聞いたぜ」

「ほう、どんな」

「深川に、菊田川という大きな料理屋があるのを知っているか」

「ああ、知っている」

どきりとした。おせんのことがあって以来、深川へは行っていない。和倉屋のある外神田へも足を向けることはしていなかった。

「前にあそこの主人が襲われたが、今度は跡取りが、富岡八幡の祭りの日に襲われたそうだ」

「襲われた。すると刺されでもしたのか」

「いや、残念ながら怪我はなかった。まあ狙われる訳があるんだろうが、二代にわたってとは、やる方も性根を据えている。この先がおもしれえぞ」

襲った者は、素早く姿を隠したという。吉次郎は、詳しい顚末を知っているわけではなかった。だが、人の不幸は鴨の味。噂を聞いて、気持ちにとまったらしかった。

捜し切れなかったが、やはり菊田川を狙っている者がいる。菊右衛門を襲ったのは、気まぐれな者の犯行ではなかったのだ。

どういう背景があるのか、磯市は胸が押しつけられるほど気になった。

三

追い回しの小僧が、通りを掃いていた。十歳ほどの、まだ幼さを残した子供である。おおむねこの年齢で弟子入りし、掃除を含めた雑用をやらされる。うろうろ五年という。板場で雑用をしながら、料理屋の仕事に慣れて段取りを覚えて行く。

磯市は、箒《ほうき》を持った小僧に銭を握らせると、仲居のおひさを呼んでくるように頼んだ。小僧は、銭を握り締めたまま、店の奥に走って行った。

日が落ちるには、まだ少し間のある刻限だ。朝、吉次郎から笙太郎が襲われたという話を聞いた。すぐにでも飛んでいって、詳しい事情を知りたかったが、用に手間取ってなかなか抜け出すことができなかった。

外記殿橋の下にある桟橋で、おひさを待つことにする。この辺りに、和倉屋の者が現れるかどうか分からない。しかし、永代橋を渡って深川へ入った時から、用心のために手拭いで頬被りをしていた。ほとぼりが冷めるまで、用心に越したことはない。

河岸に、小菊が群れて咲いていた。米俵を積んだ小舟が、行き過ぎて行った。

聞き覚えのある声がする。はっとして、磯市は橋の上を見上げた。女が二人、橋を渡って行くところだった。お梶とおしなである。

思わず呼び止めようとして、その声を呑み込んだ。

秘かに逢っていた頃と比べて、おしなは落ち着いた女に見えた。芝の料理屋へ嫁に行くという話だったが、その後どうなったかは知る由もない。

菊田川の板前となって所帯を持とう。磯市に抱かれながら、おしなはそう言ったことがあった。それはほんの二月ばかり前のことに過ぎなかったが、ひどく昔に思えた。小名木川の河岸を、泣きながら走り去って行った後ろ姿は、瞼の裏に鮮やかに残っている。

このままでいいのか。

そう詰る声が、耳の奥を打った。自分の、おしなへの思いは変わらない。けれども、歩いて行く後ろ姿に声をかけることはできなかった。

「兄さん、いったいどうしたんです」

呼びかけられて、我に返った。磯市は思いを振り払って、おひさに向き直ると言った。

「笙太郎が、襲われたそうじゃないか。詳しい事情を聞かせてくれ」

おひさは、それを聞いて、磯市を見つめ返した。

「せっかく訪ねてくれたというのに、そんな話を聞いて、どうしようというの。菊田川では、みんなが力を合わせて、今を凌《しの》ごうとしているのに」

声に、悲しげな響きがあった。ふんと思ったが、話を聞かないわけにはいかなかった。

「知りたいのさ。菊田川に、狙われるための、どんな負い目があるのか。お前、知っているんだろう」

喋りたくないのなら、それでもいいと考えた。おしなを、なす術もなく見送ったことが、気持ちを苛立たせていた。

「襲ったのは、見たこともない男だった。きっと誰かに雇われたんだと思う」

不審に感じて、男を追って行ったところから、叫び声を上げて人が来るまでを、ともあれおひさは話した。狙われる事情など、何もないともつけ加えた。

「店は、うまくいっている。この間の観月の宴も、笙太郎さんが取りしきって、うまくいった。口のうるさい旦那方からも上々の評判だった」

「笙太郎が……」

磯市は、胸の中に、ちくりとした痛みを感じた。笙太郎は、板前として腕を上げているというのか。一つ年下の、生まじめそうな男の顔を思い浮かべた。

「他に商売がらみで、何も変わりはないのか。どんなことでも構わない。襲われる以上、必ず何かがあるはずだ」

そう言うと、おひさは考える風をした。言われるまでもなく、気にしていたはずである。ここ数年の間に、店をやめた板前の話。弥吉を初めとして、四人ほどの名前を挙げた。それから馴染みだったのに、この半年余りまったく顔を見せなくなった客の話。なぜそうなったのかは分からないという。さらに建物の改修をするさいに、これまでとは違った大工を使ったことなどを話した。

だが、どれも、二度にまでわたって襲うほどの恨みの種になるとは考えられなかった。

「そう言えば、腕のいい板前を、旦那さんは捜していた。兄さんが来てくれればいいって、そう話していたことがあった」

おひさが思い出したように言った。

確かに、まともに菊田川で働く気があるなら、おしなと所帯を持たせてもよいと、菊右衛門は言った。どこまで本気だったかは、今になっては分からない。なにしろ、その場凌ぎの都合の良い男なのだ。

「なるほど。しかし店には、筌太郎がいるじゃねえか。喜之助も達者なはずだ」

「うん、そうだね。でも、旦那さんは自分が襲われる前に、そう言った。そうそう、店をもう一軒持つという話があった気がする」

「店を、もう一軒。誰かに暖簾《のれん》分けでもしようというのか」

「さあ。たまたまお紋さんと話しているのを聞いただけのことだから。聞き違いかもしれない」

菊田川が、どこか他にもう一軒の店を出す。それが事実だとして、主人と跡取りが二度にわたって襲われたということに繋るのだろうか。磯市には判断がつきかねた。ただ、思い当たることがこれしかないのならば、探ってみる必要があるだろう。

「そのことについて、もう少し調べてくれ。お前ならば、詳しいことが分かるはずだ」

それだけ言って行こうとすると、「兄さん」と呼び止められた。声に、先ほどあった悲しげな色が戻っていた。

「調べることぐらい、できないことはないよ。でも、もし菊田川に何かあったとして、それを知って、どうするつもりなんだい」

「決まっているじゃねえか。菊右衛門の野郎を懲《こ》らしめてやるのさ」

「兄さん。あんたはまだ、そんなことを思っているんだね」

ため息が出た。じっと見つめられる。その目に、哀れむ気配が交じっていた。

胸がかっと熱くなった。激しい怒りが込み上げてくるのを磯市は感じた。

「あの男はな、おれたちの親父を殺した男だ。お前は忘れたのか」

抑えたつもりだが、脅す声になった。これまでに溜めてきた思いが、堰《せき》を切って溢れ出てきそうだった。父親を殺され、母を辱められた。それだけではない。磯市本人が沢瀉をやめなければならないはめに陥った。おしなとの仲を裂かれた。善人面をしたその裏で、菊右衛門は、おれから大切な者を奪い取り、行く手に立ち塞がってきたのだ。

「何言っているんだよ。おとっつぁんが死んだのは、足を滑らせたからだよ。お上のお調べでも、はっきりしたことじゃないか」

「はっきりしただと、ふざけるな。やった証拠も、やらなかった証拠も上がらなかっただけだ。あいつはそうやって、てめえのしてきた悪事をごまかしてきたんだ」

「よして。いったい、いつまで、そんな繰り言を言っているつもりなんだい」

「な、なんだと」

体が震えた。怒りが体の中を駆けめぐって行く。

「ぶつならば、ぶっても構わない。蹴るならば、蹴っても構わない。でも兄さん、そんな恨みごとを持ち続けて、いったい何になるというんだい。すべてを失って、ただ悲しいだけじゃないか」

おひさの顔が歪んでいる。両の目から、涙が流れ落ちた。だが、磯市を見続ける目は、刺すように鋭い。そしてさらに滲み上がってくるものがある。それは悲しみと、兄である自分への物心ついてからの変わらない情だ。

殴ろうとした手が動かなくなった。

「お、お前は、騙されているんだ」

「違うよ。兄さんが、あの人をちゃんと見ていないだけだよ」

鞭打つような決めつけ方だった。

おひさは河岸の道に走り出た。袂で涙を拭きながら、一度だけ振り返って磯市を見た。そして菊田川の門内に消えた。

「ちくしょう」

みんな、自分から離れて行く。握り拳で、河岸の土手を突いた。何度も何度も突いたが、怒りはそんなことでは癒えなかった。

四

藍染めの暖簾に、抜き身の刀が一振り白く染め抜かれている。間口四間半の土蔵造りの刀剣商鮫渕屋は、外から見れば目立つ店ではない。しかし奥行きの深い店だった。

樽柿売りの初老の男が、前後に酒樽をぶらさげた天秤棒を担って、店の前を通り過ぎて行く。樽に残った酒気で渋を抜かれた熟れ柿が、磨かれて、朝日を鮮やかに照り返していた。

磯市は、暖簾を分けて店に入る。珍しく客がいて、鉄造が柄《つか》に入る茎《なかご》の部分を抜き出して見せていた。そして、目で、奥へ行くようにという合図をよこした。

軍兵衛は、すでに来ていた吉次郎と話をしていた。吉次郎は六尺近い長身だが、軍兵衛はもう一回り大きく見えた。

「今日から、お前たちには新しい仕事をしてもらう」

畳に磯市が膝を揃えて座ると、軍兵衛は言った。低いが、落ち着いた声である。いつも物に動じない肝の据わった男だが、高利貸しになる前は、いったい何をしていた男なのだろうか。鮫渕屋に出入りする若い者のほとんどは、軍兵衛の前歴を知らない。まさか生まれながらにして、高利貸しだったわけではないだろう。

「本所徳右衛門町《とくえもんちょう》に、『花扇《はなおうぎ》』という料理屋がある、知っているか」

竪川の三ッ目橋の付近にある老舗の料理屋だった。吉次郎は知らないらしいが、磯市は覚えていた。主に川魚を扱う店で、本所深川辺の回漕業者を顧客に持つ、手堅い料理屋であった。五十前後の、板前としてもまだ腕をふるっているという主人の顔を、沢瀉で見たことがある。古い建物だが、粋を凝らした造りで、その点でも人の噂になることがあった。

「あの店に、百両近くの金を貸している。このまま行けば、いずれこちらの物になる算段だったが、横やりが入った」

借金の肩代わりをしようという者が現れたというのだ。花扇が、そこから金を借りて返済をしてきたら、店を手に入れることができなくなる。幸いまだ肩代わりの話は進んでいない。今のうちに貸し金を増やし、肩代わりしようという者の気力を削いでしまわなくてはならないというのが、軍兵衛の考えだ。

「そのためには、あの店に客が来なくなるようにしなくてはならない。それが、お前たちの役目だ。やり方は、任せようじゃないか」

「わかりやした」

客が来なければ、借金の額はかさんでいかざるを得ない。

吉次郎と磯市は、鮫渕屋を出た。本所竪川に向かう。猪牙舟を拾った。舟は、流れるように大川を進んで行く。対岸の樹木は黄ばみ始めていた。吹きつける風は、少し冷たい。

吉次郎から、舟の上で聞いた話はこうだった。

磯市の記憶に残る花扇の主人は、すでに亡くなっていた。一年前に、流行り病をこじらせたという。跡取りが主人として店の商いを行ったが、これは我の強い気位の高い男で、柱になっていた板前と悶着を起こした。三人の職人をやめさせたが、後釜に腕の良い職人が揃わなかった。

いくら老舗で格調のある建物を持っていても、肝心の料理の質が落ちれば、馴染みの客は減って行く。そこに目をつけたのが軍兵衛で、当初は客として通いつめ信用させた。始め花扇は、高利の金を借りるほど困ってはいなかった。まずは低い利率で、金を貸し始めた。そして、辛抱強く、貸し高を今の額まで増やしていった。

「鮫渕屋は、一度狙ったらはずさない。手に入れるためには、何でもする。蝮《まむし》のような男だ」

　人ごとのように、吉次郎は呟いた。

「それにしても、ずいぶんと手間をかけたやり口だが」

　百両もの金を低利で貸したというのは、これまでにない手口だ。これから元を取るにしても、ずいぶんと手間を掛けたものである。

「それはよ、料理屋に思い入れがあるからだ」

「思い入れだって」

「そうさ。鮫渕屋軍兵衛は、昔板前だったって話を、鉄造さんから聞いたことがある」

「ほう、板前を……」

　驚いた。初めて耳にする話だ。

「どこの板前だったんだ」

「さあ、大昔のことだ。知らねえな。それに確かめたわけじゃねえから、あるいは違うかもしれねえ」

　吉次郎はそう言ったが、磯市は、この話は確かだという気がした。

　博奕場でしくじりをして指二本を落とされそうになった時、助けてくれたのは軍兵衛だ。後に手先として使うという腹づもりがあってのことだとしても、手を差し伸べてくれた時には、自分が沢瀉で修業をした元料理人だということを知っていた。

今思えば、あれは道をはずした同業を哀れむ目だった。

磯市はそう思った。

竪川を進んでいた猪牙舟が、三ッ目橋を越えたところで止まった。二人は河岸に上がった。横川と交差する辺りまでは町家が川べりを埋めているが、その先は人家もまばらになって畑地が混じり、にわかに田舎臭くなる。

柊《ひいらぎ》の垣根に囲まれた花扇は、目の前にあった。門内に敷石が続いていて、奥に瀟洒《しょうしゃ》な建物が見えた。沢瀉にいた頃は、憧憬の思いで聞いた花扇の名だったが、今、目の前に見る店の姿は、どこかくすんでいた。

磯市はじろりと見回す。掃除をしていないわけではない。庭の樹木が枯れかけているわけでもない。だが何かが欠けている。しばらく眺めていて、それは、この店に人の活気といったものが感じられないからだと気がついた。

「で、どうする」

吉次郎が、こちらの顔を見た。出来るだけ手際よく、用を済ませたかった。しかも鮫洲屋の者の仕業と気づかせてはならない。すると、ちょうどそこへ、裏手から追い回しの小僧が水桶を持って出てきた。道に水を撒《ま》き始める。

「今夜は、どんなお客があるのかね」

磯市は寄って行って、小銭を握らせた。小僧は、媚《こ》びる顔つきで見返した。

「へえ。今日は、夕七つ半（午後五時）から回漕業の安房屋《あわや》さんが、お得意さんをお招きして、会をお持ちになります」

三十人ほど、深川の旦那衆が集まるというのである。

「それなら、こうしようじゃねえか」

小僧が去ってから、吉次郎が耳打ちした。料理屋で修業をした磯市には、思いもつかないやり方だった。

花扇では、さぞかし困るはずである。信用は、確実に落ちるだろう。

二人で川に沿って歩き、横川を渡る。目に入った農家を何軒か訪ねて回った。

七つになる半刻前（午後三時）に、磯市と吉次郎は、再び花扇の門前に姿を現した。汚い身なりに変えて、手拭いで頰被りをしている。草鞋《わらじ》履きだ。人気のない折りを見計らって、門前から垣根と河岸の道に、担ってきた大樽一杯の糞尿を柄杓《ひしゃく》で撒いた。異臭が、たちまち一面にたちこめた。

撒き終えると、二人は樽を放り出したまま逃げた。

吉次郎と別れてから、磯市は湯屋へ行った。何度も体をこすって、染みついた臭いを消そうと努めた。

軍兵衛には褒められたが、後味は良くなかった。かりにも料理屋で修業をした身である。

嫌がらせが目的である。そのために何をやろうとかまわないはずだと自分に言い聞かせたが、やはり気持ちのどこかに不快なものが残った。

「板前に戻りたいと、おれは思っているのだろうか」

ふと、思った。認めがたいものがあったが、否定も出来なかった。ただ、ずいぶん遠くまで来てしまったという気がした。

長屋に戻ると、おせんが飯の支度をしていた。日が落ちると、たちどころに目が不自由になるが、狭い台所である。手探りでも、充分に用を足せるようになっていた。

家に上がっても、どちらも口を利くことはない。黙って飯を食い、そのまま背を向けて眠る。

秋刀魚《さんま》の焼いたもので飯を食った後、磯市は行李《こうり》の底に仕舞ってある荷を取り出した。沢瀉の煮方として仕事ができることになった時、主人が誂《あつら》えてくれた十丁あまりの各種の包丁である。一人前の板前が使うにふさわしい上物の包丁だったが、一年余も行李の底に眠っていた。

包みを開けて、取り出して並べてみる。丁寧に研いで仕舞ったつもりだったが、一年前と比べると、輝きが鈍っていると感じられた。おれの腕も鈍っているのか。

お前は一年間、包丁を握っていない。腕は荒れているのではないか。前に、おしなとのことで、菊右衛門と話をした時の言葉を思い出した。

身近に、人の気配があった。洗い物を終えたおせんが、顔を近づけて、広げたものを覗き込んでいる。目の先まで寄せれば、いくらおせんでも、それが何か分からないはずがない。

「あんた、料理人だったんだね」

磯市を見上げて、声を出した。数日ぶりに聞く声だった。

「そうだ」

邪険に応えたつもりの自分の声の暗さに、磯市は、どきりとした。

五

菊の香が、染み通るような澄んだ午前の日差しの下で、庭一面に広がっていた。

コの字型の建物に囲まれた庭の中央に、池があった。そのほとりに、菊花壇がしつらえられ、一茎一花仕立ての厚物や太管《ふとくだ》、大摑《おおづかみ》といった鉢植えが絢爛と並んでいる。白、黄色、淡い紅色。どれも絹地のような柔らかな張りと光沢があった。艶《あで》やかさを競っている。一輪一輪を眺めても見事だが、全体をひっくるめて見ても、大作りの仕立てを見るようで鮮やかだった。

菊田川を訪れた客は、甘く鋭い香に誘われて、部屋から庭へ下りてくる。食事の前の一時を、菊見で過ごすことになる。心が休まるというよりも、ぴりっと気持ちが引き締まる、そういう気高さと美しさが、この花壇にはあった。

先代の時から菊作りを手がけている職人が、腕によりをかけて育て運んできてくれる。まさに選りすぐりの逸品なのだ。

「おひさちゃん」

花壇に見入っていると、声をかけられた。振り向くと、おしなが立っていた。

髪形を整え、きちんと化粧を済ませている。どこかへ出かけるのだろうか。眉根のあたりに、わずかに疲れが浮いているようにも感じられた。

幼い頃は、磯市や笙太郎を含めた四人でよく遊んだ。今は同じ屋根の下に過ごしながら、ゆっくりと話をすることもなくなったが、こうして向かい合うと、昔の面影が浮かび上がってくる。

「あたしね、祝言の日取りが決まったのよ。あと半月後」

「えっ」

いかにも唐突な気がして、おひさは顔を見つめ返す。芝の料理屋へ話が決まってから、まだ一月ほどしかたっていない。余りにも急な話だ。

「先方のお姑さんになる人がね、ずっと病で寝ていたんだけれど、近ごろ具合が悪くなったらしいの。それで、命があるうちにという話になって。まあ仮祝言ていうわけだけど」

仮の祝言だろうと何だろうと、あと半月あまりで、おしなが菊田川の人でなくなるのは事実だった。これから菊右衛門とお梶に連れられて、先方の家に挨拶に行くという。

おしながいなくなるとなれば、寂しくなると思った。

「本当は、磯市さんと所帯を持ちたかったんだけどさ」

おしなが、ぽつりと言った。眉根に浮かんでいると感じられた疲れの意味が、窺《うかが》えた気がした。

「でも、あの人……。頭の中に、いつもおとっつぁんがいて、恨んでいる」

「うん。本当に」

つい先日も、おひさは訪ねて来た磯市と話をして感じた。兄は、恨み続けることで、自分を支えている。そのために、大切なものを一つずつ失ってきた。

「あたしと所帯を持って、菊田川で働いてくれたらいいのに。何とか、あたしに気持ちを向けることで、恨みを消せないかと思ったけど、とうとうできなかった」

「………」

「どんなに好きだって、菊田川に恨みを持って、潰してしまおうとしている人と、一緒になることはできないよ」

気持ちが高ぶったのか、おしなは声を詰まらせた。洟を啜る。

我が儘で移り気、そのくせ意地っ張りだと、おしなは陰口を叩かれていたことがある。

確かに気持ちの揺れの激しい娘だ。けれども、菊田川への思いは強かった。だからこそ、磯市の消しがたい恨みが身に沁みたのに違いなかった。

お梶の、おしなを呼ぶ声が聞こえた。おしなはちらと、そちらへ目をやった。

「おっかさんは、おひさちゃんと笙太郎兄さんとの祝言には、はっきりと反対している。知っているでしょ」

「うん」

笙太郎が、おひさへの思いを明らかにしてからというもの、お梶はいっさい話しかけてくることがなくなった。目を合わせようともしない。きつく当たられるわけでも、意地悪をされるわけでもなかったが、それは心に掛かっていた。

お梶も、お永の子である自分を恨んでいるのだと感じた。

「狛江屋さんから、兄さんとの祝言はなしにしようという話が正式にあったの。もう聞いたかしら」

昨夜、笙太郎から聞かされた。これはおぬい自身が、父親に話をして破談にしたのだという。狛江屋は驚き怒ったが、がんとして聞かない娘の言を、ついに入れた。おぬいは笙太郎を好いていたはずだったから、おひさは意外な気がした。

賊に襲われた時の対応を思い起こすと、気丈でしっかり者の印象がある。

「賊に襲われた夜に、兄さんとおひさちゃんを見て気づいたんだよ。二人が好き合っているってことをね。あの人、賢い人だから」

そうかもしれないと、おひさは思った。あの時は、気持ちを抑えるゆとりはなかった。笙太郎の命を、ただ守りたかっただけだった。

「三日前に、東両国でばったり会ったの、あの人に。そしたら、おひささんのことを話していた」

「なんて」

「いい人だって。素直で、一途に人を思う人だって」

おしなの言葉が、痛みを伴って胸に響いた。おぬいは自分の気持ちを抑えて、身を引いたのだ。そのほうが笙太郎のためだと考えたのならば、好いた者への思いは深い。ありがたいことだが、ただそれで良しとはできない気がした。

「おとっつぁんもお紋さんも、口には出さないけれど、兄さんとおひさちゃんを添わせたいと思っている。三枝屋さんとの話を、どう断ろうかと話していたから」

三枝屋は、おひさを嫁にしようと話を進めている。一徹で、物事の筋道を通そうとする人物だ。面倒な話になることは、容易に推察できた。菊右衛門もお紋も、それを承知で事の始末を考えているということなのだろうか。

「おしな」

もう一度、お梶の呼び声が聞こえた。「はあい」という返事をして、おしなは改めておひさを見た。

「あなたは磯市さんとは違う。兄さんと一緒になることは、長い目で見れば必ず菊田川のためになる。なぜっておひさちゃんは、おとっつぁんや兄さんを心底信じているから。ねえ、そうでしょ」

「…………」

おしなの言葉に掻《か》き立てられるものがあった。そうだと言おうとして、言葉にならない。

やっとのことで、おひさは頷《うなず》いた。

「一時の気持ちに負けないで」

言うと、おしなは建物の中に消えて行った。それを、おひさは呆然と見送った。

ああ、自分を受け入れてくれる人たちがいる。なんと喜ばしいことだろう。鼻の先がつんと痛くなって、体が震えた。そして磯市の顔が浮かんだ。怒りと恨みに燃えた目の縁に、濃い哀しみを湛えている。

ふっと息が詰まった。胸苦しさに駆られて深く息を吸った。

すると、鋭い菊の香が、胸の内を刺した。大輪の花々が、輝くように日差しを跳ね返している。おひさは瞬間、息が詰まるのを感じて、その場に蹲った。

六

男が二人、磯市のすぐ脇を足早に追い越して行った。小名木川に架かる高橋《たかばし》の袂である。

片一方の男の顔に、見覚えがあった。二十代半ば、長身の怒り肩で、忘れはしない。和倉屋の借金取りで、おせんが逃げる前に腕の付け根に匕首を刺した男だ。

磯市は驚きで思わず声を漏らしそうになったが、男たちに気づかれた様子はなかった。二人は、こんもりと盛り上がっている橋を渡り終え、右に曲がって川に沿った海辺《うみべ》大工町《だいくちょう》の家並みを歩いて行く。

「どうしたんだ、いきなり慌てて」

共に歩いていた吉次郎が、磯市の動揺に気づいたらしく、言った。

「いや、なんでもねえ。ちょいと知り合いと似たやつを見かけただけだ」

並んで高橋を渡る。黄ばんだ落ち葉が風に流されて、水面に落ちていった。川に沿った道には曲がらず、そのまま進んだ。磯市は一瞬、男たちが気づいて戻ってくるのではないかと気を揉んだが、その気配はなかった。

ほとぼりが冷めるまでは、深川や和倉屋のある外神田へは足を踏み入れないことにしていたが、いつまでもそうしてばかりはいられない。軍兵衛や鉄造に命じられれば、どこへでも行かなければならない。

あれから二度ほど、磯市は虎の尾を踏む思いで、三十三間堂裏のおせんのいた長屋を探った。和倉屋の手先は、常に様子を窺いに来ているようだし、おせんの父親甚三郎に関わりのあった者を当たっているという話も聞いた。

「あの女、まだ長屋にいるのか」

吉次郎が、気持ちを見透かしたように言った。

「…………」

応えることができない。叩き出してしまえば、それで済む。しかし、それができない。

「惚れているのか」

「いや」

惚れてなどいない。自分が惚れているのは、おしなだ。手が届かなくなるにつれて、その思いは、はっきりしてきていた。

「まあ、早めに始末をつけることだな。それがお前のためだ」

そういうと、吉次郎は話題を変えた。二人が花扇に嫌がらせを始めたのは、十日ほど前のことである。初めは、店先に糞尿を撒いた。当日、宴を開いた回漕業の安房屋は、面目を潰されたと怒りをあらわにしたという。仕事は大成功だった。

それから、出てきた客を脅したり、主だった職人に難癖をつけて喧嘩を売り、怪我をさせたりした。花扇にとっては痛手だったはずである。その間にも軍兵衛は、花扇の主人に近寄り、金を貸し、そして代わりの板前として、腕の良い職人への口利きをしたりした。

腕のいい板前は、落ち目の料理屋へは行きたがらない。それを、金の力で、短期間行かせるようにするのだ。花扇は一時、盛り返すように見えるが、軍兵衛からの借金は増えることになる。

万事がうまく行くかに見えたが、花扇もぼんやりはしていなかった。今日、店の前に行くと、駒平の下っ引きが見張りをしているのを発見した。

竪川の三ッ目橋の側で、薦筵を敷いて下駄の歯入れをしている者がいる。それが下っ引きの一人だった。しきりに手を動かしながらも、目は用心深く辺りの様子を窺っていた。

磯市の顔は、菊右衛門が襲われた後、容疑者として鞘番所へ押し込められた時以来、知られている。嫌がらせが、軍兵衛の配下による仕業と気づかれてはならなかった。

今日のところはひとまず引いて、対策を考え直すことにした。

本所徳右衛門町は、駒平の縄張りではない。だが、金のにおいがすれば、どこにでも顔を覗かせてくる男である。花扇では、金を出して頼んだに違いなかった。

霊岸島の鮫洲屋へ戻る。軍兵衛に、あったことを報告した。

「そうかい。しかし気にすることはない。ちょいと気をつけてやれば、できねえことではないさ」

ふてぶてしい顔つきで応えた。ふてぶてしいのはいつものことだが、笑みに自信があった。

「へえ。分かりやした」

二人は、徳右衛門町へ戻った。三ッ目橋の袂に戻った時には、日は落ちていた。下駄の歯入れをしていた駒平の下っ引きの姿はない。

それぞれ懐から半纏《はんてん》を取り出すと、それを着た。襟元に花扇と染めぬかれた半纏である。店の下足番や下仕事をしている男が身につけているものだった。闇の中で、花扇の玄関先を見つめる。

ちらほらと、客が入って来た。評判が落ちているとはいえ、老舗である。それに今は、軍兵衛が入れた腕の良い板前がいる。

半刻ほど待っていると、早めに入ったらしい客が出て来た。ほろ酔い気分である。

磯市と吉次郎は頷き合うと、後をつけた。歩きながら、持っていた提灯に火をつける。提灯には、花柄のついた扇が描かれていた。花扇が、客に貸し出している物の一つだ。

「お客さん、お待ちになってください」

磯市が声をかける。出ていった客を、花扇の店の者が追いかけて来たという風に見えるはずだ。

「何だね」

「はい。お支払いいただいた金子《きんす》が不足で、追いかけて参りました」

丁寧に言う。顧客ならば、そのつど飲食の代を払うことはないが、そんなことは構わなかった。

「ほう、どういうことだね」

酔いの醒めた声で、客は言った。鷹揚に応える風をしたが、声音に微かに恐怖が交じっているのを、磯市は、聞き逃しはしなかった。提灯で顔を照らす。

「飲み食いされた代が、一両二分不足です」

　磯市が静かに言う。もちろん、並みはずれた高額だった。吉次郎は客の右側に寄ると、手荒く肩を摑んだ。その横を人が通りかかった。

「な、何を言うんだ。強請《ゆす》りか」

　客は助けを求めようとしたが、磯市も吉次郎も気にしなかった。むしろ、提灯で襟の花扇の文字が読めるようにさえした。摑んだ肩を強く揺すぶる。通りかかった男は、関わりを怖れて足早に行き過ぎた。

「分かった。金は払う。しかし、今は持ち合わせがない。店まで来てくれ」

　覚悟を決めたように言う。磯市は構わず懐へ手を突っ込むと、財布を引っ張り出した。ずっしりと重みのある財布だった。提灯の明かりで照らしながら、一両二分ぴったりを抜き出した。

「ありがとうございました」

　懐に財布をねじ込んでやってから、再び丁寧に言うと頭を下げた。客が逃げ出すのを見送った後、盗った一両二分を半紙に包む。紙にはすでに『お客様ご不足の代金』と書かれている。それを花扇の玄関先に放り込んで、二人は闇の中に紛れ込んだ。

七

その夜、軍兵衛に報告した後、磯市は吉次郎と酒を飲んだ。万事がうまくいっている。駒平の下っ引きの姿を見て一時は慌てかけたが、今夜の仕事は上出来だった。花扇の商いが、徐々に綻《ほころ》びを広げているのを感じとることができた。

永代橋袂際にある小料理屋である。吉次郎の馴染みの店で、『おぎん』という文字が暖簾に染め抜かれていた。二十半ばの年増だが、器量の良い女がいて、酌をしてくれた。

この店には女が四人いるそうだが、いずれも渋皮のむけた目立つ者ばかりである。ここの女は客と二人で外出し、半刻から一刻ほどの時間を過ごして戻ってくる。よほどの馴染みか金離れの良い客に限られるが、そういう裏稼業のある店だった。

磯市はしかし、ここの女に関心があるわけではなかった。この数日ずっと気になっていることがある。それは軍兵衛が若い頃、板前だったらしいという一件についてだ。軍兵衛ほどの男ならば、どの道に入っても頭角を現したはずである。料理人としても、かなりの者になっただろうと想像できるが、それがなぜ、途中でやめてしまったのか。その事情を知りたい。

「鉄造さんの他に、鮫渕屋軍兵衛の過去について詳しいことを知っていそうな人はいねえのかね」

「なんでそんなことが気になるんだ」

吉次郎はうるさそうに言った。酔った女が、しなだれかかるように寄りかかって、何か喋っている。吉次郎は、満更でもない風に話を聞いていた。女に対して驚くほど情無しで酷薄だが、口説き落とすまでは手間をかけることを惜しまない。この女を売り払う算段でもしているのかもしれない。

磯市にしてみれば、軍兵衛の昔を知っているとおぼしい者の名前を、聞き出したかった。

何度も繰り返して聞くと、面倒くさそうに一人の名をあげた。藤吾《とうご》という男で、吉次郎が鉄造に拾われた直後に鮫渕屋をやめた博奕打ちだという。それを聞いて、磯市はおぎんを出た。今は芝に住んでいるというその老人を、近いうちに訪ねてみようと考えた。

通りに、人の姿はまばらだった。川から冷たい風が吹き上げて来ていた。体が、覚えずぶるっと震えた。長屋へ帰ろうとすると、呼び止められた。

「磯市さんじゃないか」

振り返ると、提灯をぶら下げた笙太郎だった。走り寄って来た。きちんとした身なりをしている。追い回しらしい若い者を、供に連れていた。いかにも若旦那といった様子に見えた。

「どうしたんだ、こんな遅くに」

「はい。古くからのお客様の祝いごとへ招かれましてね。その帰りです」

懐かしそうな笑みを向けてきた。笙太郎に恨みはなかったが、おしなを奪われた今、菊田川の跡取りだと思うと、昔のような親しみは湧いてこなかった。

「変わったことはないかい」

富岡八幡の祭礼の晩に襲われたことを頭に置きながら、磯市は言ってみた。親子二代にわたって襲われ、これからも何があるか分からない。気をつけろと、親切ごかしに言って脅してやろうと考えた。それに菊田川では、もう一軒店を持とうとしているという話があるという。そのことについても、確かめておかなくてはならない。

「それが、めでたいことが一つありましてね」

「めでたいことだって」

意外だった。そんなことは、おひさは何も言っていなかった。びゅうと冷たい川風が吹き上げてきて、磯市は背を丸めた。

「あと四日で、妹の祝言があります。嫁に行くんですよ」

「えっ、おしなの祝言……。ずいぶん急じゃねえか」

「はい。先様の事情がありましてね。でも、みんな喜んでいます」

ふん、と思った。こいつは、自分とおしなのことを知らない。だから、こんな太平楽なことを言っていられるのだ。餓鬼の頃から、優しいだけが取り柄の、間抜けで気の弱い野郎だった。

「で、嫁入り先はどこだ」

「芝の料理屋で、玉菱《たまびし》と言います。おしなは気に入られているので、大事にしてもらえるでしょう」

笙太郎の人の善さそうな笑顔が、無性に腹立たしかった。磯市は殴り倒したいのを、じっと堪《こら》えた。

「それで兄さん、今夜会えたのは都合がいい。お願いがあるんですよ」

兄さんという呼ばれ方は、幼い頃にされたことがある。しかし年が過ぎてからは、そんな呼ばれ方をされたことがなかった。これも気になったが、お願いとは、いったい何なのだ。

「菊田川に来ませんか。一緒に腕をふるいましょう。うちでは、腕のいい職人を求めています」

「…………」

「どうです、兄さん。今のまま、せっかくの腕を錆びつかせちゃもったいない」

「ほう。錆びつくというのか、おれの腕が」

抑えていた苛立ちが、ほとばしり出ようとしているのを感じた。憎いと、本気で思った。顔を近付けて、睨みつけてやる。場合によっては、痛めつけてやってもかまわない。ためらう気持ちは、微塵《みじん》もなかった。

だが、筆太郎は怯まなかった。見つめ返してくる目に、力があった。

「このまま行けば、必ず腕は錆びつきます。だから一緒にやろうと……」

言い終らないうちに、磯市の握り拳が、筆太郎の頬へ突き込まれていた。筆太郎の体がぐらりと揺れて、尻餅をついた。

泣いて助けを求めても、今夜は許してやらねえ。そのつもりでいろ。

もう一度殴ろうとして、腕を振り上げる。筆太郎の目に、涙の膜ができているのに気づいた。だが怯みや脅えは、そこにはなかった。ただじっとこちらを見つめ返している。

「このやろう」

かまわず殴った。凶暴な思いが、磯市の全身に漲《みなぎ》っていた。

笙太郎の体が、かしいだ。きちんと結っていた髪が崩れかけた。けれども体を立て直すと、再びこちらを見つめ返してきた。あいかわらず力の籠もった目だ。唇が切れて血が滲んでいたが、手を触れようともしなかった。

「何だ、その目は」

息を切らしながら、磯市は叫んだ。

殴ってやる。何度だって殴ってやるさ。

握り拳を固くした。おれに歯向かって来やがって。

さらに殴ろうとした時に、背後に人の気配があった。

「おまえら、何をしている」

しゃがれてはいたが、落ち着いた声だった。振り向くと、二人の武家が立っていた。羽織袴のきちんとした身なりをしている。

邪魔をするんじゃねえ。そう言おうとしたが、先に声を出したのは笙太郎だった。

「こ、これはおれたちの出来事だ。関わりのない旦那方は、行ってくだせえ」

絞り出すような声だった。驚いたのは磯市の方だ。目の前にいる傷ついた男は、子供の頃から知っている意気地なしの筌太郎ではなく、知らない違う男だった。

「くそっ、舐めやがって」

相手に向かっていた怒りが、自分に向かって弾けた。磯市は握り拳を固くしたまま、逃げるように駆け出した。

「兄さん」

叫びかけてくる声が聞こえたが、振り返ることはできなかった。夜の道を、磯市はただ闇雲に走った。

息が切れたが、わが身をいじめる気持ちで走り続けた。苦しめ。お前なんか、もっと苦しめばいいんだ。

走るだけ走って気がつくと、見覚えのある自分の長屋の路地に立っていた。心の臓が、音を立てて喘《あえ》いでいる。

明かりの灯っている家は、一軒もない。犬の遠吠えだけが、闇の向こうから聞こえた。井戸端で水を汲み、喉を鳴らして飲んだ。

息切れが収まると、胸に痛みが残っていた。

軋み音を立てて、戸を開けた。寝床が二つ敷かれ、その一つにおせんが寝ていた。目を覚ました気配があったが、起き上がりはしなかった。

寝床にあぐらをかいて座ると、白い寝顔が見えた。気持ちの高ぶりが、まだ消えていない。凶暴なものが、体の中を駆けめぐっていた。

磯市は隣の掛け布団をめくった。はっと目を開けようとしたおせんの体に、覆いかぶさった。寝巻きの腰紐に手をかける。むっと、籠った女の体のにおいが鼻を襲った。起き上がろうとして足をばたつかせている。

「やめて」

低いがはっきりした声で、おせんは言った。手で、磯市の手の動きを止めようとしたが、乱暴な男の力に抗することができない。

全身で押さえつけると、胸を広げた。もがこうとするのをかまわず、そこに顔を埋めた。胸の膨らみは意外に豊かで、温かかった。

「やめて」

もう一度、おせんは言った。哀願する声だった。だが、磯市の手の動きは止まらなかった。

磯市の口が、おせんの口を塞いだ。すると、おせんの体から徐々に力が抜けていった。

八

翌日、磯市は花扇での仕事を終えて鮫渕屋へ戻ってくると、店先で思いがけない男の顔を見た。六尺近い大柄で、浮腫《むく》んだ一重瞼の顔だ。駒平である。店から出て行くところだった。

磯市と目が合う。さんざん痛めつけられた男だから、つい挑むような目を向けた。だが駒平は、おもしろくもないといった様子で目をそらすと出て行った。

「あいつ、何しに来やがったんで」

鉄造に聞いた。鉄造は帳面を前にして、算盤を弾いていた。鉄造は取り立て屋としても凄腕だが、商家の番頭をさせても使える男だということは、鮫渕屋に出入りする者なら誰でも知っていた。

「蝿みてえにうるせえんで、少しばかり銭を握らせてやったのよ」

目を上げずに答えた。駒平が来たのは、今夜が初めてではないと言う。

「いったい、何を嗅ぎつけて来たというんで」

鮫渕屋には、叩けば埃の出る材料はいくらでもある。だがそれを、実際に叩いて出そうとする同心や岡っ引きは、地元の霊岸島やその周辺を縄張りにする者ではいなかった。まんべんなく、充分な鼻薬を撒いているからだ。また彼らの役に立つ情報も、時に応じて与えていた。つまらないことで藪《やぶ》を突ついて、命知らずの配下を持つ軍兵衛を敵に回すのは、利口なやり方ではない。

そんな理屈が分からない駒平ではないはずである。それなのにやって来るというのは、何かを摑んだのだ。だからこそ軍兵衛は相手にし、金をやったのだ。

「菊田川の菊右衛門と筌太郎を襲わせたのは、うちじゃあねえかと言いがかりをつけてきやがったのさ」

「ど、どうしてまた」

息を呑んだ。心の臓がいきなり熱くなって、小さいが早鐘を打つように胸の内を刻み始めた。思いも掛けない話だった。

菊田川と鮫渕屋が繫りがあるなどとは、中にいた磯市にさえ気づかないことだった。しかし考えてみれば、そういうことがないとは言えない気がした。企み事のすべてを握っているのは、軍兵衛と鉄造だけである。他の者は指示を受け、命じられたことを果たすだけだ。している仕事が、どのような意味や役割を持つのか、知らされない場合がほとんどだ。

生唾を呑み込んで、鉄造が口を開くのを待った。鮫渕屋が菊右衛門を敵に回すというのは、胸のすくような展開である。

「さあ、あれこれ言っていたがな。菊右衛門は、花扇を買い取ろうと前から算段をしていたようだ。うちも花扇には金を貸しているが、邪魔になったんでやったんじゃねえかと、そう勘ぐったわけだ」

「………」

菊田川が、もう一軒の店を持とうとしていたことは、事実である。だが、その先が花扇だとは考えもしなかった。

「確かに、商売の邪魔をされるのは面白くない。しかしな、それだけのことで襲わせたりはしない。そんなことをしなくとも、お前や吉次郎の働きで、花扇はじきに手に入る。違うかい」

「へえ、そりゃあそうですが」

もし菊田川を狙うことがあるなら、一役買わせて貰いたい。ぜひとも菊右衛門に致命傷を与えられるような、重い役を受け持たせて貰わなければならないと思った。たとえ命懸けの仕事でも、きっちり果たしてみせる。他の仲間に任せられることではなかった。

心の臓の動きが激しくなった。

その中に、数年来味わったこともない喜びと胸の高鳴りがある。もし軍兵衛が菊田川を親子二代にわたって襲わせるほど憎んでいたのならば、渡りに船だ。長い間秘めてきたものを、果たすことができるではないか。

だが……。

鉄造の言う通り、菊右衛門が花扇を手に入れようと、向こうに肩入れしたとして、それだけで二度も親子を襲おうとするだろうか。そんな算盤にあわないことを、軍兵衛や鉄造がするとは考えられない。

けれども、腑に落ちないことが一つあった。それならどうして駒平に金をやったのか、だ。弱みがないのならば、追い返せば済むことである。

「あいつに金をやったのは」

磯市の思いを察したように、鉄造は続けた。

「金に汚い男だからだ。菊右衛門から月々決まった金を貰っているから、花扇の件にも出しゃばってきている。しかし、それ以上の金を出してやれば、あいつは仕事の手を抜くのさ。そういうやつだ」

確かに駒平は、銭金に卑しい男だ。その行動の規範は、手にすることのできる金の多寡《たか》で決まるのだ。

膨らむだけ膨らんだ思いが、しぼんで行くのが分かった。しかし、気持ちを立て直すことにした。花扇を鮫渕屋のものにすれば、菊右衛門の狙いを挫いてやることはできる。せめて、それはやろうと考えた。

「もし、菊右衛門を襲うようなことがあったら、ぜひ、おれにやらせてください。どんなことをしても、やりとげて見せますから」

磯市は言った。その覚悟だけは伝えておきたかった。鉄造の目が、一瞬光ったと感じたが、それはすぐに、帳面に移った。

「ああ、そういうことがあったら、おまえがやれるように旦那に頼んでやろう」

言いながら、算盤の珠を弾いた。流れるような、巧みな音だった。

磯市は頭を下げると、鉄造の前から離れた。そして、あらためて駒平のことを考えた。

菊右衛門が襲われてから、すでにかなりの日にちが過ぎている。その間ぼんやりと過ごしていたわけではなかろうから、鮫渕屋との繋りを探り当てたのは当然だといえる。本当に探り出したのは、花扇のことだけだろうか。

金には卑しいが、侮《あなど》ってはいけない。ただは転ばないしぶとい奴だ。鼻も利く。

鉄造は、何かを隠しているのではないか……。

そんな気もしたが、問い質《ただ》しようはなかった。鉄造は、言わないと決めたことは、口が裂けても言わないし、それを押して訊くことは磯市には許されていない。だが、それならそれで良いと思う。何かがあった時、鮫渕屋にいれば、菊右衛門を狙う折りに役に立てる機会が必ずやって来るはずである。

しかし、腕をこまねいて待っている積もりもなかった。鮫渕屋と菊田川の繋りを、自分なりに洗ってみようと腹を決めた。

昨夜の笙太郎の目つきが、鮮やかに脳裏に蘇った。

ゆうべのあいつは、おれを怖れていなかった。殴られても、おれを睨み返してきやがった。助けが入っても、二人の出来事だと、それに縋ろうとはしなかったのである。

「ふてぶてしい野郎になりやがった。まるで親父とそっくりじゃねえか」

憎々しい思いが、独り言になった。どこかで舐めていた相手だが、意外なしぶとさに苛立った。

鮫渕屋を出ると、磯市は長屋へ向かった。鮫渕屋と菊田川の繋りについて考えると、やはり気持ちが高ぶった。あれこれ考えると、ますます高ぶりを抑えかねた。

長屋の路地に入ると、家の戸口から明かりが漏れているのが見えた。おせんの顔が浮かんだ。抱いたことに後悔はなかったが、激情が去った後磯市の胸に残ったものは喜びではなく、虚脱だった。

おせんは今朝、何事もなかったように起き、朝飯の支度をした。いつものようにこりともしなかった。昨夜事が終わった後も、一言も喋らないまま背を向け合って寝た。

戸を開けて中に入る。すると菜を刻んでいたおせんは、はっとしたように手を止めて戸口を見た。だがそこにいるのが磯市だと気づくと、再び包丁の音をさせた。いつもと同じである。炊飯のにおいが、鼻をついた。

味噌汁に里芋の煮転がし、それに香の物の晩飯を、黙って食べた。向こうが喋らないならば、こちらも喋るつもりはなかった。もっとも、共に話し合う話題など、はなからなかった。いつかは、追い出さなければならない女だ。

しかし、旨くはなかったが、おせんの作る食い物にいつの間にか慣れていた。洗濯をしてくれるのも、手間が省けるのは事実だ。部屋も、こぎれいになった。

二人分の布団を敷いて、横になる。

磯市はなかなか寝つけなかった。鮫渕屋での興奮が、波のように繰り返し蘇ってくる。じっとしていると、体が火照ってくるのが分かった。

駒平と鉄造の顔が浮かび、そして菊右衛門と笙太郎の顔が浮かんだ。どれも、いつまでも閉じた瞼の中から消えて行かない。鉄造はああ言ったが、駒平が何を探り当てたか、やはり確かめなくてはならない。

ふと、背中にいるおせんが眠っていないことに気づいた。いつもの寝息が聞こえない。息を詰めているようにさえ思えた。にわかに生々しいものを感じた。

磯市はわずかにためらったが、寝返りを打って、おせんに向かい合った。そしてその布団に、潜り込んだ。おせんは体を固くしたが、何も言わなかった。

胸の膨らみに手を当てながら、磯市はおせんの腰紐を解いた。

九

洗濯物を干している背中を、磯市が通り過ぎて行った。何も言わないが、おせんは足音で分かった。毎朝出かける頃合いは不定だが、家でごろごろしていることはない。江戸の町のどこかで、また弱い者を泣かせるのだと思った。

「あんたたち、変わった夫婦だね。ろくすっぽ口も利かないで」

「どこで知りあったんだい。あんたの名は、なんていうんだい」

井戸端で炊事や洗濯をしていると、長屋の女房たちに話しかけられる。詮索好きな女たちで、あれこれ尋ねられるが、必要なあいさつを交わすくらいで、話などはしたことがない。それで済ませていた。

嫌われようと、何を言われようと、今のおせんにはどうでも良いことだった。ただ「変わった夫婦」だと言われたのは、胸に響いた。

同じ屋根の下で寝起きし、朝晩の食事を作り洗濯をする。夜は男と女の関わりを持つ。これを夫婦と呼ばなければ、いったい何だろう。

体を自由にさせたとはいえ、磯市が自分や二親にしたことまでを許したわけではない。常陸屋を追い出された日のことは、忘れることなどできはしないのだ。癒しがたい恨みと憎しみがあることは、互いに承知している。しかし、それでも、こうして一緒に暮らしている。

初めて抱かれたあの夜から、五日がたっていた。

抱かれることには、喜びもなければ満ちたりることもない。ただ時の過ぎるのを待つだけだが、昨夜は体の芯を衝きあげる鮮烈なものが湧き上がって、思わず男の背中に腕を回してしまった。その時は夢中だったが、後になって罪悪感と後ろめたさが残った。

夕暮れが徐々に濃くなると、それまで見えていたものが急に輝きを失い、薄闇の中に紛れ込んで行く。何をしたいわけでもない。どうなりたいという思いも浮かばない。ただ磯市が憎く、それ以外のすべてが空しかった。

洗濯物を干し終えると、することがない。空の高いところで鳥の鳴き声が聞こえたが、何の鳥かは分からなかった。

「おとっつぁん」

一人きりでぽつんと座っていると、いつの間にかつぶやきが出た。父親の遺骸が、その後どうなったか分からないままだった。

和倉屋の者が、葬式をあげてくれるわけがない。心の臓の発作という苦痛の中で言った「逃げろ」という言葉が、自分に向けられた最後のやさしい言葉だったと、おせんは思う。

「どこへ行くんだい」

隣家の女房に声をかけられて、初めて自分が出かけようとしているのに気がついた。頭だけ下げて、通りに出た。

ふらふらと歩いて行く。何度も人にぶつかりそうになった。けれども、道筋を迷う

ことはなかった。永代橋を渡る。永代寺門前の馬場通りは、いつものように賑ってい
た。満載の荷車が行き過ぎ、土埃が辺りに舞った。
永代寺境内の森が、黄色に染まっているのが窺えた。
三十三間堂の長い屋根瓦が見えると、おせんは立ち止まった。いったい、何をしよ
うとしているのか。長屋へ行けば、和倉屋の者たちが待っている。おとっつぁんの遺
骸をどうこうする前に、連れ出されてしまうことは明らかではないか。
「おや、おせんちゃんじゃないかね」
目の前に、初老の男が立っていた。白髪できちんと羽織を身につけている。驚きの
目で見つめられた。長屋の大家彦右衛門《ひこえもん》だった。
「どうしていたんだい。さあ、こんな所にいてはいけないよ」
肩を抱かれるようにして、おせんは道端の茶店の奥に引っ張りこまれた。強い力
で、声には怖れがあった。
「和倉屋の連中は、むきになってあんたを捜している。見つかったら、ただじゃ済ま
ないよ。私にも、助けてあげることはできないんだから」
「じゃあ長屋には、今もあの人たちがいるんですね」
「ああ、草の根を分けても、あんたを捜し出すと言っているよ。あんたを攫《さら》った男

も、嬲《なぶ》り殺してやると息まいている」

そう言って、表の通りに目をやった。落ち着かない様子が、和倉屋の自分を捜す気配を伝えてくる気がした。磯市もやくざ者だが、寄ってたかって攻められたら、ひとたまりもないだろう。

「あたし、おとっつぁんの骸《むくろ》がどうなったのか、それが気になって」

「骸。そうか、あんた甚三郎さんの遺骸がどうなったのか、知らなかったんだね」

遺骸は死んだ十日後に、無縁墓地に葬《ほうむ》られたという。初め和倉屋の者たちは、遺体を囮《おとり》に、おせんの現れるのを待っていた。だが、七日目あたりから臭い始めた。そこで彦右衛門が、長屋の者たちと引き取って、弔《とむら》いをしてくれたというのだ。

「そうですか。ありがとうございました」

線香を上げてもらえたのならば、せめてものことだと思った。葬られた場所は、深川もはずれの亥《い》の堀川《ほりがわ》の先、十万坪と呼ばれる広大な荒れ地の一角だ。おせんは詳しい場所を聞くと、茶店を後にした。

「気をつけるんだよ」

小心だが、人の善い大家だ。居場所を尋ねたりはしなかった。

少し歩くと、木置き場になる。人気はまったくといってよいほどなかった。どこか遠くから、木を削る音が響いていた。

木場から亥の堀川を越えて、おせんは十万坪に出た。吹きつける風は海風で、冷たかった。しかし寒いとは感じなかった。

無秩序に伸びた灌木の間に、細い道がある。所々に割れた鉢物や切り株、崩れた荷車の切れ端などが捨てられている。鳥が二羽、鳴きながら飛び立っていった。

古い崩れかけた板塀に囲まれて、墓地があった。いくつもの手入れのされていない墓石が、斜めになったり倒れたりしていた。朽ちかけた卒塔婆《そとば》が、風で地べたを転がって行く。小さなお堂もあったが、人が住んでいる気配はなかった。

彦右衛門に言われていたひときわ高い黐《もち》の木の根方へ行ってみると、新しい土饅頭が目に入った。薄い板っぺらが立っていて、筆文字で『じんざぶろう』と記されているのが読めた。

「ああ、おとっつぁん」

おせんは走り寄って、両膝を突いた。その土饅頭におそるおそる手を触れさせた。落ち葉や石ころをどけ、そっと撫でてみる。すると、その手の甲に、ぽろぽろと涙がこぼれ落ちた。

止まらない。

歯を食い縛ったが、声が漏れた。とうとう、本当に一人ぼっちになってしまった。土饅頭に触れた手の冷たさが、父親の死をはっきりと伝えてきた。涙が頬を濡らし手の甲を濡らしてゆく。おせんは声を放って泣いた。

泣くだけ泣くと、体が空っぽになったのを感じた。手で、土饅頭の周りをきれいに掃除する。もう一度膝をそろえて座ると、両手を合わせた。願うことは何もない。ただ成仏してほしかった。

長い合掌を終えると、おせんは立ち上がった。本堂の脇に古井戸がある。水を汲んで、泣き腫らした顔を洗った。そして来た道を戻った。

亥の堀川を越え、木置き場を左手に見ながら、仙台堀に沿った道を歩いた。深川の町並みが、秋の日差しを浴びていた。どこかから木を削る音と、通り過ぎて行く船の櫓音が聞こえた。

おとっつぁんとおっかさんの三人で流れ着き、そして二人をあっけなく奪い去った町。深川に、心を止めるものは何もなかった。

亀久橋《かめひさばし》を過ぎると、仙台堀はまっすぐに大川へ向かう。陸揚げされた荷が、河岸の道にところどころ積み上げられている。荷車や人の行き来が多くなった。おせんはそれらを避けて歩いて大川に出ると、新大橋を渡った。

武家地を少し歩くと、浜町河岸である。

いかめしい長屋門の武家屋敷を過ぎると、目の前に町家が広がった。入江橋を渡り小川橋を右手に見ながら進んで駕籠屋新道に入る。見覚えのある小店が軒を並べ、見覚えのある男や女が立ち働いている姿が見えた。

何も変わってはいない。あの時のままだ。ひどく長い月日がたったと感じるが、実は三月あまりが過ぎただけである。立ち止まり、ゆっくりと辺りを見回す。違うのは常陸屋という小間物屋がなくなり、その後に青物屋が店を広げていることだった。

「へい。何をあげやしょう」

手拭いでねじり鉢巻きをした二十代後半の男が、立ち止まったおせんに威勢の良い声をかけた。客だと思ったようだ。初めて見る顔だった。

おせんは、はっとしてその場を離れた。そこは、もう自分とは縁もゆかりもない店になっている。そのことを、あのねじり鉢巻きの男は知らせてよこした。

息を詰め、駆けて浜町河岸へ戻ると、今度は呆然として足を緩めた。

さて、どこへ行こうか。

もう、おせんを引き止め気持ちを乱すものは何もない。好きにしていいのだが、ため息が出た。堀に沿って、つい今し方やって来た道が続いている。右手の家並みの向こうには、千代田のお城の甍《いらか》が見えた。だが、それを越えれば、同じような町は再び続いて、はてしもない。

江戸は、限りないほどの大きな町だ。

けれども、そのどこにも自分を待ってくれる者はいなかった。悲しくはなかったが、胸が張り裂けそうになるくらいの空しさがあった。堀に沿った道を、あてもないままに歩いて行く。どこへ行こうという気持ちもなかったが、大川につき当たると、そのまま霊岸島の方向へ向かっていた。

今のおせんの居場所は、霊岸島の磯市の長屋しかなかった。

長屋へ戻ると、おせんは部屋と路地の掃除をし洗濯物を取り込んだ。疲れていたが、ずっと体を動かしていたかった。丁寧に、取り込んだ衣類を畳む。薪を割り水を汲み、済むと晩飯の支度をした。

飯が炊ける頃、日が落ちた。隣近所から、子供の騒ぐ声と、それを叱る母親の声が聞こえた。磯市の帰ってくる刻限は、決まっていない。ひどく遅く、酒を飲んでくる夜もあれば、日が落ちると早々に帰ってくる時もある。遅くなれば、先に晩飯を食べて寝るようにしていた。恨みや憎しみが消えることはなかったが、そのためにいきり立つこともなくなった。

膳を揃えたが、食欲がない。十万坪の荒れ地に立つ、おとっつぁんの墓のことを何度も思った。背筋から、痺れるほどの疲れが湧き上がってくる。

じっと座って待っているうちに、眠ってしまった。

戸が、微かに音を立てている。小さな音だが執拗に続いて、はっとして目を覚ました。風があって、建付けの悪い戸がかたかたと鳴っているのだ。

あれほど騒がしかった隣近所からは、こそりとも音がしてこない。遠くから、按摩のかすれた笛の音が聞こえてくるばかりである。

夜は更けていたが、磯市はまだ帰ってきていなかった。どうしたのだろうと思った。

冷め切った味噌汁を温め直そうとした時、長屋の路地に足音がした。磯市の足音かと耳を澄ませたが、そうではなかった。耳に馴染んだものとは、明らかに違った。

「まだもどって来ない……」

思わずつぶやいたおせんは、磯市を待っている自分を感じて、はっとした。

十

おせんが、洗濯物を干していた。秋晴れの空である。

磯市は、その後ろ姿を横目に見ながら、長屋を出た。声をかけたりはしない。おせんも出て行くのに気づいていながら、知らない振りをしていた。

今、磯市の胸の内を占めているのは、おせんのことではない。永代橋袂で笙太郎と会ってから、四日が経っている。今日はおしなの嫁入りの日だ。

笙太郎から話を聞かされて以来、日に幾度もそのことを思った。忘れようと、一日中忙しなく動き回り、夜はおせんを抱いた。しかしそれでも、おしなの顔が脳裏に浮かび上がって来るのだった。

花扇への嫌がらせは続けている。駒平の下っ引きが常時、門先に詰めるようになったが、それは形ばかりだった。嫌がらせは、いつも門前ばかりでやるわけではない。仕入れた野菜や魚を、運び込む途中に張り込んで難癖をつけ、時間を遅らせることもできる。少しずつ、しかし着実に、花扇が傾いて行く方向へ仕組んで行けば良いのだ。

その合間に磯市は、駒平が、菊右衛門と笙太郎の襲撃から鮫渕屋を割り出していった過程を探っていた。菊田川が花扇買い取りを企んでいる事実を確認できれば、多額の貸し金を持つ鮫渕屋は、襲撃の容疑者の一人として数え上げることができるようになる。だがそれだけでは、犯行の証拠にも、また脅して金を強請《ゆす》り取る材料にもならない。

駒平は、鮫渕屋が菊田川を襲うこれ以外の何らかの事情を、発見したに違いないのだ。しかしそれが何なのか、磯市には摑めないでいた。

まさか駒平やその下っ引きに問い質すわけには行かない。へたな探り方をすれば、磯市自身が窮地に追い込まれてしまう。軍兵衛も、自分の弱みを探る勝手な調べ事を許さないはずである。

そこで手始めに磯市は、下っ引きの者たちが出入りする飲み屋や飯屋、それに湯屋などを、それとなく当たってみた。彼らが、酒を飲みながら鮫渕屋についてする話を、店の主人や女たちが小耳に挟んでいないかと考えたのであった。

「ええ、そういえば、そんなことを話していたかもしれませんよ。でもねえ、一々お客さんの話に耳を立てていたら、身がもちませんよ」

言われれば、もっともなことだった。駒平が髪を結わせている髪結いにも当たってみたが、この男の口は固かった。しつこく訊こうとすると、逆に怪しまれそうで慌てた。それに駒平は、鮫渕屋の一件だけを洗っているわけではない。町には、大小のさまざまな出来事が起こっている。

成果は上がらない。無為に日が過ぎ、おしなの祝言が近づくのと重なって、焦りだけが深まった。

朝の内に鮫渕屋へ顔を出し、吉次郎と打ち合わせをした。今日の花扇への仕事は、昼過ぎには済ませる事ができた。脇板を務める子飼いの職人を脅して、店をやめるように唆《そそのか》したのである。これまで数回にわたっておだてたり、脅したりしてきていた。とうとう「やめる」と言わせた。

その後、磯市はぎりぎりまで迷ったが、やはり菊田川へ様子を見に行くことにした。花嫁の出立は、八つ半（午後三時）だと聞いてある。

今さら様子を見たところで、何になるというのだ。そう自分を責める声がある。場合によっては、奪ってしまっても良いという思いはあるが、それができないのは分かっていた。奪えば菊田川は困る。大いに胸のすくことだが、肝心のおしなが、自分に心を開いていない以上、奪うことは無意味だった。

深川馬場通りから、黒江町を横切る道に入る。足は重かったが、歩みをやめることはできなかった。

外記殿橋の見える辺りに来ると、菊田川の門前に、人が集まっているのが窺えた。はっとして立ち止まった。町の人たちが、花嫁を見送ろうと集まっている。目の前の黒江川には、すでに何艘もの舟が並んでいる。先頭の舟には、挟み箱を担いだ鳶《とび》の職人が、後方の舟には嫁入り道具の簞笥長持ちが積まれていた。

離れたところで、磯市は立ち止まった。腕組みをし、小刻みに体を揺すりながら、時が来るのを待った。心の臓が、押さえつけられるように苦しい。攫うなら、まだ間に合うぞという声が、心の臓の呻きの中に交じる。何度も深く息を吸っては、ゆっくり吐き出した。

「おう。出てきたぞ」

「きれいだ」

ひどく長い間待たされたと感じたが、門前の人々から歓声が上がって、磯市は体を固くした。白無垢《しろむく》姿の花嫁が門前に現れた。菊右衛門とお梶が両脇を支えて立っている。その後ろに笙太郎や親族、名主を初めとする町役人《ちょうやくにん》の姿があった。駒平の顔も見える。

おしなの顔は、綿帽子に隠れて見えなかった。どういう思いでいるのか想像もつかないが、菊右衛門は満面の笑みを浮かべて、人々に挨拶をしている。口ではきれい事を言いながら、結局はてめえの都合で芝の老舗の料理屋へ嫁にやる。菊田川は、ますます肥え太って行くのだ。腹黒い男の野心は、さらに広がって行く。そういう笑顔だと磯市は考えた。

板前として菊田川で力を尽くすならば、おしなをやろう。

「ふざけやがって」

吐き捨てるように口に出した。知らず知らずのうちに、外記殿橋の袂まで寄っていた。おしなは一通り挨拶を終えると、舟に乗るために手を引かれて桟橋へ降りて行く。細く白いその手に見覚えがある。自分の腕を握り、そして気持ちが高ぶると背に回し、爪を立て力を籠めて抱きしめてきた手だ。その時の息づかいまでが耳元で蘇った気がして、磯市は、はっとした。

舟に腰を下ろすと、白い手が綿帽子の裾に触れ、わずかに持ち上げられた。名残に、菊田川の建物を見上げたのだろう。

紅に彩られた口元が見えた。お梶が何か言い、おしなが応えた。そのおしなの顔には、喜びがあった。恥じらいも交じっている。

いきなり頬を張られたような衝撃だった。

菊右衛門が同じ舟に乗り込んだ。船頭が、ゆっくりと櫓を漕ぎ始めた。舟が遠ざかって行く。川を曲がって見えなくなると、磯市は河岸に目を移した。菊田川の店の者が、人込みの外れでまだ手を振っていた。その中の一人が、こちらを見ている。おひさだった。哀れむ目で自分を見ている。

磯市は一瞬たじろぐと、視線をそらせた。そして、そのまま人込みから離れた。足早に歩く。通りすがりのお店者と肩がぶつかり、「このやろう」と怒鳴りつけた。誰とでもいい、殴り合いの喧嘩をしたかった。だが、ぶつかったお店者は、視線も合わさずに歩き去って行った。

霊岸島に戻ると、馴染みの居酒屋へ行った。冷や酒を枡《ます》で汲んでもらって、喉を鳴らして飲んだ。途中何度かむせたが、飲み終えるといくらか気持ちが落ち着いた。

さらにもう一杯。酒を汲んでもらう。

「くそっ、おしなのやつ。菊右衛門のやろう」

磯市は、口に出して罵った。繰り返して罵っているうちに、ふっとその相手が、おしなや菊右衛門ではなく、自分なのではないかという気がした。見送りの後、哀れんで自分を見ていたおひさの目が、飲めば飲むほどはっきりと浮かんでくる。浴びるほど飲んだ。

「もうおよしよ、そんなに飲んで」

店の女が言ったが、耳を傾けるつもりはなかった。他の店へ行く。そこでも飲んで、酔いつぶれて眠ってしまった。

目が覚めると、夜だった。再び酒を頼んだ。味などもう分からなかったが、それでも飲んだ。店の中の客たちの喋り合う喧騒が、ぼうと遠くから聞こえてくる。そしてまた眠った。もう一度目覚めた時は、店の中はしんとしていた。数人の客が静かに飲んでいるだけだった。

目をこする。喉が渇いていて、水を貰う。飲みながら、ふっとおせんのことを考えた。ただ激しく、抱きたいという欲望が湧いた。

銭を払うと、磯市は夜の更けた町を、長屋へ向かって歩き始めた。

第四章　怨讐

一

三縁山増上寺《さんえんざんぞうじょうじ》の境内は、樹木で小山のように盛り上がって見える。葉が黄色や緋《ひ》色《いろ》、鮮やかな朱色に染まって眩しい。磯市は芝口橋《しばぐちばし》を渡って、東海道を、源助町《げんすけちょう》、露《ろう》月町《げっちょう》、柴井町《しばいちょう》と人ごみを縫って歩いて行く。すると増上寺の樹木は、まるで覆い被さってくるほどに目前に広がった。

一面の紅葉に、磯市は体が染まって行くのを感じた。

道行く人は、旅人ばかりではない。紅葉見物を兼ねたお十夜法要の夥《おびただ》しい参詣人が、増上寺に集まっていた。

例年十月六日から十五日に至るまで、浄土宗の寺院では、十日十夜の法要修行があり、期間中には説法や別時念仏が行われる。増上寺は、将軍家のご祈願所でもある関係から、ことさら厳かにあでやかに法要が行われた。

読経の声が、耳に響いて来る。

茶店の饅頭をふかす蒸籠《せいろう》の湯気や小豆を煮るにおいが、鼻をくすぐった。物売りや娘のはしゃいだ声が、人波を勢いづかせている。磯市は人混みを避けると、宇田川町《うだがわちょう》から大横町《おおよこちょう》の裏通りに入った。

「さあ、どこにいるか。藤吾のじいさんの顔は、この半年ほどはとんと見ないね」

「死んじまったんじゃないかい。酒毒で、もうろくしていたからね」

軍兵衛の過去を知る人物として、吉次郎から聞かされた博奕打ちの藤吾を捜しに、磯市は芝までやって来た。めずらしく、花扇での仕事をしなくともよい一日だった。

新銭座町《しんせんざちょう》に、漁師の網置き場を賭場にして胴元をしている松蔵《まつぞう》という男がいた。この男が、鮫渕屋で利息の取り立てをしていた従兄の藤吾を、賭場の代貸しにしようと連れて行った。藤吾は肝の据わった酷薄な男だったそうで、軍兵衛が高利貸しになる前からのつき合いだという。

磯市は、その賭場を捜して新銭座町へ行ってみたが、藤吾の姿はすでになかった。五年も前に、代貸しをやめていた。

　ここの賭場でも恐れられたらしい。大酒飲みで短気な面もあったそうだ。地回りの親分と争って、下腹を刺された。以後体を壊し、代貸しとしては使えない男になった。酒びたりの日々が二年ほど続き、見る間に老けて、いつの間にか姿を見かけなくなった。

「今は、どこにいるのか分らねえかい」

　前からの博奕仲間の者たちに訊いてみたが、知っている者はいなかった。回り歩いてようやく、元気だった頃に馴染みだったお君《きみ》という女が、三島町《みしまちよう》で常磐津《ときわず》の師匠をしていると聞き込むことができた。

「ともあれ捜し出して、鮫渕屋軍兵衛の昔を聞かないことには話にならねえ」

　のろのろ歩く祭り気分の母娘連れを追い越すと、磯市は呟いた。

　増上寺に沿って、桜川《さくらがわ》の細い流れが続いて行く。その流れが、大名屋敷と三島町を仕切る小川と合流する。読経の声と線香の香が風に流されて、ひときわ大きく聞こえるその辺りに、常磐津の看板を掲げるお君という女のしもた屋があった。

「えっ、藤吾だって。ずいぶん昔に聞いた名だね」

　四十半ばの肥えた女は、指で白い首筋を掻きながら言った。化粧は濃いが、目鼻立ちは整っている。若い頃はさぞかし美形だったろうと想像できる女だ。

「知らないねえ。あんな飲んだくれの男」

「刺されるまでは、面倒を見てもらっていたんだろ」

「そりゃあそうだけどさ。刺されてからは、えばっていた分だけ惨《みじ》めだったね。子分だったやつにまで馬鹿にされて」

容赦のない言い方で、さっさと引っ込もうとするのを、磯市は五匁銀一枚を握らせて引き止めた。どんなことでもいい、覚えていることがあったら話してほしいと頼んだ。この女から得るものがなかったら、この先どこへ行ったら良いのか見当もつかない。

「そう言えば……。深川の入船町《いりふねちょう》ってところに、娘夫婦がいるって話をしていたことがあったね。ひょっとしたら、そこにいるかもしれないよ」

「何ていう名だ」

「さあ。名は覚えちゃいないが、豆腐屋をしていると聞いたことがある」

「そうかい。すると堅気の家だな」

入船町は木場の手前で、深川もどんづまりの場所である。また深川まで行くのかと重い気分になったが、手だてがないよりはましだった。

人込みを抜けて、磯市は芝を後にする。頭の隅に、ちらとおしなの顔が浮かんだ。

おしなの嫁ぎ先は入間川《いるまがわ》の先、芝田町《たまち》の料理屋だ。あの女とは終わったのだと、何度も自分に言い聞かせた。

深川に着いた時には、日も傾き始めていた。馬場通りは、芝ほどの混雑はなかったが、人通りは少なくなかった。

入船町は、三十三間堂と馬場通りを隔てた向かいから木置き場にかけて、軒を並べた町である。路地を入ると娼家の集まる一角もあるが、表通りには食い物を扱う店や読本屋、仏具から古着を商う店まで並んでいた。藤吾の娘夫婦が商う豆腐屋も、捜すのにそう手間がかかるとは思えなかった。

ただその辺りは、和倉屋の者に出合う可能性が高いのではないかという気もした。おせんを奪ってから、すでに二月近くがたっている。あの直後ほどの緊迫した気配はないにしても、ほとぼりが冷めたとは考えられなかった。念のため磯市は、手拭いで頰被りをした。

馬場通りを歩いているうちに、日は徐々に沈んで行く。この数日、驚くほど日の沈むのが早くなった。永代寺門前の町は、残りの明るさを惜しむように、せわしなく動いている。町並みはいつもと変わらないが、磯市はふと何かが違うのを感じた。

立ち止まって見直してみた。そして、はっと気づいた。お永の団子屋が閉まっている。いつも店先で揺れている「だんご」と白く染め抜かれた幟があげられていないのだ。

「いったい、どうしたんだ」

お永が店を休むなどとは、よほどのことである。胸が騒いだ。ここしばらく、訪ねていない。特におせんを奪ってからは、できるだけこの辺りには来ないようにした。来ることがあっても、長居をしないようにしていた。

磯市はふらふらと店の前に寄って行った。戸が、きっちりと閉じられている。

「この団子屋は、どうしたんですかい」

通りがかりの老婆に尋ねると、この四日ばかりは、店が閉じられたままだという。

「おっかさん」

戸を叩いた。だが返答はない。胸騒ぎが激しくなった。

もう一度戸を叩く。耳を澄ましたが、やはり返答はなかった。裏手へ回ろうとした時、逆に声をかけられた。

「おい、おめえ」

男が二人立ち止まって、こちらを見ていた。声を出した男は、三十前後の年格好で、堅気の身なりではなかった。白い布で、左から袈裟がけに右手を吊っている。もう一人は四十年配の浪人者だった。荒んだ臭いが染みついた、ふてぶてしい顔つきをしていた。

白布で右手を吊っている男の顔に、見覚えがあった。

おせんを奪うために、すりこ木で肩の骨を折った、あの男だ。

磯市は、目の前にいた納豆売りを突き飛ばして走った。道行く人を掻き分けて逃げた。女の悲鳴が上がったが、それにかまわず足音が追ってくる。振り返るゆとりもないまま走り続けた。

とうとう、和倉屋の者に見つかってしまった。怪我をした男だけならばともかく、腕の立ちそうな用心棒を連れていた。歯向かっては、万に一つも勝ち目はないと思われた。

お永のことが気になる。だがどうしようもなかった。

広い通りから、路地に入った。いくつもの角を曲がる。人を押しのけて走ったが、追ってくる足音は消えなかった。油堀の河岸に出た。この辺りは、掘割が入り組んでいる。橋をいくつか渡った。しかし足音は執念深かった。

息が切れた。苦しい。

石ころにけつまずいて転んだ。飛び起きようとしたが、向こう脛《ずね》を打った。ようやく起き上がった時には、追いつかれていた。

「手間をかけおって」

人通りの少ない掘割に沿った河岸道に、民家が続いている。浪人者は刀を抜いた。刀身が、きらと夕日を跳ね返した。辺りにいた者は、悲鳴を上げて逃げ去った。

「くそっ」

磯市も匕首を抜いた。感情の籠らない目が、自分を見つめている。隙のない構えだが、ただ斬られるつもりはない。

腰を引いて、匕首を両手で握りしめた。浪人者が刀を振りかぶった。唸《うな》りをあげて、刃《やいば》が迫ってくる。突き出ることも、かわすこともできない。

「あっ」

気がつくと、左の二の腕が割られていた。手で触れると、指先がべったりと血に濡れた。激しい痛みを感じたのは、その直後だった。

「女をどこへやった」

刀の切っ先を、喉元に突きつけられた。今にも刺されそうで、唾を飲むこともできなかった。

「言わぬと、このまま刺すぞ」

磯市は体を引く。逃げることはできない。逃げれば、切っ先はそのまま突き出されてくるだろう。喋ってしまいそうになるのを、心死で堪えた。恐怖は深い。しかし力に屈して喋ってしまうことは、もっと怖かった。それはおせんを守るというよりも、自分を守るということだと感じた。

じっとしていれば、相手は刺すことはできない。おせんの行方を聞き出すことができなくなるからだ。力ある者を怖れ始めたら、何もできはしない。怯むだけだ。菊右衛門への恨みを思う時、磯市はいつもそう考えてきた。

掘割を見ると、乗り手のない小舟が一艘浮かんでいた。

「向こうから人が来たぞ。三人連れの侍だ」

磯市は早口で言った。侍など、どこにもいない。

「なに」

はっとして、浪人は後ろを振り返った。切っ先が喉元から離れた。その一瞬の隙をついて、磯市は河岸の道から、掘割に浮かぶ小舟に身を投げた。

左腕を斬られていた。舟を漕ぐ自信はなかったが、そのまま刺されるよりはましだと思った。艫綱《ともづな》を解くと、渾身の力を込めて櫓を握った。

「花扇は、このまま行けば間違いなく潰される。何もかも、高利貸しに取り上げられてしまうだろう。一日も早くおとっつぁんに店を譲り、借金の肩代わりを頼むのが良策なんだが」

二

笙太郎は言った。確信を持った、しっかりした言い方だとおひさは思った。

板場の裏手に、食器や花器、軸物を入れておく土蔵がある。その先には薪を積んだ小屋があって、脇に金木犀《きんもくせい》が植えられていた。秋になっても葉を落とさない木で、四つに深く裂けた黄赤色の小さい花が、甘い香りを放ってくる。

午後、下仕事が終わって最初の客が来るまでの間、料理屋にはわずかに暇な時間ができる。そんな時、笙太郎は、ここへ呼び出してくれる。四半刻近くの時間を、二人は身の回りで起こったことや世間の出来事などを話して過ごす。おひさにとって、嬉しくもあり、また気恥ずかしい時間でもあった。

菊右衛門が包丁を握れなくなって、板場での役割が重くなった笙太郎だが、日を追うごとに逞《たくま》しくなっている。菊田川の跡取りとして、腕だけでなく風貌までが備わって来たと、おひさは感じる。腹が据ってきた、ということかもしれない。

「花扇の主人総左衛門《そうざえもん》さんは、菊田川のやり方に、引っかかりがあるようだ」

「それは、どういうことですか」

「おとっつぁんは、仕事には厳しい人だ。それに一度決めたことは、どんなことをしてもやり通す。だから、ひどく情無しに見えることがある」

「……………」

「萩月という料理屋があったのを知っているだろう」

そう言われて、おひさはうなずいた。

菊田川の店は、当初油堀河岸南本所石原町代地にあった。菊右衛門が店を継いだ五年後、今の場所に移った。そこはもともと料理屋で『萩月』といった。火事を起こして店は潰れ、その跡地を菊田川が手に入れて店を移したのだ。

遺族の者から、萩月の跡取りの板前や職人の一部を、菊田川に残して使ってほしいという願いが伝えられたが、菊右衛門は拒否した。萩月のにおいを残さない菊田川を作ろうとしたのである。失意の遺族は、着の身着のまま遠縁の家に引き取られた。跡取りの板前は、身を持ち崩して酒浸りになり、ついには堀に嵌《はま》って死んだ。

常次郎を永代橋から落としたという噂話と絡んで、菊右衛門は欲望を満たすためには何でもする非情な男だという評判が改めて起こった。

「菊田川に借金の肩代わりをされると、裸一貫で叩き出される。そう勘ぐっているのかもしれない」

「まさかそんな」

「萩月の時は、残ったのは土地だけで借金もあった。けれども花扇は、まだそこまでは行っていない。今なら主人一家の身の振り方を、充分に考えてやることができる。奉公人も、腕の良い者や真心のある者は、新店でも使う腹があるんだが」

花扇の主人総左衛門は、追いつめられながらも、最後の決心がつかないでいるのだ。

「菊田川は、おとっつぁんの代になってから大きくなった店だ。しかし花扇は、先々代からの老舗で、気位も高い。そんなこともあるんだと思うが」

「でも、このまま行けば、高利貸しからでもお金を借りないと、やって行けないと聞きましたが」

「そうだ。嫌がらせをされて、馴染みの客はほとんど寄りつかなくなったと聞いている。鮫渕屋も、ひどいことをする。表向きは親切ごかしに近づいているが、実はその嫌がらせは、手先の者にやらせているらしい」

「鮫渕屋ですって」

おひさは、笙太郎の顔を見つめ直した。悲しい気持ちが、胸を行き過ぎて行く。兄も、鮫渕屋の手先として動いているのかもしれない。花扇の買い取りに、菊右衛門が絡んでいると知れば、磯市はむきになるだろう。

「もし、兄さんが……」

笙太郎が言った。おひさと同じように、磯市のことを考えたのだと思う。笙太郎も、磯市が菊右衛門や菊田川を恨み憎んでいることを知っている。それでも兄さんと呼ぶのは、自分を女房にしようと腹を決めているからだ。

「菊田川に来るのが嫌なら、花扇を引き継いだ店に来てもらえればいいんだ。新しい店なら、気分を変えられるんじゃないだろうか」

「…………」

そうできれば、何よりだ。だが磯市が恨みを忘れることなど、できないのではないかという気がする。菊田川に仇なす気持ちを持ち続けている以上、新しい店にも呼べない。それは、菊右衛門も同じ考えのはずである。

ため息が出た。そして穏やかに息を吸う。金木犀が優しく鼻に香った。甘いが、胸の奥に入ると切なさのある香だった。

「おひさ」

お紋が呼んでいる。声に、差し迫った響きがあった。

「はい」

小走りに声のした板場へ行くと、お紋が走り出てきた。男物の下駄をつっかけている。

「お永さんが、倒れたそうだよ。胃の腑の具合がひどく悪いらしい」

「えっ、おっかさんが」

団子屋の隣の小間物屋の主人が駆けつけて来てくれたのだという。血も吐いたようだ。

心の臓が、瞬く間に熱くなった。小刻みな音を立て始める。

胃の腑の具合が悪いと知らされて、おひさは思い当たることがあった。夏の初め頃から、目に見えて痩せ始めていた。食欲もなかった。風邪をこじらせたのだと言っていたが、病に蝕《むしば》まれ始めていたのだ。辛抱強い人だから、倒れるまでには相当な苦痛があったに違いない。

「早くお帰り。すぐにお医者様を送るから」

「あ、ありがとうございます」

慌てて駆けだそうとして、おひさは足を縺《もつ》れさせ、転びそうになった。その体を支えてくれたのは、笙太郎だった。

「しっかりするんだ。病なら、治せば済むことだ」

そして笙太郎は、団子屋の店までついて来てくれた。店は閉じられていた。裏口から入ると、汗と何かの生臭い臭いが籠っていた。座敷には蒼ざめた顔のお永が眠っていて、枕元に小間物屋の女房おときが座っていた。

おときは四十半ばの肥り肉《じし》の女で、お喋り好きの世話焼きだ。古い付き合いである。

「いつまでも店が開かないんで様子を見に来たらさ、苦しそうに唸っていてね」

流しには、吐いたらしいどす黒い血の跡があったという。生臭いのは、その臭いだった。この数日は店を閉めていた。風邪だと言われていたが、吐いた血を見て、おときはただ事ではないことに気づいた。

「そういえば、先月あたりから辛そうにしていたよ。よほど痛んだのかもしれないね。店なんか休めって、あれほど何度も言ったのにさ。無茶をするから、こんなことになっちまう」

おひさは、お永の顔を覗き込む。閉じた目がひどく窪んでいて、ひときわ窶《やつ》れて見えた。

四半刻もしないで、菊右衛門と顔見知りの水谷玄丹《みずたにげんたん》という医者がやって来た。初老の慈姑《くわい》頭の男は、深川で指折りの名医である。

「おっかさん」

お永の耳に顔を近づけて、そっと呼びかけた。お永は目を開けると、まずおひさを見て微かに笑みを浮かべた。しかしおひさには、それは泣き顔に見えた。何か言おうとしたが、声がかすれて言葉にならない。そして菊右衛門を見た。

玄丹は、手で丁寧に腹を探り、口中を看た。そして細かなことについて問診した。長い時間がかかった。終始難しい顔をし、その鋭い眼差しが、おひさの気持ちを押しひしいだ。

おひさには目に馴染んだ昔ながらの家である。しかしどこか埃っぽかった。ここ数日掃除などしていない気配である。小まめなお永にしては、これまでにないことだった。

「なんで、ここまで放っておいたのですかな。三月も前から、そうとうの痛みがあったはずです。血を吐いたのも、今日が初めてではありますまい」

玄丹が、おひさと笙太郎、菊右衛門の三人を前にして言った。腹の中に腫れ物ができている。触って手で分かるほどだという。吐いた血は、その腫れ物が破れて出て来たものだという診立てだった。ここまでくると、腫れ物は胃の腑だけでなく、体の他の部分にも回っているだろうとつけ加えた。

「助からないんでしょうか」

藁にも縋る思いで、おひさは訊いた。そして自分を責めた。どうしてもっと早くに気づいてやることができなかったのか。七月の盂蘭盆会の折りに、磯市を交え、三人で手作りの稲荷鮨を食べた。お永は、半分も食べることができなかったではないか。あの時にはすでに、腫れ物は腹の中で根を張っていたのだ。

「少し高いが、良い薬を差し上げます。飲んでいれば、いくぶんでも痛みを和らげられるでしょう」

玄丹は、おひさの顔は見ずに応えた。

三

辺りが暗くなると、急に視界が狭くなって一間先が見えにくくなる。おせんはそれで日が落ちたのだと気づく。

隣近所から、子供を叱る母親のかん高い声が響いてくる。だが、自分のいる部屋にあるのは、竈《かまど》に燃える薪のはぜる音と、米の炊ける前のぐつぐつという音だけだ。竈の火の色が、薄闇の中で揺らいで見えた。

磯市は、朝早くに出かけた。今日もまた、弱い者を泣かせに行ったのだと思う。乱暴者で、情無しな男である。鮫渕屋の手先になる前は料理屋の板前だったらしいが、どのような修業をし、なぜやめたのかは分からない。短気で向こう見ずな男だから、何かをしでかして居られなくなったのだろうと考えたが、あえて知りたいという気持ちは起きてこなかった。

ただなぜあの男が、自分を匿《かくま》い養っておくのか。おせんは、その理由を知りたいと、しだいに感じるようになっていた。あの夜以来、寝床に横になると、体を求めてくることが多くなった。時には、息も絶え絶えになるほど激しく求められる。しかしそれは、慈《いつく》しんでくれているからではないのは、女の感覚で気づいている。

一時の欲望を満たすためだけに、ここに置いておこうとしているのか。そう考えてみたこともあるが、違うような気がする。和倉屋の者に見つかれば、自分だけではなく、磯市もただでは済まないことになる。男の欲望を満たすだけのために、そんな危険を冒すとは考えられなかった。

あの男は、確かに体を求めてくる。しかしそれは、欲望を吐き出すためだけではない。磯市という男が抱えている闇。その抱え切れなくなったものを吐き出すために、自分の体を必要としている……。

湯気が、重い釜の蓋を押しあげて沸き上がった。米が炊けたらしい。蒸らしていると香ばしいにおいがして、おせんはこれを御櫃《おひつ》に移す。ふわっと湯気が一面に上がって、この瞬間だけは気持ちが緩んだ。

「磯市なんていう男は、いらない。一人で、何にも煩《わずら》わされずに暮らしたい」

声に出して、おせんは呟いた。男と暮らすということが、これほど心弾まないものだとは考えもしなかった。女と生まれて、幾たびやさしい亭主と所帯を持つことを夢見ただろう。夢とは遠くかけ離れた暮らしを、今しているのだった。

愛しさも慈しみも、あの男には感じない。あるのは拭い切れない恨みと憎しみだが、不思議なことに、抱かれるのは嫌ではなかった。思いがけず呻き声を漏らして、はっとすることがある。

匿われ、養われていることの負い目だろうか。

いや、そうではない。今の境遇になったのは、もとをただせば磯市や鮫渕屋の仕業があったればこそである。あのようなあこぎなまねをされなければ、駕籠屋新道の常陸屋は潰れなかった。親子三人、慎ましやかに暮らしていただろう。

足音が聞こえた。

よろめくような乱れた足音である。初めはそれが、誰のものか気づかなかった。磯市のものならば、路地を入って来たところでそれと気が付く。

少しずつ近づいて、どさりと倒れる気配がした。戸口の前である。荒い息づかいが聞こえた。

おせんは、はっとして戸を開けた。いきなり血と汗の交じった生臭いにおいが鼻を突く。男が、襤褸《ぼろ》雑巾《ぞうきん》さながらに地べたに蹲《うずくま》っていた。

磯市だった。

「あんた、いったい」

肩を貸して助け起こす。部屋の中に、やっとのことで引きずり上げた。

行灯に火をともし、顔を近付けて姿を見た。跳ねた血を浴びた着物の左袖がちぎれている。剝き出しになった二の腕に、深い刃物傷があった。固まりかけた血がはみ出た肉にこびりついていた。腕のつけ根を、手拭いできつく縛ってある。どこで傷つけられたにしても、それがなければ出血多量で、ここまで辿り着けなかったのではないかと思われた。

「火であぶった針と糸を出せ」

磯市が、呻き声を出した。おせんは細めの針を出すと、火であぶった。針の穴に糸を通そうとしたが、見えない。指先も震えた。慌てて隣の家に行く。わずかな距離なのに、二度つんのめりそうになった。顔を合わせても挨拶をするだけの相手だったが、糸を通してくれと頼んだ。ためらいはなかった。

「どうしたんだい」

女房はいきなりの訪れに驚きを見せたが、糸を通してくれた。

駆け戻って、戸を閉めた。焼酎で傷口を洗ってやる。磯市は手拭いを口に押し込め、嚙《か》み締めた。傷口を自分で縫った。一針ごとに顔が歪み、額に脂汗が湧いて出た。それがすぐ滴になって流れ落ちる。音を立てて洟を啜る。

おせんはそのありさまを、息を殺して見詰めた。

こういうことが、いつかあると考えた。人に恨まれ、嫌われる仕事をしているのだ。腕を斬られただけで済んだのは、むしろ幸いと言えるだろう。運の良い男だ、そう思った。

「新しい手拭いを出して、腕に巻くんだ」

巻き終えると、濡れ手拭いで体を拭いてやった。拭いても拭いても、染み付いた血は落ちにくい。熱もあって、体が火照っていた。茶碗に水を汲んで手渡すと、喉を鳴らして飲みほした。着替えさせ、布団を敷くと横になる。飯を食いたいとは言わなかった。

「ちくしょう」

背を向けて横になったまま、磯市は口に出した。だが、どこで誰に斬られたのかは言わなかった。おせんも聞かない。

しばらくすると、低い鼾《いびき》が聞こえた。額に、冷たい濡れ手拭いを載せてやった。そのまま、しばらく看続けた。すぐに熱くなる手拭いを、何度も取り替えた。哀れみも同情も浮かばなかったが、傷ついて帰って来たのは、やはり衝撃だった。裂けた傷口が、瞼に残っている。

それでも時がたつと、うつらうつらした。夜半、磯市の譫言《うわごと》で目が覚めた。静まり返った闇の中で、何かを言っている。

「くそっ。和倉屋の野郎」

聞くつもりはなかったが、耳に入ってはっとした。この傷は、和倉屋の者につけられたらしい。ならば原因は、自分にある。それを承知で、黙っていたというのだろうか。

だとすれば、気持ちが分からなかった。顔を歪ませて、何かをつぶやいている。額に手を当ててみると、まだ熱い。濡れ手拭いを載せ替えた。

床をのべて、おせんも横になる。晩飯を食べ損なったのに気づいたが、空腹感はなかった。荒い息づかいに耳をそばだてた。眠気は消えていた。

何かを言っている。人の名前のようだ。「おしな」という名だと、ようやく聞き取ることができた。

おしなという名は、じんと胸に染みた。やはりそういう女がいたのだと思った。

弱い者いじめの嫌われ者。人の不幸なんて何とも感じない薄情な奴。金のためならば、どんなことでもする恥知らず。乱暴者。犬畜生。あんぽんたん。

お前なんて刺されて死んじまえばいいんだ！

腹の中で罵った。何度も何度も繰り返した。そうしていると、自分が独りぼっちだということを、しみじみと感じた。夜の闇が、体を押してくる。

布団の中で、おせんは体を丸くした。

四

味噌汁のにおいで、磯市は目を覚ました。朝の光が差し込んでいて眩しい。まる一日寝て、二日目の昨夜、気がついた。熱は下がっていたが、虚脱感があった。腕の鈍痛も消えてなくて、わずかでも動かすと、鋭い痛みが走った。おせんが作ってくれた粥を少し口にしたが、食欲はなかった。再び睡魔が襲った。

おせんが、包丁の音を立てている。隣家で、亭主をせきたてる女房の声がした。味噌汁のにおいが、空腹を伝えてくる。

左の二の腕に触れてみた。鈍い痛みは薄れていて、ゆっくりとなら動かすことができた。

和倉屋の用心棒の手から逃れて、磯市は小舟を漕いだ。やっとの思いで大川を越えた。途中、手拭いで縛って腕の止血をしたが、その他の細かなことは覚えていない。ぼうとした意識の中で、ようやく長屋へたどり着いた。

そろそろと起き上がる。すると、おせんが朝飯の膳を押してよこした。何も言わない。だが手当てだけはしてくれた。

朝飯は、残さず食べた。終わると起き上がって着替えた。鮫渕屋へ顔を出した。藤吾という老人を捜し出さなければならないし、団子屋の店を閉めていたお永のことも気になる。しかし、まずは一日寝込み、受けた腕の傷についての報告をしなければならなかった。しばらくは一人前の仕事ができないだろう。

まさか、おせんを理由に商売敵の和倉屋と悶着を起こし、そのためにできた傷だとは言えない。

「喧嘩に巻き込まれて、刺されました。相手は、東両国の地回りです」

鮫渕屋とは関わりの少ないと思われる土地の名を上げた。軍兵衛は、じろりと磯市を見詰め返した。気持ちの動きは、それだけでは窺えない。しかし、ひと呼吸する間に、すべてを見透かされてしまった気もして、磯市は体を固くした。

「どうして巻き込まれたんだ」

「へえ。つい片方に肩入れしちまいまして」

道々考えてきた嘘の顚末《てんまつ》を話した。軍兵衛は黙って聞いていた。

「まあ、気をつけるんだな。養生して、早く治すことだ」

そう言って軍兵衛は、続けていた書き物の筆を取った。

鮫渕屋を出ると、ずんと疲れを感じた。腕の鈍痛はなくなってはいないし、熱もまだ少しあった。深川での用を足したかったが、永代橋を渡ろうという気力は浮かばなかった。今もし和倉屋の者に見つかったならば、逃げおおすことはできないだろう。

長屋へ戻ることにした。もう一眠りしたい。

翌日は雨が降った。風交じりの冷たい雨だった。磯市が深川へ出たのは、さらに一日が過ぎてからである。

体調は普段と変わらない。腕の傷は、疼《うず》くことがあっても、大きく動かしでもしない限り問題がないまでに快復していた。

永代寺門前町へは、猪牙舟で大島川をへて行くことにした。顔を隠すための笠を被るのも忘れなかった。舟から河岸に上がる時も、道を歩く時も、辺りの気配には細心の注意を払った。

お永の団子屋は、今日も店を閉じていた。激しく胸を打つものがある。店を閉じているのは、数えてみれば七日以上になるはずだ。お永の身に、何かが起こったと考えないわけにはいかなかった。

裏手の路地に回った。ここも戸口は閉められたままだった。気配を探ってみるが、人のいる様子はない。それでも戸を叩いてみると、隣の小間物屋のおときが顔を出した。

「磯市さん。いったい今まで何をしていたんだい。お永さんが大変だというのに」

肥えた体を押し出して言った。いつもはのんびりした物言いの女なのに、目に張りつめたものがあった。どきりとした。悪い予感が当たってしまったようだ。

「胃の腑に腫れ物ができていたんだよ。それで血を吐いてさ。大騒ぎだった」

「それで、おふくろは」

恐る恐る声に出した。この数ヵ月、顔色も悪く痩せてきていたことに思い当たった。心の臓を、冷たい手でいきなりぎゅっと握り締められたみたいだ。

「おひさちゃんが、菊田川の人を連れて戻ってきてさ、お医者様にも看てもらった。かなり悪いようだった」

「…………」

「それで、このまま一人じゃ置いておけないって、菊田川の離れに連れて行った。そこで養生させようということだよ。あそこならば、おひさちゃんが側にいて、面倒を見てあげられるからね」

「そうですかい」

微かに安堵するものがあった。

病状の行方には油断がならないものを感じる。けれどもおひさが側に付いていて、菊田川が面倒を見てくれるのならば、取りあえずは危機を脱したのではないかと考えた。

「すぐにも行っておあげよ。お永さんは、きっと安心するだろうからさ」

「へい。そうします」

おときと別れて表通りに出た。菊田川へ向かわなければという気持ちは強かったが、足は反対方向に向かっていた。

お永は、手厚い看護を受けているはずだ。滋養のあるものを食べさせてもらえるに違いない。何よりも、おひさが側にいるということは心強い。徐々に快復して行くだろう。自分が行ったところで、何一つできはしないのだ。顔を見せるのは、この団子屋へ戻ってからでも良いではないかと考えた。

それに……。菊田川へ行けば、菊右衛門や笙太郎と顔を合わせなければならない。お永が世話になっている以上、頭を下げないわけにはいかない。それは気の重いことだった。

磯市は被った笠の紐を結び直した。慎重に辺りに気を配りながら、広い通りを歩いた。すぐに、お永の痩せた姿が頭に浮かんだ。それを追い払うように、軍兵衛の陰影の濃い面長の顔を思い描いた。

軍兵衛は何を考えているのか、得体の知れない男である。世間では酷薄な高利貸しとして怖れられているが、自分を助けてくれ、日々の暮らしに困らない銭をくれていた。仕事も認め励ましてくれるが、その正体は何も分かっていなかった。

左手に三十三間堂の長い屋根と、それを取り囲む枯れ始めた樹木が見えた。和倉屋の者に出合う可能性の一番高い辺りだ。

掘割の橋を渡ると、入船町の家並みになった。深川もはずれの町である。磯市は丁寧に、一軒一軒の店を確かめた。一角には娼家の並ぶところもあるが、堅気の豆腐屋がそんな中にあるとは思えない。表通りの店をあたった。

「あった」

間口二間ほどの豆腐屋が、目に入った。磯市は足早に歩いて店先に立った。奥に、前掛け姿の三十半ばの男が立ち働いていた。

「藤吾というじいさんに会いたいんだが」

男は、この店の主《あるじ》のようである。娘の亭主ということだろうか。

「えっ。そんな人は、うちには居ませんよ」

あっさりと言われてしまった。もう一度聞き直してみたが、この家のじいさんは二年前に亡くなり、名前も藤吾というものではなかったという。

膨らんでいた思いが、一気に萎《しお》れた。芝へ行き、そしてここまで来たことが無駄足だったと感じた。やっと吉次郎から聞き出した名だ。軍兵衛の過去を探る糸口が、ぷっつりと切れてしまった。

「入船町の豆腐屋に、藤吾というじいさんが居ると聞いて来たんだが……」

ぼやく声が出た。帰ろうとすると、男が言った。

「この町には、もう一軒豆腐屋がありますぜ」

「何、本当か」

我知らず大きな声になった。場所を聞いて店を出た。道を進むと、通りは武家屋敷にぶつかり右折する。商家は少なくなったが、その数軒目に、さっきの店より一回り小さい豆腐屋があった。

磯市が中に入ると、四十前後の小柄な女が「いらっしゃい」と声をかけてきた。藤吾というじいさんに会いたいと告げると、女は奥に向かって何か叫んだ。

ようやく捜し出すことができたようだ。

待っていると、骨太だが皺の弛《たる》んだ老人が、片足を引きずりながら現れた。薄い胡麻塩の髪で、ぺたんと張りついた髷《まげ》が載っていた。酒焼けしているのか、顔が赤い。目に生気はなかった。

「鮫渕屋の軍兵衛という人の昔について、話を聞かせて貰いたい。知っているね」

そう言うと、やや思い出すふうを見せてから、「ああ」と嗄《しやが》れ声で頷いた。

二人で外へ出ると、老人は磯市を見て「飲ませてくれるかい」と、ぼそりと言った。その時だけ、目が光った。

「何でも話してくれれば、飲ましてやるさ」

通りに縁台が置いてあって、並んで腰を降ろした。道の行く手に洲崎《すさき》の原が見え、その向こうに白く輝く海が見えた。海鳥が数羽飛んでいる。

酒焼けのかさついた皮膚には、まだらになった染みが浮いている。皺が深い。闇の世界を腕と気力で渡り歩いた男のはずだが、その面影は感じられなかった。

軍兵衛と知り合ったのは十四、五年前のことだという。出合った場所は博奕場で、腕っ節も強く肝の据った男だったようだ。

「元は、板前だと聞いたがね」

「ああ、そうだ。軍兵衛の親父はよ、九郎右衛門といって、萩月という料理屋の主人だった」

藤吾は、思いがけないことを言った。耳にして、腹の奥がいきなり熱くなっている。

「いったい、どういうことだね。あそこの跡取りは、掘割に嵌って死んだと聞いているが」

胸の高鳴りを押さえながら、磯市は老人の顔を見詰めた。

「どうもこうもねえ。あ、あいつは、九郎右衛門が囲っていた女に生ませた餓鬼だってえことよ。本妻には跡取りがいたがよ。あいつもちゃんと修業をして、一人前の板前としてやっていた」

「なるほど」

「萩月が焼けて、九郎右衛門が首を括った。あいつが包丁を捨てたのは、その後だ」

「何で、捨てたんだ」

「さあ、そのへんは知らねえな。何も話さなかったからよ。ただ野郎は、十両ちょいとの小金を持っていやがった。それを元手に高利貸しを始めたわけだ。人が変わったようだったぜ。金に恨みでもあったんじゃねえかと思うほどさ。危ねえことも、手荒なことも、平気でするようになった。度胸もあったが、悪知恵も働いたね」

「何でそんなに金が入り用になったのかね。萩月の残った者を、養うつもりででもあったのかい」

「それはねえだろう。本妻や跡取りとは仲が良かったとは思えねえな。金ができてからだって、引き取っちゃいなかった。おおかた、板前に嫌気がさしたんじゃねえかね」

「…………」

十かそこらで弟子入りをし、修業を積んで一人前になった職人が、嫌気がさしてやめるなどということは考えられなかった。軍兵衛は、板前としての料理屋への思いを、今でも消してはいない気がする。花扇への執着ぶりが、何よりの証拠だ。板前をやめたのには、やはり萩月の火事と九郎右衛門の死が関わっているに違いがない。

「火事があってから、板前をやめるまでのことを、詳しく話してくれないか」

萩月の跡地を買って、店を移したのは菊右衛門である。この辺りの事情がはっきりすれば、軍兵衛の菊田川への思惑もはっきりしてくるはずだ。

「それがよ……。あいつと深くつき合うようになったのは、高利貸しになってからだ。それまでは、たまに賭場で会うぐらいだったからよ。よう……、これぐらいで飲ましちゃくれねえかい」

藤吾は、媚《こ》びる目で磯市を見た。口元に笑みを浮かべたが、ひどく卑しげな笑みだった。

「分かった、銭をやろう。だがもう一つ、鮫渕屋が働いていた店の名を教えてくれ」

「それは……。そうそう、四谷塩町《よつやしおちょう》の『伊勢庄《いせしょう》』という店だった」

やや考えるふうを見せてから言った。五匁銀を握らせてやると、藤吾は立ち上がった。磯市になど目もくれず歩いて行く。そのまま酒屋へ行くつもりなのだろう。

五

四谷御門の屋根が、堀に映っていた。風が吹くと、水面が波立って屋根が揺れる。その上を枯れ葉が転がっていった。

塩町一丁目は、堀に面した町だった。伊勢庄という料理屋は、人に訪ねるとすぐに分かった。この辺りでは老舗の料理屋だという。建物は古く、風格のある造りで、門内外の掃除も庭木の手入れも行き届いていた。

磯市は芝から深川、そして四谷までやって来るはめになった。しかし、無駄足を踏んだという気持ちはなかった。手間はかかったが、軍兵衛の正体に少しずつ近づいているという実感があった。

裏木戸の外で様子を見ていると、ちょうどそこへ二十半ばの女がやって来て、中へ入ろうとした。磯市は慌てて呼びかけた。

「伊勢庄の板前さんで、二十年近く前からいる人はいるかい」

「えっ」

いきなりの問いかけに、女は怪訝《けげん》そうな顔をした。磯市の頭の先から爪先までを、じろりと目で追った。

「昔いた軍兵衛という板前の話を、ちょいと聞かしてもらいたくてね」

「軍兵衛、ああ」

女は不審な表情を和らげた。

「そう言えば、前にもそんな話で、深川の御用聞きの親分さんが来ていましたっけ」

駒平だ。あいつも軍兵衛を探るために、ここへ来た。菊右衛門や笙太郎を襲った者を洗ううちに、何らかの経緯で、軍兵衛が九郎右衛門の子だということを知ったのだろう。それをもとにして、金稼ぎをしようと企んだのか。鮫洲屋で姿を見て以来、軍兵衛と菊右衛門の間を行ったり来たりして、両方からさらに金を掠《かす》め取ろうとしている気配だった。

「そうだ。おれは駒平親分の手の者で、この前聞き漏らしたことをもう一度訊きに来たんだ。親分に話をした板前を呼んでくれねえか」

小銭を握らせた。女は嬉しそうに、中へ導いてくれた。そして板場の裏手で待てと告げた。

「どういう御用で」

出て来たのは、四十後半の身なりの良い男だった。太い眉で、精悍な目つきをしていた。軍兵衛の兄弟子だったという。腕の良い板前は、側に寄ってにおいを嗅いだだけで分かる。それは板前修業を重ねるうちに身についた、磯市の勘のようなものと言っていい。この店の板前頭を務めている男かもしれない。

駒平の手先だと伝えてあるので、男は一応下手に出た言い方をした。

「軍兵衛さんのことを、もう一度聞かせてもらいたいんでさ」

こちらも下手に出た。伊勢庄をやめた理由を訊く。

男はじっと磯市の顔を見た。頷き返してやると、覚悟を決めたように口を開いた。

「あいつは金が欲しかったんですよ。もちろん板前として貰う給金は安くはない。しかし、それでは足りないほどの金がいるということだった。萩月の土地を、菊田川から取り返すためにね。そう言っていました」

「手っ取り早く金を作ろうとしたわけですね。しかし、元手の十両なにがしを、どうやって作ったのでしょうか。かなりの大金だと思いますが。博奕で儲けたんですかい」

「いや、そうじゃねえ。前に軍兵衛と特に親しかった板前から聞いた話だが、あれは、父親の九郎右衛門から貰った金だということだった。そのことは、前にも話したはずですぜ」

「確かに聞いている。しかし初めから、きちんと聞き直して来いという親分の言いつけでしてね」

ひやりとしたが、言い繕った。

「九郎右衛門は首を括る前夜、軍兵衛を呼んだってことでしたね。二人だけで話をしたそうで」

磯市の顔を見詰めながら、男は言った。

九郎右衛門は妾腹の子を哀れんで、幼少の頃から目をかけていた。伊勢庄へ連れてきて、ここの親方に頭を下げ、折々訪ねて来ては様子を見ていったという。

「最後に、何としても話をしておきたかったんじゃないですかね」

はからずも代々続いた店の土地を手放さなければならないはめに陥った。だが、いつか取り戻してほしい。かろうじて残った金を手渡して、言い残したのだという。九郎右衛門は、正妻が生んだ跡取りは、板前としての腕も今一つで、気迫の面でも軍兵衛にかなわないと感じていた模様だという。

「あいつは、萩月の正妻や跡取りには、何の気持ちも持っちゃいなかった。餓鬼の頃は、邪険に扱われたらしいからな。野たれ死のうとどうでも良かったんじゃねえか。しかし、父親には愛着があった。首を括ったという話を聞いた時には、珍しく、あいつが目に涙をためたからな」

「ほう」

軍兵衛の涙など、今にしてみれば考えもつかないことだ。

「店をやめる時に、話を聞いた。あいつはやめるわけを、なかなか言いたがらなかったがね」

「なるほど、そうですかい。で、今でもその気持ちはあるんでしょうかね」

「さあ、どうだか。もう何年も会っちゃいねえから、分らねえがね。ただ、あいつは思い込むとしぶとい男だった」

今の軍兵衛ならば、手放した土地を買い戻すだけの財力を、もう充分蓄えているはずである。けれども、だからといって、菊右衛門が土地を手放すことは考えられなかった。菊田川は繁盛している。高値で誘いをかけても、色好い返事なぞするわけがなかった。

料理人として生きる道を捨ててまで執着した、萩月の土地と店の再興。けれども財力を得ても、店を手に入れることはできなかった。宿願の前に立ち塞がってくる人物がいたのだ。

業を煮やした軍兵衛は、菊右衛門と筌太郎を襲わせた……。

脅すつもりか、あるいは本気で邪魔者を消そうとしたのか、それは分からない。だが、あり得ることだ。

おそらく駒平も、同じような判断を下したのだろう。だが、その証拠はどこにもなかった。目の前にいる板前の昔話をもとにして、勝手な推量をしただけのことである。こんな話を持ち込まれたところで、軍兵衛はびくともしなかっただろう。

「いや、ありがとうございやした」

伊勢庄での仕事ぶりを聞いてから、磯市は店を出た。確証のない話だが、充分な内容であった。胸の奥底に、沸き立ってくる高ぶりがある。軍兵衛が、菊右衛門に対して憎しみと悪意を抱いていることを知った興奮であった。

軍兵衛は萩月の土地を取り返すために、これからも何らかの手だてを打って行くだろう。欲しいものを手に入れるためには、手段を選ばない男だ。

「よし。見ていやがれ」

磯市一人では、とうてい太刀打ちできない相手だと感じていた菊右衛門だが、実は自分と同じように憎しみを持ち、破滅を狙っている者がいた。軍兵衛に拾われたことを、磯市は今日ほど幸運に感じたことはなかった。

初めて、復讐が叶う日の来るのを予感した。

六

磯市は鮫渕屋へ顔を出した。軍兵衛の顔を見たかった。

どう切り出そうと、菊田川への思いを、一介の手先でしかない自分に語るとは考えられない。しかし菊右衛門を追いつめるためならば、どんなことでもして見せるという気概だけは伝えておきたかった。

鉄造が店の帳場格子の中にいた。だが、軍兵衛は出かけていた。ともあれ、明日から仕事に戻ることを伝える。花扇への嫌がらせはもちろんのこと、横やりを入れている菊田川への対応には、ぜひ使ってもらえるようにと頼み込んだ。前にも、この話はしたことがあった。だが、まだ声をかけられてはいなかった。

「分かった、伝えておこう」

じっと顔を見つめて聞いた後、鉄造は応えた。

すでに日が傾いていた。驚くほど日足が短くなっている。居酒屋には提灯の明かりが灯っていて、磯市は誘われるように店に入った。二合の酒を飲む。怪我をしてから初めてだが、気持ちが高ぶっていたこともあって、旨《うま》かった。追いつめられて行く菊右衛門のことを考えるのは、愉快だった。

ほろ酔い気分で長屋へ帰ると、おせんが青ざめた顔で待っていた。

「たいへんだよ。あんたのおっかさんの具合が良くないそうだ。すぐに来てくれって」

つい今し方、おひさが訪ねて来たというのである。

「どんな具合なんだ」

「なんでも、ひどく苦しんでいるらしい。あんたの顔が分かるうちに、見せてやって欲しいって」

おせんは常とは違って早口で言った。おひさは、よほどせっぱ詰まった様子で、この長屋に現れたのだろう。磯市に知らせるために、おひさは鮫洲屋へ行ったという。そこで長屋の住まいを聞いたそうだ。日暮れ近くまで磯市は鮫洲屋にいたのだが、すれ違ったらしい。

来るべき時が、ついに来たという感じがした。

「ともあれ、行ってこよう」

まさか、すでに亡くなっていることはあるまい。今朝、団子屋を訪ねて病のことを聞きながら、訪ねて行かなかった自分を磯市は激しく責めた。

息を切らせて走った。永代橋が、これほど長い橋だとは思いもしなかった。幾度か足が縺《もつ》れて転びそうになったが、走り続けた。

外記殿橋を渡るところで、おひさの後ろ姿に追いついた。

「ああ、兄さん」

「どうした」

「あんまり、おっかさんが苦しそうで」

おひさは、磯市の腕を取った。そのまま強い力で、店の中へ招き入れた。お永の病間は、菊右衛門の家族が住む一画の裏手にある離れ家だった。先代の菊右衛門が、隠居所として建てたものだそうだ。

薬のにおいの籠った部屋に入ると、淡い行灯の光の下で、お永が眠っていた。顔を見て、覚えず息を呑んだ。痩せ、窶れた顔は、胸を衝くほどに小さくなっていた。これが、一月前までは団子屋で立ち働いていたおふくろだろうか。あの時も痩せたと感じたが、今見る顔は、その比ではなかった。

病魔は恐るべき勢いで、お永の命を蝕《むしば》んでいた。おひさの、じっとしてはいられない気持ちが察しられた。

「おっかさん」

声をかけると、「ううっ」と声を漏らした。枕元に膝をそろえて座ると、お永は目をあけた。

「磯市だね」

消え入りそうなくぐもった声だったが、聞き取れた。目尻に、苦痛の跡がある。もともと痛みや苦しみを表に出すことのない人だが、腹の中に巣くった腫れ物の痛みに、どこまで耐えられるのだろうか。

磯市を見る目に、涙の膜が浮いた。次の言葉を待つ。だが声を出したのは、それきりだった。痛みが襲ってきたのだろうか、唇を嚙んだ。

「兄さんを呼ぼうって、何度も話したんだけど……。おっかさんは、じきに良くなるからって。兄さんに心配かけちゃならないって、ずっとそう言い続けて」

お永の辛抱強さが、病をこじらせたのだ。痛みが薄れたのか、お永はまた眠りに落ちた。

食欲はほとんどなく、重湯《おもゆ》をわずかに啜るだけだとおひさは言った。薬も三度に一度は噎《む》せて吐き出してしまうという。

「医者は、何と言っているんだ」

「何にも言わないの。何にも言わないで、ただ難しい顔をして」

おひさの頬に涙が流れた。

夜が更けてから、菊右衛門と笙太郎、そしてお梶が見舞いに来た。菊右衛門の顔を見て、いつも感じるじりじりとする憎しみは浮かばなかった。反発する気持ちよりも、お永の容態の方が気がかりだった。

磯市は、まんじりともしないまま、夜を過ごした。間欠的に訪れるらしい痛みに、小さな声が漏れる。その度に磯市の胸は、痛いほどに圧迫された。おひさは、お永の横にのべた床で寝息を立てている。疲れ果てているのだ。

翌日、磯市は鮫渕屋へ顔を出し、吉次郎と鉄砲洲の炭屋へ脅しに行った。借金の利息が滞り始めた店である。ひと脅し必要な相手だった。

「どうした、まだ腕が痛むのか」

動きに精彩を欠く磯市に、吉次郎が言った。

用が済むと、霊岸島の長屋ではなく、菊田川の離れに戻った。潮のように訪れるお永の腹の痛みは、薄れる気配がなかった。呻き声を聞いていると、自分の腹にも病巣が根を張り、鈍痛を伝えてくる気がした。

痛みの波が去った後、お永は磯市の顔をじっと見つめる。何か言おうとするのだが、声にはならない。痛みと戦うことで、精も根もつき果てているのかもしれなかった。骨と皮になった手を、磯市は柔らかく握った。掌に伝わるわずかな温もりが、母の命への切ないほどの渇望を煽《あお》った。

四日が過ぎた。庭に霜柱が立つ寒い朝だった。その日は、鮫渕屋へ行かなくて済む日だった。磯市は火鉢に炭を入れ枕元に座る。お永の顔色に、ごく微かだが赤味がさしていた。痛みの波も、今朝は間遠になっていると感じられた。

笙太郎とお梶が見舞いに来た。菊右衛門は、早朝から外出していると、おひさは言った。三人は、毎日かかさず様子を見に顔を出した。お梶はおひさには声をかけないが、笙太郎と菊右衛門は労りの声をかける。お永とおひさが、この家で大事にされていることは、磯市も認めないわけにはいかなかった。そしてそう感じる度に、「騙されるんじゃねえ」と、自分に言い聞かせた。

菊右衛門は、表の顔と腹の中は、まるで違う男だ。鋭い牙を蓄えていることを忘れてはならない。

お永が目を開け、枕元の磯市を見あげた。

「今日は、嘘のように気持ちがいい」

ささやき声で言った。笙太郎とお梶がいるのに気づいていないような、秘めやかな声だった。

「あんたに、聞いてもらいたいことがある。長い間話そうとして、なかなか話せなかったことだけど」

お永はそこで、いったん息を継いだ。微かに眉を歪めたが、それは腹の痛みのためではなさそうだった。

「昔、あたしと菊右衛門さんとの間に悪い噂があったのを知っているだろ」

知っているどころではない。その噂のために、どれほど悔しい思いをし、胸を痛めたかしれなかった。沢瀉をやめたのも、それが原因だ。この噂話を耳にする度に、磯市は激しい怒りに体が震えた。なぜならそれは、根も葉もない噂話ではなく、事実だと信じていたからである。

「おまえ、あの噂を信じているんだろ。でもね……、世間で噂をしているようなことは、実はなんにもなかった」

「なかったって」

何を言っているのかと思った。あの夜目にした光景は、幻であったとでも言うのか。

「あたしは常次郎と所帯を持ったけれども、実を言えば乙蔵さんのことも好いていた」

「好いていたって」

「そうだよ」

熱に浮かされての言葉かと疑ったが、そうではなかった。日頃の苦痛を忘れた、穏やかな顔をしていた。

「常次郎が死んで、途方に暮れていた時、あの人は助けてくれた。どれほど救われたか分からなかった」

それはあいつが、常次郎を突き落として殺したからだ。その後ろめたさがあったからだ。磯市はそう言おうとしたが、言葉を呑んだ。余命いくばくもないお永に、いまさらそれを言うのは酷だ。

「でも近所の人の噂は静まるどころか、大きくなるばかりでね。気にした菊右衛門さんは、もう来るのをやめようと言った。あたしは寂しかったけれど、それも仕方がないと思った」

「…………」

「だけど決めたら、なんだか涙が出て止まらなくなってしまってね。それで菊右衛門さんの胸に抱いてもらって泣かせてもらった。長い間泣かせてもらったけれど、あの人はずっと、あたしの背をさすってくれていた」

そこまで言って、お永は深い息を三つほどした。そして続けた。

「たった一度だけだったけれど、そういうことがありました。でも、どうか許してくださいな。あたしは、それで救われたんです」

ずんと、胸を震わせてくるものがある。お永が菊右衛門を好いていたという言葉は、紛れもない本心だと感じた。しかし本当にそれだけのことだったのか。にわかには信じがたい。確かにあの夜以来、菊右衛門が日が落ちてから訪ねて来ることは皆無になった。よほどの用があって来る時は、昼間のごく短い間だけになった。それは誰よりも、磯市自身が知っている。

「お永さん」

その時、お梶が言った。にじり寄り、枕元で顔を覗き込む。お永はその顔を見詰め返した。

「それ以上のことはなにもなかった。だからこうして菊田川でお世話になっていられるんです」

「そうだね。ほんとにそうだねえ」

お梶は、泣き笑いの顔を見せた。お永の話をどこまで信じ、どのような思いで聞いたか、それは分からない。しかし今この噂話に、胸の中で決着をつけようとしたことは明らかだ。お梶も長い間、胸を痛めていたのだ。

「ああ、よかった」

お永は言うだけ言うと安心したのか、目を閉じた。これほど長い話をしたのは、この数日なかった。

これ以後、お永は痛みの表情を見せることが少なくなった。そして、ほとんど眠ったまま過ごすようになった。

二日が過ぎた。三日目の朝、磯市が出かけようとしていると、菊右衛門とお梶、それに笙太郎が見舞いにやって来た。

「お永さん」

枕元に座ったお梶が話しかけた。お永は、薄っすらと目を開けた。焦点が定まらず、ぼんやりと見返している。

「あんたに、お願いがあってきたんだよ。どうだろう、おひさちゃんを笙太郎の嫁に貰えないかと思ってさ」

磯市はその話を聞いて、後頭部をがんと鈍器でどやされたような衝撃を感じた。

何もこんな時に……。

お永の命は、明日をも知れない。自分は掛替えのない者を失おうとしている。この上さらに、おひさまで奪おうというのか。菊田川の連中は、そうやって、おれからすべてを奪って行こうというのか。

叫び出しそうになって、お永の顔を見た。すると、震えているのが分かった。苦痛のためではない。開いた双眸に、みるみる涙が盛り上がって行く。そしてはらりと溢れ落ちた。

「う、嬉しいね。笙太郎さんに貰ってもらえるなんて」

はっきりりと、顔面に安堵の色が浮かんだ。おひさを見ると、笙太郎と視線を合わせて見詰めあっている。

くそっ！　そういうことか。

胸の内で、磯市は吐き捨てた。しかし、声にはならなかった。全身が一気に熱を帯びて熱くなった。やり場のない怒りと焦りで、居ても立ってもいられない思いに駆られた。

離れ家を走り出た。おひさの自分を呼ぶ声が聞こえたが、振り返らなかった。一刻も早く鮫洲屋へ行き、今日の仕事をしなければと考えた。

「どうしたんだ、いってえ今日は」

吉次郎と脅しに行った先は、先日行った鉄砲洲の炭屋だった。そこの若い者を、狂ったように殴り倒してしまった。

炭屋には、十七になる娘がいた。瓜ざね顔の目元のすっきりした顔立ちである。この娘をからかい半分に、土間に押し倒した。場合によってはおもちゃにしてもかまわない。そういう荒んだ気持ちがはっきりとあった。だが、若い手代が間に入って庇おうとした。

惚れ合った仲なのかどうか。ただ無闇に腹が立った。助けに入るのを娘が待っていた気配を見せたのも、苛立ちを煽った。吉次郎が止めに入らなければ、殺してしまったかも知れなかった。

「やめて」

女の叫びだけが、耳に響いた。止められて初めて、血だるまになった男が、ぐんなりと横たわっているのに気づいた。あきらかにやり過ぎだった。

「馬鹿野郎、てめえの役目をわきまえろ」

鉄造にどやされた。頭ごなしにやられ、わびを入れたが、腹の中では不服だった。

用が済んでも、菊田川へ戻る気がしなかった。お永の身は案じられたが、体が向かなかった。明るいうちから酒を飲んだ。ほとんど酔わなかった。ふと気がつくと、霊岸島の自分の長屋へ戻っていた。数日ぶりのことだ。

「どうなの。おっかさんの具合は」

磯市が戸を開けると、おせんは寄って来て言った。気を揉みながら過ごしていたらしい。いつもの投げやりな無関心さはなかった。そういえば、菊田川の離れで寝起きすることになってから、何の連絡も入れていなかった。

日が落ちれば、灯火の中でも薄ぼんやりとしか見えない目を凝らして、おせんはこちらを見上げていた。

「もう、長いことはねえさ」

そう口に出してみると、押さえがたい荒々しいものが込み上げた。おせんを、乱暴に抱き寄せた。畳の上に押し倒す。裾を割って膝を押し込み、帯に手をかけた。

膝と指先に、温もりが伝わってくる。帯を解いた。見覚えのある白い体が、淡い明かりに照らされた。

おせんは逆らわなかった。

磯市は狂ったように、その体を求めた。精を放った後も、両の乳房に顔を埋めたまま、身動きすることができなかった。久々にかぐおせんの体のにおいである。おせんの腕が、自分の首と背中を抱きとめていた。そうされているのは、妙に心地よかった。

磯市は、今日一日を孤独の中で過ごしたことに気づいた。

七

そろそろ町木戸の閉まる刻限だった。按摩の笛の音が、闇の向こうに谺《こだま》している。火鉢にかけた鉄瓶が、音を立てていた。耳をすますと、お永の寝息が聞こえた。穏やかな寝顔で、おひさはじっと見つめた。

朝から今まで、数度痛みの声を漏らした。一昨日あたりまでと比べると、はるかに苦しむ回数が減っていた。喜ばしいことだが、逆に、眠っていることが多くなった。目覚めても、ぼんやりとしている。表情から生気といったものが、かけらも感じられなくなっていた。

暗い予感が、おひさの胸を掠《かす》って消えた。

お永の手を握ってみる。痩せ衰えた腕は、握るとおひさの親指と人差し指がすぐに触れた。微熱があって、痛みが減っても腹の病は決して快方には向かっていないことを伝えていた。

笙太郎との祝言を、お梶はついに認めた。お永と菊右衛門との長くわだかまっていた疑惑を解き、許したからである。何事もなかったわけではない。少なくとも二人は、心を通い合わせていた時期があった。世間の目は、その事実を目敏《めざと》く見つけ出していたのである。噂話はお梶を苦しめたが、同時にお永をも苦しめていたのだとあらためて感じた。

気にしない風をしていた者が、最も傷ついていた。

お梶が祝言を認めたという話を聞いたお永は、瞼に涙をためた。あれは、娘の嫁入りを喜ぶ涙であったが、それだけではない。長い間、胸の奥にわだかまる事柄があった。これを誰よりも分かってもらい、許してもらいたかったお梶に受け入れられた、その安堵の涙でもあったのだと、おひさは感じる。

たった一つの誤解が、癒しようのない傷を作ってしまうことがある。人が、関わりあって生きて行くということは難しい。そして一度芽生えてしまった不信の中で、それでも人を許し、認めて行くことは、さらに難しいことだ。

人は、なんと厄介な生き物なのだろうか。

戸を開ける軋み音がした。おひさは顔を上げた。

「兄さん」

磯市は、朝、離れ家を逃げるように飛び出して行った。夕方になっても戻って来なかった。いったい何をしているのだろうと、案じていた。

兄が、自分の菊田川への嫁入り話を聞いたのは、今朝が初めてのはずである。さぞかし驚いたことだろう。一人蚊帳《かや》の外に置かれていたと、腹を立てているかもしれない。喜んでいないことだけは明らかだった。もう戻ってこないかもしれない、そうも思った。

「ぐあいはどうだ」

磯市は、お永の枕元に座ると、言った。わずかに酒のにおいがしたが、酔ってはいなかった。指先で、お永の痩《こ》けた頰をなぞった。日がなうつらうつらと眠っていたこと、さして痛みを訴えなかったことを伝える。

「そうか」

磯市は、お永の顔に目を落としたまま動かなくなった。考え込んでいる。おひさは、罵声を浴びせられることも覚悟していたが、祝言のことには一言も触れない。かえって、それが気になった。

おひさは、磯市の背に向かって声をかけた。

「兄さん。ごめんね」

磯市は振り返らなかった。お永の顔を見つめたままである。

「お前、筆太郎を好いていたのか」

「うん、ずっと前から。子供の頃から……」

正直な気持ちだった。そう言ってから、おしなが嫁入る直前に菊花壇を見ながら漏らした言葉を、おひさは思い出した。

「本当は、磯市さんと所帯を持ちたかったんだけどさ」

おしなの正直な気持ちだったはずだが、おそらく磯市も同じ願いを持っていたのではないか。子供の頃の二人の折々の様子を思い浮かべる。よく遊んだ四人のうち、自分と筆太郎の願いは成就し、おしなと磯市の願いは叶わなかった。

「そうか、それならばしょうがないな。お前は何を言っても聞かないだろう」

「………」

「だがおれは、お前が菊田川の人間になっても、菊右衛門を許すことはできない。いつか必ず、おれの思いを晴らしてやる。忘れるな」

「兄さん」

磯市はおしなを失い、そして妹の自分を失い、お永を失おうとしている。正真正銘の独りぼっちになろうとしていた。いったいどこへ、安らぎを求めて行くのだろうか……。すると、一人の女の顔が浮かんだ。放心したような、顔色の良くない女の顔だった。

お永の切羽詰まった病状を磯市に知らせるため、おひさは鮫渕屋で磯市の長屋の場所を聞いた。霊岸島の裏長屋を訪ねてみると、部屋に自分とほぼ同じ年頃の女がいた。おせんという名だと話した。怖れるように、こちらを見た。

あの時の目が、今になって鮮やかに思い出されてくる。

おひさは、あの時お永のことで、半分逆上していた。だからあれこれ詮索する間もなく、言伝だけをして帰って来た。

あの女は、磯市の何なのだろうか。共に暮らしているのだから、好き合っているはずだ。だが、こちらを見た目には、好いた男と暮らしている華やぎや恥じらい、喜びといった若い娘特有の心の輝きは感じられなかった。

ただ、お永の安否を気遣ってくれたのだけは、感じることができた。うつろな、焦点の定まり切らない目に、明らかに驚きと虞《おそれ》が浮かんだのを見た。

おせんが、頑な磯市の心を癒してくれることを祈る。

「ああ、磯市だね。帰ってきていたんだね」

お永が、目を覚ました。

「あたりまえだ。病が良くなるまで、どこへも行きやしねえさ」

どきりとするほど優しい声。

お永が何かを話している。あまりに小さな囁きなので、おひさには聞き取れなかった。が、磯市は聞き取れたのか、耳元へ口を寄せて、話しかけていた。

翌日からお永は、ほとんど眠ったきりになった。たまに目を覚ますことがあっても、四半刻もしないうちに眠りに落ちた。寝息の音なぞ、耳を澄まさなければ聞こえない。

そして四日後、お永は死んだ。

朝目覚めると、すでに息をしていないことに、おひさは気づいた。右の目尻に一筋、乾いた涙の跡があった。寝込んでから、あまりにあっけない命だった。

通夜も葬式も、菊右衛門の手で行われた。西念寺《さいねんじ》という馬場通りに山門のある寺が、菊田川の檀那寺だ。

弔問客が多数来てくれた。常次郎の朋輩だったという、名の知れた料理屋の板前も顔を見せた。そして裏店に住む団子屋の客も、洟《はな》をたらした子供を連れて別れを惜しみに来てくれた。

顔に白布を載せられた遺体の傍らで、磯市は線香を上げながら通夜を済ませた。そして明るくなって気がつくと、姿が見えなくなっていた。誰にも告げなかったが、おせんのもとへ帰ったのだと、おひさは思った。

「兄さんは、反対をしなかったんだな。それなら、祝ってくれたということさ」

笙太郎が、おひさの肩に手を載せて言った。自分にはこの人がいる。磯市が何をしようと、この人と菊田川を支え守っていかなくてはならない。すると鼻の先がつんと痛くなった。

磯市が去った後、鮫渕屋軍兵衛が、どこで聞きつけたのか弔問に訪れた。二人の手先を連れて、堂々とした弔問ぶりだった。

八

井戸端で、朝飯の支度をしながら喋っていた女房連中の話し声が、ぴたりと止まった。何事かと耳を澄ますと、足音が聞こえた。磯市が帰ってきたのだと、おせんは気づいた。そして、はっと息を飲んだ。

磯市の母親が、死んだということに思い当たったからである。今度帰ってくる時は、そういう時だと考えていた。悲しいとも不憫だとも感じない。顔も見たことのない人なのだ。しかし、胸が騒いだのは事実だった。

「ご飯は、食べたの」

おせんはそう言って迎えた。磯市は眠たげな顔に見えたが、ひどく沈んだ様子は窺えなかった。気持ちを、道々鎮《しず》めて来たのだろう。

「いや、食っていない」

ぶっきらぼうに応える。

「それなら今、作るから」

米を入れた釜を手に、外へ出た。長屋の木戸口に人の気配を感じたが、気にも止めなかった。向かいの長屋の手間取り大工が、道具を抱えて仕事に出て行くところだった。

天秤棒を担った振り売りの魚屋が、長屋の路地を入ってきた。ごくたまに顔を見せる初老の小男で、たいした魚は扱っていない。売れ残りがあると、こうして路地まで尾を引く売り声を上げながらやって来る。

磯市に、今朝は魚を食わせてやろうと思った。荷を覗いてみると、ろくな魚はなかったが、一尾だけ肥えた真鯖があった。これを買う。

まな板に魚を載せ、さあどう料理したものかと考えていると、背後に磯市が立っていた。

「おれに貸してみな」

手に持っていた小出刃を手渡す。受け取った磯市は、ためらうことなく、胸びれの後ろから包丁を寝かせて頭の方にむけて切り込んだ。頭を落とし、腹を割いて内臓を抜く。中骨の上を腹を手前にして包丁を引くように滑らせた。鯖は瞬く間に二枚におろされた。動きに迷いはない。鮮やかな切り口だった。

おせんは、ほうと息を吐いた。自分がやったのでは、こうはいかない。力が入り過ぎて、すぐに身割れがしてしまうはずだ。小出刃でもここまでやってしまうのは、まさに玄人《くろうと》の技だと感じた。

鍋に切り分けた鯖と煮汁の酒、水、生姜を入れて落とし蓋をする。磯市の顔に、生気が蘇っていた。帰ってきた時の、眠たげな様子はなくなっていた。

「味噌と砂糖を出せ」

言われて、おせんは弾かれたようにそれらの用意をした。ないのではないかと思われた砂糖も、棚の奥に小壺に入れられてあった。

「よし。もうじきだ」

いったいこの人は、どうして板前をやめてしまったのだろうか。一度だけ、見事に磨かれた包丁の数々を見たことがある。素人目にも、上物の道具だと思われた。いっぱしの料理屋で修業をしたはずである。それなのに、今は高利貸しの手先として荒んだ暮らしをしている。

初めて、磯市という男のこれまでの暮らしについて考えた。

母親の病を伝えにこの長屋へ来たのは、おひさという名で、妹だと語った。商家の仕着せらしい、きっちりとした身なりで、物言いに無駄がなかった。夜だったので、顔をはっきりと見ることはできなかったが、賢そうな地に足をつけた暮らしをしている者の気配があった。菊田川という料理屋の名前を、おせんも聞いたことがある。深川では指折りの料理屋だと、かつて父親が話していた。

本来ならば磯市は、おひさと同じような暮らしをしているはずの男なのだ。

甘い味噌の香が、生姜のにおいと交ざって鼻をくすぐってきた。合わせて煮た根深と共に、縁の欠けた深皿に盛る。

長屋の子供たちの、なにやら叫びながら遊ぶ声が聞こえた。

遅い朝飯を、二人で食べた。鯖は旨かった。穏やかな気持ちで朝の飯を食べるのは、駕籠屋新道の店で親子で食べた食事以来だという気がした。

「おっかさんは、どうなったの」

「死んだ。ゆうべは通夜だった」

「じゃあ、またお弔いに行くのね」

「いや。もう弔いは済ませた。菊田川へは行かねえ。今度行く時は、他の用だ」

何を言おうとしているのか、よく分からなかった。目に決意の色がある。何かをしようとしているらしいが、それを尋ねることは憚《はばか》られた。込み入った話など、したことのない仲だ。憎いだけの、どうでもよい男だ。

口の中の飯粒を飲み込んだ。

片付けの洗い物をしていると、路地に乱れた足音を聞いた。それが、戸口の前でぴたりと止まった。はっと思いつくことがあって、体が一瞬震えた。

戸が、乱暴に開けられた。

「ここまで来るには、ずいぶん手間を取らせてもらったぜ」

二十代半ば、顎に刃物傷のある男だ。和倉屋に飼われている手先の男である。外にも、数名の男が控えていた。

「て、てめえら、どうしてここが分かった」

唸るような声で、磯市が言った。相手は薄ら笑いを浮かべて見返した。声にも身ごなしにも自信がある。満を持してここへやって来た、そういうことらしかった。

「朝、永代橋の袂でおめえを見かけた。ぼんやりした面《つら》で歩いていやがった。つけられているのも気づかずによ」

見つけられたのは、運が悪かった。母親の死で、辺りに注意を払うゆとりがなかったのだ。男は、磯市がこの長屋へ入り、おせんがここにいることを見届けた。そして仲間を連れて、再びやって来たのだ。

「おとなしく、ついてきてもらおう。じたばたすると、明日はこねえかもしれねえぜ」

顎の切り傷を撫でながら、和倉屋の手先は言った。おせんは、脅しではないと感じた。自分はどちらにしても売られる。そして磯市も、それなりの決着をつけさせられる。逆らって歯向かえば、やつらは躊躇《ためら》わず磯市を殺すはずだ。それができる人数を、和倉屋はここへ寄越したのだ。

「来るんだ」

そう呼びかけられて、おせんは頷いていた。逃げ出すことなど及びもつかない。濡れていた手を、前掛けで拭く。こういう日が、いつか来ると思っていた。覚悟を決めて一、二歩前へ出ると、磯市が叫んだ。

「行くんじゃねえ！」

その声で、おせんは金縛りにあったように動くことができなくなった。

磯市は、どこにしまっておいたのか、匕首を取り出して抜いていた。じりと体を動かして行く。

戸口にいた男の口から、舐めた笑みがすっと消えた。

磯市は腰に力をためて匕首を突き出した。伸びのある身ごなしだ。とっさに刺したかと目を凝らしたが、男は戸外へ飛びすさっていた。それを追って、磯市は裸足で路地に出る。おせんも戸口まで出て、柱にしがみついた。

顎に傷のある男の他に、堅気には見えない男が四人いた。どれも屈強な喧嘩慣れした男たちに見える。射るような目をしている。手にこん棒を持つ者が二人、あとは匕首を抜いて身構え、磯市を囲んでいた。

日差しが、握った匕首の上を跳ねた。磯市の踏み込みを、こん棒を握った男がかわした。空を斬らせた後で、その腕を叩こうとする。しかし磯市の動きも素早かった。

そのまま左横にいた男を目がけて、下から匕首を構えた腕を突き上げた。

「てめえっ」

狙われた男の右腕から、いきなり血が滴になって地に落ちた。男は匕首は落とさなかったものの、呻き声を漏らして背を長屋の板壁にぶつけた。激しい音と振動があった。

磯市は、その男の腹に匕首の切っ先を向けている。こん棒を持った男が背後に回った。他の者より頭一つ高い大男である。

「ああっ」

おせんは悲鳴を上げた。

磯市は腕の付け根をしたたかに打ち込まれた。匕首が、手から離れて飛んだ。磯市の顔が、激しく歪んだ。

もう一人のこん棒を持った男が、間髪を入れず棒の先で磯市の腹を突いた。「うっ」と呻き声が出て前のめりになったまま、磯市の体が地へ沈んで行くのが見えた。匕首を持った男が、その胸を蹴る。こん棒が再び振り下ろされた。

肉を打つ鈍い音がした。その音が、二度三度と続く。その度に磯市は、小さな声を漏らした。違う男が、倒れたままの足や腹を蹴る。匕首が、上から磯市の背中を狙っていた。酷薄な顔に、微かな笑みさえ浮かんでいる。

「やめて！」

おせんは叫んだ。地べたに倒れた磯市に走り寄り、身を投げ入れた。

「どけ」

血走った目の男に、乱暴に腕を摑まれると、引きずり上げられた。その腕を嚙む。

すると力まかせに頰を張られ、顎の骨が軋んだ。

「じゃまをするんじゃねえ」

どやしつけられたが、怯まなかった。

男にむしゃぶりついて行く。どこからそんな力が湧いてくるのか分からない。ただ磯市を死なせてはならないと、それだけを考えていた。けれども、しょせんは女の力である。もう一度頰を張られると、地べたへ叩きつけられた。

「人殺しだ！」

遠くで叫ぶ声がした。一人ではない。子供の声で、口々に叫んでいる。長屋の子たちの声だと気づいた。

動揺したのは、男たちだった。辺りを見回すが、叫んでいる者の姿は見えない。声だけが聞こえてくる。長屋の建物の裏手か、少し離れた所で叫んでいるのだ。それは執拗に続いている。

「くそっ」

男たちの一人が言うと、顎に傷のある男が、おせんの傍らへ寄ってきた。すでに匕首は懐に収められている。肩を摑まれた。強い力で引きずられた。

「行くぞ」

五人の男たちに囲まれて、おせんは長屋の路地から引きずり出された。

振り返ると、磯市は地べたに倒れたままである。ぴくりとも動かない。どこへ連れて行かれようと、それならばそれで構わないと、おせんは思った。

二月あまり、磯市と夫婦として暮らした長屋のたたずまいが、おせんの視界から消えた。

九

目を覚ますと、磯市は自分のせんべい布団にくるまって横になっていた。体がだるく、起き上がろうとすると全身に激痛が走った。

「おせん」

呼んでみたが、返事はない。薄闇の中で、部屋にいるのは一人きりだった。おせんは、和倉屋の者に連れ去られたようだ。とすると、倒れた磯市を抱え上げ、ここに寝かしつけてくれたのは、長屋の女房たちか。

　普段親しい付き合いをしているわけではない。目が合えば、睨《ね》めつけて過ごし怖れさせてきた。まともな世話などしてもらえるとは考えもしていなかった。

　喉が渇いていた。水を飲みたかったが、立ち上がることはできそうになかった。仕方なく、横になったまま目を閉じた。板壁の向こうから、隣家の子供のはしゃぐ声や女房の笑い声が聞こえる。晩飯を食っている気配が伝わってきた。隔てているのは薄壁一枚だが、遠くかけ離れた世界だった。

「おせん」

　磯市は小さな声で呼んでみた。どうしているだろうと考えた。折檻《せっかん》され、あの男たちのおもちゃにされているのだろうか。いずれにしても、今日明日には売られて行くはずだ。

　目を閉じていると、気持ちがどこまでも沈んで行く。お永を失い、そしておひさを笙太郎に奪われた。通夜の晩、絶やさず線香を上げながら考えたことは、自分がついに一人きりになったということだった。

菊田川の者たちは、手際よく通夜を取りしきった。おひさは、すでに菊田川の人間になっていた。そのことにためらいを感じているのは、己れ一人だと気づいた。二度と立ち上がることのないお永の亡骸《なきがら》を、ただ見詰めながら夜を明かした。そして、徐々に赤味を帯びて行く空を見上げながら、おせんのことを思った。

あいつは、おれがいなければ生きては行けない……。

おせんの顔を見るために、この長屋へ戻ってきた。唯一自分を支えてくれる人間だと、ようやく気づいた。しばらく傍にいよう。そして力をためて、菊右衛門への積年の恨みを、今度こそ晴らしてやろうと考えた。

自分には、鮫渕屋軍兵衛という強い味方がいる。ともに菊右衛門を憎む仲間だ。

堪えがたい喉の渇きに襲われた。

「ちくしょう」

やっとの思いで体を起こし、這《は》いながら水瓶に近づいた。柄杓《ひしやく》ですくって、喉を鳴らして飲む。だが途中で、激しい痛みと吐き気が込み上げて、その場に蹲った。

柄杓にあった残りの水を浴びてしまった。濡れたが、痛みで着替えるどころではない。そのまま、じっとしている他はなかった。

「ざまはねえさ」

嗤《わら》いが込みあげた。すべてを失った自分には、相応《ふさわ》しいなりだ。おせんを失って、磯市にはもう心と体を寄せる何物もない。

そろりそろりと這って寝床に戻った。そして、そのまま眠りに落ちた。

目を覚ますと、部屋に行灯の明かりが灯っていた。白い火影が揺れている。しんとして、どこからも音は聞こえない。風の音がするばかりである。辺りの家々は、すでに寝静まっている。

明かりをつけた記憶はない。一瞬、おせんが戻ってきたのかと思った。痛む体で見回すと、上背のある男が枕元に座っていた。まるで、どっしりとした庭石が置かれているようだ。

「ようやく気がついたな」

声の主は軍兵衛だった。磯市は慌てて起き上がろうとして、激痛に呻いた。

「いいから、そのまま寝ていろ」

肩を押さえられた。「へい」と、かろうじて声に出す。

「こうなったあらましの事情は、和倉屋から聞いた。お前、たいしたことをしでかしてくれたな」

心の臓がいきなり冷たい手で握られたように縮み上がった。身じろぎしたが、体の痛みは感じない。喉が、からからに渇いていた。

何か言いわけをしなければと焦ったが、声が出なかった。

「おせんは、鮫渕屋が追い出した常陸屋の娘だ。商売がらみの女を、てめえの思い通りにするのは、おれたちの間ではご法度《はっと》だ。知っているな」

「へえ」

「しかもだ。和倉屋との間に悶着を起こしやがった。和倉屋は、えれえ見幕で捩《ね》じ込んできたぜ」

「…………」

磯市のなりわいを調べ上げるのは、居場所を知られ名を知られればわけのないことだ。和倉屋は、自らの手で磯市を罰することをせず、掟破《おきて》りとしてその身を鮫渕屋へ託したのである。

軍兵衛の声は、いつもと変わらない。激してもいなければ、抑えている様子もない。それだけに、腹の底から怖れが湧いた。身震いが出た。

軍兵衛は菊右衛門への恨みを抱く力強い仲間だと思っていた。しかしそれは、忠実な手先として働いている時にのみ言えることなのだ。配下の者へは情に厚いところを見せるが、裏切り者には容赦をしない。それは磯市自身が、誰よりもよく分かっていることだった。

「どう始末をつけてくれるのか、それを聞きに来たのだよ」

軍兵衛の声が、総身に響いた。

第五章　節分会

一

すき間風が音を立てている。横になったままの磯市の首筋と頬を嬲《なぶ》って、風は行き過ぎた。震えるほど冷たい。

軍兵衛は、磯市を見下ろしたまま動かなかった。刺すような視線の鋭さを、磯市は全身で感じた。生唾を飲み込み、やっと口を開いた。

「す、すぐ追い出すつもりだった。和倉屋と悶着を起こすなんて、これっぽっちも考えちゃいなかったんでさ。ほ、ほんとうです」

情けないほどに、声がうわずった。とうとう利き腕一本、落とされることになるのか。そうなれば、もう包丁を握ることはできなくなる。それは命を奪われるよりも恐ろしいことだった。

ふっと、板場で魚をおろしていた常次郎の、包丁を握った後ろ姿が脳裏に浮かんだ。眩しいほどに鮮やかな像だったが、それはたちどころに、濃い闇の奥に紛れて消えた。

「それでは答にならねえな。言いわけを聞きに来たのではねえんだぜ」

「わ、分かっていやす……」

分かってはいるが、磯市には答えようがない。

おせんは和倉屋が連れ去った。和倉屋はそれでは気が済まず、磯市の処分を鮫渕屋へ捩じ込んだ。借金の形になる女を奪われ、配下を二度にわたって痛めつけられたのだ。そのままにしておくことなぞ、できない相談だろう。

相手が商売敵であろうとなんだろうと、手先の掟破りを指摘されれば、そのままにはしておけない。それがこの世界の暗黙のうちになされた決まりだ。磯市をねたに、鮫渕屋に貸しを作ろうとした。したたかな相手だ。

軍兵衛の怒りは深いはずだ。

「お前をこのまま、ふん縛って和倉屋へ送り届けろ。あるいは三十両、耳をそろえて持って来い。どちらも断れば、あいつらは何度でもお前を襲ってくる。そしてこの件を盾に取って、鮫渕屋の商いにもおおっぴらに邪魔をしてくるだろう。お前がしたことは、そういうことだ」

「………」

三十両の金など、どこを振っても出てきはしない。和倉屋へ突き出してもらうしか、始末のつけようがないと思われた。

瞼を閉じると、おせんの顔が浮んだ。あの女がいなければ、自分はこんな目に遭うことはなかった。だが、恨む気持ちは起こらない。ただ残念なのは、菊右衛門への生涯をかけた憎しみを、自らの手で晴らすことができなくなることだった。

涙が湧きそうになるのを、磯市はじっと堪《こら》えた。

「和倉屋へ、おれをやってくだせえ」

「そうか、腹が決まったかい」

軍兵衛は、短いため息を漏らした。組んでいた腕をほどくと、指先で頬を掻いた。

「和倉屋へ突き出せば、向こうはそれで気が済むかもしれねえな。だがそれでは、決まりを破られた鮫渕屋の方がおさまりがつかない。手先の者たちに示しもつかない。せめて腕一本、叩き落としてから向こうへ渡す手はずになるだろうよ」

「えっ」

まさかそこまで考えてはいなかったが、軍兵衛ならばやりかねないという気がした。一度は覚悟を決めたつもりだったが、歯の根が震えた。

風が建付けの悪い戸を、かたかたと揺らしている。わずかな沈黙があった。その沈黙が、磯市を追いつめてくる。もう逃げ出すこともできない。

「そこでだ。よく聞け」

声の調子が変わった。不気味なほどに優しい声音《こわね》になっていた。肝が、冷水を浴びせられたように縮こまってゆく。

「一年半ほど前か、私はお前を助けてやったことがある。覚えているか」

「へえ、覚えています」

磯市は、浜町河岸の際にある大名家下屋敷の中間部屋にある博奕場で、金の悶着を起こした。軽い気持ちで遊んでいたのだが、その夜はつきについて、儲けは二十両を越す額になった。これには何か裏があるのではないかと考えたが、手にした大金に目がくらんだ。

普通なら、場違いな儲けに対して、胴元への礼もしくは返金として、その中から何がしかの金を貰うのが筋だが、磯市はどさくさに紛れて金を懐に逃げた。追いかけられ捕らえられ、袋叩きに遭った。そのおり指二本を落とされそうになったところを、軍兵衛に救われたのだ。

「なんで助けたか、分かるか」

「いや。どうしてなんで」

これまで、何度か考えたことはあった。軍兵衛が秘かに持ち合わせている温情のせいかと推量した。あるいは、自惚《うぬぼ》れかもしれないが、自分が、それだけの役に立てるということか。

「それはな、お前が常次郎の倅《せがれ》だったからだ」

「親父を、知っていたんで」

驚きだった。だが軍兵衛は、もとを質《ただ》せば板前だったのだから、知っていてもおかしくはなかった。

「ああ。常次郎は、腕のいい板前だった」

「では、それで」

「お前は、親父を死なせた菊右衛門を恨んでいる。私もあの男には恨みがある。いつか、あいつを懲らしめる手助けをしてもらおうと考えた」

伊勢庄で聞いた九郎右衛門の話が、頭をよぎった。軍兵衛も長い年月、怒りと恨みを胸の奥に抱えてきたのだ。

「何とか、今からでもさしちゃ貰えねえでしょうか」

本気でそう思った。この場を逃れたいからではない。菊右衛門に復讐をした後ならば、腕を落とされようがどうなろうが、かまいはしない。悲願が叶うのだ。

見上げると、軍兵衛は思案する風を見せた。静かに見詰め返してくる。しかし腹のうちでは、すでに気持ちが決まっていたのかもしれなかった。

「よし、それならばやってもらおうか。菊右衛門に死んでもらうのだ。あの男は、やはり、どうしても邪魔だ……。できるか」

「できます。必ずやってみせます」

胸の内が、ぎゅっと絞められて痛くなった。心の臓が熱く、押されるような圧迫である。けれどもそれには、明らかな快感も交じっていた。

「しくじったら、庇《かば》わないぞ」

「かまいません。どうせ和倉屋へ行けば、生きちゃいられないでしょう」

「和倉屋への三十両は、出しておこう。首尾よくやれたら、今度のことはなかったことにしてやる。お前が望むならば、おせんを捜し出し、借金を払ってやってもいい」

「ほ、ほんとうですか」

「私の片腕になって、長く働くんだ」

菊右衛門は、表向きは善人面をしているが、口中深くに牙をためている。

こちらも、命懸けで当たらなければならない。けれどもそうすれば、できないことではないという気がする。和倉屋に殺されるかもしれなかった命である。惜しくはない。

「よし、話は決まった。良くなったら、手立てにかかるんだ」

軍兵衛は懐から小判二枚を取り出し、枕元に置くと立ち上がった。畳が軋んだ。その背中に、磯市は声をかけた。

「まってくだせえ。聞きたいことが、一つだけあります」

「なんだ」

振り向かずに応えた。

「これまでに菊右衛門が一度、そして笙太郎も襲われています。あれは、旦那の仕業だったんでしょうか」

軍兵衛には充分な動機がある。間違いないと思われたが、確かめておきたかった。

「さあ、どうだかな。私はそうむやみに人を襲う男ではないよ」

言い残すと、戸を開けて出ていった。冷たい風が一気に入り込んだが、寒さは感じなかった。

目を閉じて、磯市は足音を聞いた。じっくりと地を踏みしめて行く足音だ。菊右衛門や笙太郎が襲われたのは、やはり軍兵衛の差し金だと思った。執念深く、着実な仕事をして行く男だ。二度の襲撃事件を起こしながら、駒平には手掛かりの一つも与えてはいない。十数年前の昔を探られただけだ。

軍兵衛の足音が聞こえなくなると、菊右衛門のことを思った。あいつも、いよいよ年貢の納め時だ。いつまでも我が世の春が続くと思うな。

菊右衛門が死ねば、軍兵衛はいよいよ菊田川乗っ取りを開始する。あの場所には、萩月が再興されることになるのだ。

そしてさらに、笙太郎と祝言を挙げようとしているおひさのことが頭に浮かんだ。しょせん潰れる菊田川の嫁になぞ、なることはない。

祝言をぶち壊してやる。そうすれば、あいつも目を覚ますのではないか。しばらく悲しい思いをしたとしても、長い目で見れば、おひさのためになるはずだ。

その晩、磯市は気持ちが高ぶって、なかなか寝つくことができなかった。

二

三日寝ると、町を歩けるまでに回復した。全身にわたる打ち身は体に応えたが、骨を折られなかったのは幸いだった。磯市は、日に日に気力が満ちて行くのを感じた。

さらに数日、長屋でごろごろしていると、退屈さを感じるまでになった。

朝遅く目を覚ますと、吉次郎が食い物を持って訪ねてくれた。二十半ばの女を連れていた。細い眉がすっきりと伸び、黒目の勝った様子の良い女である。永代橋際の小料理屋『おぎん』で働いていた女だ。吉次郎とは、すでにできている。おけいという名だが、この女が小禽雑炊《ことりぞうすい》を作ってくれた。

鶉《うずら》の肉でつみれをこしらえ、味噌仕立てにした雑炊に入れて、ひと煮立ちさせる。青ねぎの刻んだものを載せて食べた。

「玄人のおめえには、子供だましの味かもしれねえが」

そうは言ったが、おけいの腕はなかなかだった。

「さあ、おかわりをしてくださいな」

おけいが、磯市の空になった茶碗に手を差しのべた。味噌の甘さと鶉の肉汁が、頬の内側と舌に染みた。

「それで、軍兵衛とはどんな話をしたんだ」

本来ならば無事には済まないことをしたのだ。吉次郎は、その顛末を承知しながら、口を閉ざしていてくれた。軍兵衛は、冷酷なことで知られている男だ。配下の者ならば、身に沁みて承知していることであり、また仕置きの場面にも立ち会わされてきた。それがそのままにされていることに、不審を持つのは当然だった。

それなりの話し合いをしたと、判断をした上での問いである。

「なに、心を入れ替えてやることにしたのさ。旦那は温情のある人だからな」

菊右衛門のことは、口止めをされたわけではなかった。しかし、誰にだろうと、磯市は口に出すつもりはなかった。やらされるのではない。自分の気持ちとして、やるのだ。

「ふん。そんな殊勝な相手じゃねえぜ」

確かに吉次郎の言葉は誤ってはいない。しかし、どんなに悪党でも、同じ目的を持つ配下は大事にする。その部分では、信じるに足りる男だ。

「おめえ、知っているか」

「何をだ」

「花扇が、菊田川から金を借りた。三百両だ。その金で鮫渕屋からの借金を返してきやがった。残債はまだあるが、主人の総左衛門は、店を菊右衛門に譲ると腹を決めたという話だ」

「なるほど、そういうことか」

「菊右衛門てなあ、しぶとい野郎だ」

軍兵衛は、花扇乗っ取りには並々ならぬ力を注いでいた。が、こうなったうえは、菊右衛門への怒りや憎しみは頂点に達しているかもしれない。だから、はっきりと殺意を抱き、攻撃に打って出ることにしたのかもしれない。

「軍兵衛は、このままじゃあ引き下がらねえ。きっと、これから何かがあるぜ」

吉次郎は、目先の利く男だ。軍兵衛がやりそうなことを、いち早く見抜いている。それは鉄造に可愛がられ、鮫渕屋に起こる種々の出来事を直接、目や耳に入れることができるからであった。証文や銭箱の置き場まで知っていると話していたことがある。

吉次郎らが帰ると、磯市は深川に出た。大川の川風は、身を切るように冷たく感じた。綿入れを着込んだみかん売りが、売り声を上げながら行き過ぎる。町はすっかり冬の装いだが、人々は風の冷たさにかじかんでばかりはいなかった。

軍兵衛は、和倉屋との決着をつけてくれた。これまでのように、気持ちのどこかで人目を怖れる必要はなくなっていた。磯市はまず、菊右衛門の暮らしぶりを改めて探ってみるつもりだった。懐には匕首をのんでいる。だが、すぐにも使うつもりはない。必ず一度でし遂げられる機会を選ばなければならなかった。

黒江川を隔てた対岸から、菊田川の店を見晴らす。門先から通りまで、今日も塵一つなく掃除は行き届いていた。門を入った先に、山茶花《さざんか》がこんもりと紅い花をつけていた。

半刻ほど河岸道に立っていると、体が冷えた。離れた場所に甘酒を商う屋台店が出ていて、磯市はそこの縁台に腰を下ろした。甘酒を啜る。熱くて喉に染みた。

「菊田川に知った者でもいるのかい」

ずっと見続けているからか、屋台のおやじが話しかけてきた。

「いや、そうじゃねえが、近ごろ商いの具合はどうかと思ってよ」

「商い、あの店が悪いわけがねえさ。板前のいいのがいる。若旦那も、ずいぶん腕を上げたと評判でね」

「ほう、そんなにかい」

ちりと、胸の奥で焦げつくものがあった。二、三年前のあいつの腕は、おれの足下にも及ばなかった。

「まあ、嫁さんを貰うことになって、張り切っているのかもしれないがね。その相手というのも、これまた評判の良い娘でね」

「店の仲居をしている娘だろう」

「そうさ。お客さん、よく知っているね。主人の菊右衛門さんも、おかみさんも、たいそうな可愛がりようでね。ありゃあ幸せな娘だ」

「さあ、どうだか。中に入れば、どんな扱いをされているか知れたもんではねえさ」

菊右衛門もお梶も、腹黒い連中だ。店を大きくすることしか考えちゃいねえ。磯市は、そう胸の内で呟いた。

だからおれは、この縁談を壊してやろうとしているのだ。やっぱりおひさは騙されている。

「そんなことはないですよ。あの娘の笑顔を見ていると、そうじゃないことは誰の目にも分かりますよ」

ふん。他人に何が分かる。お前らは、菊右衛門が隠し持っている牙の恐ろしさに気づいていないのだ。

甘酒を啜り終える頃、菊田川の門先に数名の人が出てきた。菊右衛門と、追い回しらしい若い男がいる。それに女が二人。一人はおひさだった。外出の、見送りに出たところらしい。

「お客さん、あの若い女が嫁になる娘ですよ」

返事もせずに銭を置くと、磯市は立ち上がった。言葉を呑み込んでいた。おひさの顔を見るのは、お永の通夜の時以来だが、明るくなっていた。お永を失った悲しみは、外側から見ただけでは感じられない。そして身につけている着物も、これまでとはまるで違ったものになっていた。菊田川の仲居は、皆同じ木綿の仕着せに前掛けをかけている。しかしおひさは、遠目にも絹物と分かる、明るい柄の着物を身につけていた。

どこから見ても、若女将の姿である。

菊右衛門が何か話しかけた。いかにも優しそうな労りのある顔つき。おひさは笑顔で応えている。その笑みにも、嘘はない。幾度も磯市に向かって見せた笑顔だ。体の芯が、かっと熱くなった。菊右衛門に対して押さえようのない怒りが、一瞬噴き上がった。懐の匕首を、着物の上から握った。

「ふざけやがって」

追い回しの若い者を連れた菊右衛門は、見送りの者たちを残して歩き始めた。距離を置いて、磯市はつけた。場合によっては、今日にも襲ってやろうという凶暴な思いが体の中を駆けめぐっていた。

菊右衛門は、町名主の屋敷に半刻ほど寄り、それから本所徳右衛門町の花扇へ向かった。店を引き取るにあたっての打ち合わせにでも出向いたのか。竪川の河岸で待つ。しかし、そこにも長居はしなかった。

通りに出ると辻駕籠を拾い、夕刻前には菊田川の店に帰ってきた。

襲う機会などなかった。辛抱強く時を待つしかないことを、磯市はあらためて悟った。

三

師走になった。毎日休むことなく、磯市は菊右衛門の動向を追った。機会さえあれば、いつでも襲うつもりでいた。しかし菊右衛門は、人気のない場所で、一人になることはなかった。外出には常に、菊田川の奉公人がついていた。菊右衛門自身は淡々としている。襲撃を怖れているとは見えない。ただ、ついて回る者は用心深かった。

無駄足が続く中で、度々おせんのことを考えた。すでに、どこかの女郎屋へ売られているはずだ。しかしそれは、この江戸の中のどこかだという気がした。一緒に暮らしている時は、ほとんど口も利かなかったが、離れてみてからふと声に出して語りかけていることがあった。

「夜の商売じゃ、おめえ、目が見えないので、難渋してるんじゃねえのか」

菊右衛門を殺すことができれば、軍兵衛はおせんの借金も出してやろうと言った。その声は、まだ耳の奥に残っている。

町々の木戸番小屋の商い店に、煤竹《すすたけ》が並べられるようになった。新しい年に向けて、この時期に大掃除をするのが、どこの家でも通例になっている。商家では、出入りの職人や召し抱えの鳶《とび》人足などが手伝いに来て、大掛かりに行う家もあった。

菊田川でも一日店を休み、煤払いを行った。奉公人として腕を磨き、余所へ出た職人、出入りの大工や庭師など多数が集まって、賑やかに行われた。店の勢いを感じさせる、大掃除だった。

磯市は、あらかた菊右衛門の一日の過ごしようを洗っていた。早朝暗いうちに店を出、魚の仕入れに行く。雨の日も晴れの日も変わらない。筌太郎か喜之助を供にし、三、四名の職人や追い回しの者を連れて行く。魚を見分ける目は、恐ろしいほど鋭かった。

魚河岸から蛤町の店に帰ると、外へ出ることは極めて少ない。料理屋の寄り合いには、筆太郎が顔を出していた。ただ四日に一度程度の割合で、檀那寺の西念寺へ住職を訪ねて出かけて行く。碁を打ちに行くのであった。昼下がり一刻ばかりの外出だが、それにも奉公人を供にした。一人で外出することはなかった。

碁を打つ前に、菊右衛門は常次郎とお永の眠る墓に線香を手向ける。手際よく掃除をし、いつものことだが長い合掌。いつも何かを呟いている。ごく身近な身内の墓を参拝するといった様子である。線香の香が、磯市の潜んでいる離れた墓石の辺りまで流れてきた。

その墓参の様子を、磯市は苦々しい思いで見た。そんなことで誤魔化されはしない。おひさは誤魔化せても、おれはそうはいかないぞ、と胸に言い聞かせた。

十五日、富岡八幡宮の年の市が開かれる日に、早朝から雪が降った。町は辺り一面、真っ白になった。

その日も、菊右衛門は昼下がりに西念寺へ出かけた。供の者と一緒に墓の周りの雪かきをし、線香を上げた。吐く息は白く、二人の手と鼻の頭は、遠目にも赤くなっているのが分かった。

磯市は腹立たしかった。親の墓を守るのは、本来ならば自分の仕事である。それなのに、仇と狙っている男が墓の掃除をし、線香を上げて行く。

「ふざけやがって」

舌打ちが出た。

そんな様子を見せられていると、いざという時に腕が鈍ってしまうのではないかと怖れた。つけていることは気づかれていない自信がある。服装や被りものは毎日変えて、目立たないようにしていた。しかし実は、菊右衛門はとうに気づいていて、自分を誑《たぶら》かしているのではないか、ふとそう思ったりした。

焦りが、じっとりと胸を押してくる。

疲れて長屋へ戻ってくると、明かりの灯らない部屋に、人の蹲る気配があった。一瞬、おせんが戻ってきたのではないかと考えたが、そうではなかった。吉次郎だった。

行灯の明かりを灯すと、吉次郎は、いつもと似ず怯えた顔で磯市を見詰めた。

「外には誰もいねえな」

しきりに外の気配に耳を澄ませる。

「ああ、当たり前だ。いったい、どうしたてえんだ」

「おめえには、おせんのことで貸しがある。覚えているな」

「ああ、忘れちゃいねえさ」

おせんを長屋へ連れ込んだことを、吉次郎は知っていながら軍兵衛には口を閉じてくれていた。このことについては、恩に着ている。銭金に卑しいだけの男だと思っていたが、意外な一面を見せられた気がしたものだった。しかも一文の銭も、そのことで強請《ゆす》ろうとはしなかった。

「あの時の貸しを返して貰いてえ」

「分かった。何でもしようじゃねえか」

「これを、おけいに渡してもらいてえんだ」

吉次郎は懐から巾着を取り出した。受け取ると、ずっしりとした重みがある。五両や十両の金高とは思えない。軽く三、四十両はあると思えた。

「どうしたんだ、そんな大金。鮫渕屋から盗んで来たのか」

磯市は息を呑んだ。そんな大それたことを吉次郎がしようとは思いもしなかった。捕らえられれば、確実に殺される。怯えた様子の意味が、ようやく分かった。

「どうだ。届けるのか届けないのか」

「やろうじゃないか。借りは、きちんと返さなくちゃならねえからな」

吉次郎の顔に、ほっとした色が浮かんだ。緊張が解けたのが、見て取れた。もし断われば、この男は自分を刺す覚悟だったのだろうと感じた。

「しかし、どうして、そんな危ない橋を渡ったんだ」

「金が欲しかったのさ。おけいには借金がある。三十二両だ」

「すると、この金はその払いに充てるわけだな。そして、二人で逃げるつもりなのか」

吉次郎がうなずいた。口元に、歪んだ笑みが湧いた。この男が、おせんを見逃したわけには、このことが底にあったからかもしれない。

「なら、どうして、お前が届けないんだ」

「おれが、おけいに入れ揚げていることは、鮫渕屋の者には知られている。もし、もう、おれが金を盗んだことに気づかれていたら、当然見張りが出ているだろう。金を手渡すことはできねえ」

「そうか」

「実は、気づかれないでやれる手立てがあった。もうちょっとでうまくやれそうなところで、鉄造が帰ってきやがった」

金箱は軍兵衛の居間の押入れから引き出し、金を抜き盗ったという。

軍兵衛は、大金ならば土蔵にしまい鍵をかけているが、当座に使う数十両の金は、その金箱に収めておくのが常だという。鉄造が身の回りに置いて、外出する時はそれを軍兵衛に預ける。軍兵衛も居ない場合は、面倒でも土蔵に一旦収めるのだが、今日に限ってそれをしなかった。居間の押入れに入れただけで、鉄造は外出してしまった。

鮫渕屋には、それでも主だった配下が数人残っていた。しかし彼らは、新しく手に入ったあぶな絵に見入って、一部屋に籠ってあれこれ言いあっていた。早朝からの雪が積もる、寒い一日である。酒を飲んでいる者もいた。もともと今日は、軍兵衛が外出することは分かっていた。機会を狙っていたわけだが、店に入る前に、鉄造が出かけるのを見た。この時点で、吉次郎が店に現れたのを見かけた者はいなかった。

おけいの借金を払い、我が物にしようという商家の主人が現れていた。何とかしたいという思いがあって、つい軍兵衛の居間に入って押入れを開けてみた。すると、ないはずの金箱が置かれていた。

「あんなに早く戻ってきやがるとは、思いもしなかったぜ」

ほんの近くへの外出だったのだ。だから、わざわざ土蔵へしまったりはしなかった。

鉄造が戻ってきた気配で、吉次郎は急いで手にした金を懐に押し込むと、軍兵衛の居間を出た。だが廊下を、裏木戸を目指して歩く途中で、他の部屋から出て来た下働きの女中とすれ違ってしまった。女は十能《じゅうのう》を持って、炭を入れ替えに来ていた。口封じをしたかったが、その暇はなかった。

「おれはもう、この霊岸島にはいられない。このまま江戸を出るしかねえのさ」

ほんの数刻の間で、鉄造の腹心の配下が追われる身になった。しでかした事の重大さは分かっているはずだが、話し声には、いつの間にかさばさばしたものが交じるようになっていた。

「後悔を、しちゃあいねえのか」

「まあ、こうなっちまった以上は、しかたがねえさ。もっとも、鮫渕屋とはそろそろ潮時だとは思っていたがね」

「どういうことだ」

負け惜しみだという気もしたが、それだけではない響きを、磯市は話しぶりの中に感じた。つい今し方、暗いこの長屋に蹲っていた時とは、目付きが違っている。話をして落ち着いたのかもしれない。もともとは肝の据わった、ふてぶてしい男だ。

「軍兵衛にしろ、鉄造にしろ、あいつらはおれたちを金儲けの道具としか考えちゃいねえ。おれもおめえも、これまでいろいろな仕事をやらされてきたが、そろそろあぶねえ役回りを押しつけられる頃合いだ」

「…………」

「うまく行けばそれでいい。しかししくじったら、その時は、あいつらは知らんぷりだ。庇ったり、匿ったりは金輪際しねえ。てめえの身が危ないとなれば、平気でおれたちを役人に突き出すような連中だ」

「そうかな」

「おめえ、おせんのことで、軍兵衛から何か仕事を言いつけられているな」

「まあ、そうだが」

「せいぜい気をつけるんだな。人殺しをやらされて、後でこいつが下手人でございと届けられねえようにな。見事し遂げた暁には、おせんの借金を払ってやろうぐらいは言われたかもしれねえが、当てにはしねえこった。むしろ用済になってから、またぞろおせんのことで、掟破りを蒸し返して難癖をつけてくるかもしれねえ。軍兵衛や鉄造は蝮のようにしつこくて、人を許すなんてえ腹は、これっぽっちも持ち合わせていねえ奴らだ」

「まさか……」

軍兵衛にしろ、鉄造にしろ、高利貸しとして、また博奕場の胴元として、厳しい男たちだということは、言われるまでもなく分かっている。しかし吉次郎が言うほどの、卑怯なまねをする者たちだと、磯市は考えていなかった。悪党だが、一度口に出したことは何があっても守る、そういう男だと思っている。善人面をしながらも、鋭い牙を隠し持った菊右衛門とは違うのだ。

吉次郎は、追われている腹いせに、出任せを言っているのだ。何よりも菊右衛門の暗殺は、磯市自身の願いとしてやらせてもらう仕事である。それに、この後の仕事についても、充分に役に立って行く覚悟と自信があった。そういう配下を、たやすく切り捨てるはずがないではないか。

「まあ、せいぜい気をつけるんだな。金は頼んだぜ。万に一つでも裏切ったら、おれはおめえを殺しに来るぜ」

命懸けの眼差しだった。そして懐から手拭いを取り出すと、吉次郎は頬被りをした。

「どこへ行くんだ。これから」

「さあ。それは、おめえにも言えねえな」

そして長屋の路地に飛び出した。雪道を踏む足音は、すぐに消えた。

四

おひさが目を覚ました時には、雪は積もり始めていた。まだ夜は明けていない。こんな日にも菊右衛門と笙太郎は、四人の追い回しや立ち回りを伴って魚の仕入れに行った。

雪が降ったからといっても店を開ける以上は、菊田川の膳に載せるにふさわしい魚の用意をしておかなくてはならない。まして今日は、富岡八幡宮の年の市が行われる日である。江戸中で年の市の皮切りは、いつも富岡八幡宮で、明日あさっては浅草観世音、その翌日は蓑市《みのいち》、そして神田明神、芝神明の市と続いて行く。

注連《しめ》飾り、山草及び神棚の宮、桶類、餅台、羽子板、凧《たこ》、鞠《まり》やさまざまな什器《じゅうき》を商う屋台店が、立錐《りっすい》の余地もないほどに馬場通りから八幡様の境内にかけて並ぶ。昼夜の区別なくにぎわい、それは、晴れの日はもちろん雨や雪でも、人の出は変わらない。

菊田川も、多忙な一日になるはずである。

おひさはすでに、仲居としての仕事は行っていなかった。若女将としての役割を担えるようにと、お紋の指図のもとで、せわしなく立ち働いていた。膳を運ぶ仕事はなくなったが、それに変わる細かな用は仲居の頃に劣らない。むしろ客が来る前からの仕事も多くて、気働きも、これまで以上に要求される。しなければならないこと、覚えなければならないことは山ほどあった。茶道や華道、書の稽古なども新しく加わった。

「日に日に若女将らしくなって行くねえ」

馴染みの客にからかわれる。

お紋の指導は厳しいが、自分を菊田川の嫁になる者と認めて接してくれているのは、嬉しかった。日に一度も笙太郎と口を利けないこともある。しかし、そんな日でも、菊右衛門やお梶、喜之助が声をかけてくれた。菊田川のすべての人たちに支えられて生きている。おひさは、そう実感することができた。

菊右衛門と笙太郎らが、魚を仕入れて戻ってくる。おひさは、二人に熱い茶をいれてやる。

馬場通りでは、屋台店が店開きをするために、荷を背負った男や女が集まり始めていると、立ち回りの若い者が興奮気味に話していた。

「うまいね。あんたがいれてくれるお茶は、香りといい味といい五臓六腑に染みわたるようだ」

菊右衛門は、音を立てて茶を啜ると言った。

「ありがとうございます」

それだけ言って立とうとすると、おひさは呼び止められた。話があるようだ。ちらと笙太郎に目をやる。自分を見つめてくれている目は、爽やかだと思った。自信が籠っている。

「あんたと笙太郎の祝言は、来年の桜の花が咲く頃にしたいと考えている。そのつもりでいてもらおうかね」

「はい」

思わず、顔が赤らんだのが分かった。お永が亡くなり、身内といえば兄の磯市がいるばかりである。周りに支えられることで、自分は今日まで過ごしてきたが、これからは同じ家の者として、親しい人たちを支えて行かねばならない。

「それで、磯市のことなんだが」

菊右衛門は言ってから、渋面を作った。

兄さんは、自分には優しい。けれども菊右衛門にとっては、手の焼ける忌々しい若造だということは、口に出して言うまでもなく分かり切っている。磯市は菊右衛門を、そして菊田川を恨み憎むことで、己を支えて生きている。特に沢瀉をやめてからは、その思いは顕著になっていた。

　どうしようというのかと、一気に胸が萎《しぼ》んだ。鮫渕屋の手先になり果てた兄は、菊田川にとって、何を企んでいるか知れない厄介者でしかない。

「花扇という店があるのを知っているね」

　思い掛けない話をされた気がした。花扇は、菊右衛門が手に入れようと、鮫渕屋と張り合っていた店である。磯市がそこで、何かをしたのだろうか。

「あの店が、ようやく私の手に入る見通しがついた。菊田川の暖簾を分けた店として繁盛させたいが、任せられる板前が欲しい。磯市はどうかと考えているが、邪《よこしま》な気持ちで来られるのは困るのだ」

「はい」

　この話は、前に笙太郎から聞いたことがあった。しかし、菊右衛門の考えとして聞くのは初めてだった。

「嫁に行ったおしなは、磯市を好いていた。磯市もおしなを好いていた。二人に所帯を持たせて、新しい店を切り盛りさせてみたいと思っていたが、あいつは片意地だった。私への恨みは、驚くほど深いと知ったよ。それで、こちらも腹を立てたことがあったほどだ」

「…………」

「確かに私は、つまらない賭け事を思いついたために、常次郎を死なせてしまうことになった。そこを責められれば、返す言葉はない。しかし、死なせようと思ったり、手に掛けたりは断じてしていない。それだけは分かってもらいたいのだが、あの男には伝わらない。今は、それも仕方のないことだと感じるようになったが、だからといって、磯市がこのまま高利貸しの手先で終わってしまって良いとは考えていない。まっとうな板前に戻ってほしいと願っている。何しろあれは、常次郎のたった一人の男の子だ」

「ありがとうございます」

おひさは心の底から頭を下げた。一方で、兄さんは、どうして人の気持ちが分からないのだろうか、何で正面から向かい合おうとしないのか。「意気地なし」と罵《のの》った。

「私を恨んだままでもいい。分かってくれとも言わない。ただ菊田川の新店で、真っ直ぐな気持ちで板に向かっちゃもらえまいか。恨みは恨みとして、生涯をかけて受けて行こう。しかし私は、菊田川の店を傾かせてしまうことはできないのだよ」

「分かります」

菊右衛門は、おひさの顔から目を離さずに話している。そこには強い覚悟が滲んでいるが、同時に抱えている苦悩の色も窺わせていた。常次郎を永代橋で死なせて以来、片時も忘れることなく抱えてきた苦悩なのかもしれない。

「沢瀉での修業の様子を、私は逐一見てきた。道具一式を、沢瀉の主人を通して与えたのは、あいつの腕が本物だと認めたからだ。情けをかけているのではない。板前としての腕がないのならば、違う道を捜してやるつもりでいたんだ」

「…………」

「すぐにでなくてもいい。だが、できるだけ早い時期に話してやってくれないか。こんな話をして、磯市が耳を傾ける相手は、あんたの他にはいない。鮫渕屋なんぞに長くいれば、いずれ取り返しのつかないことをやらされてしまう。そうなる前に、板場に戻ってもらいたいのさ」

「分かりました。話してみます」

おひさは畳に両手をついた。堪えようとしたが、涙がこぼれた。

二年前の盂蘭盆会の折り、お永の団子屋で親子三人が顔を合わせた。磯市はまだ沢瀉にいて、親方から貰ったという包丁を持って来て、嬉しそうに見せてくれた。

「こりゃあ、たいした上物だ。名のある店の板前でも、これほどの品を持っている者はいねえよ」

きらきら光る刃先を、飽かず日にかざして眺めた。磯市の目は、笙太郎のそれのように生き生きとして自信に満ちていた。

手にしていた包丁は、他ならぬ菊右衛門が、磯市のために見立て購《あがな》ってくれたものだと、今日初めて知った。あの包丁は、どうしたのだろうか。きっと今でも捨てられずに、どこかに隠じ持っているのではないかと、おひさは思う。

昼下がり、降り続いていた雪がやんだ。

雪道をおして、菊右衛門は西念寺へ住職を訪ねて行った。碁を打ちに行くのだが、それだけが目的でないことを、おひさはとうに気づいている。常次郎とお永の墓に、線香をあげに行くのだ。

菊田川の客足がとぎれた。夕刻近くになると、また客がやって来る。その一刻ばかりの時間を貰って、おひさは店を出た。霊岸島へ出て、磯市に会おうと思った。長話はできない。しかし、菊右衛門の気持ちのいくぶんなりかは伝えなければならないと感じていた。

猪牙舟を使えば、霊岸島まで四半刻とはかからない。身を切るような風が吹いていたが、菊右衛門の気持ちは、おひさの胸に詰まっている。寒さは感じなかった。

た。

　霊岸島の裏通りは、深川馬場通りの喧騒が嘘のように雪の中で静まりかえってい
た。

　磯市の長屋がある路地にも、人の気配はなかった。兄は出かけているかもしれないと、ちらと考えた。それならばそれでかまわない。お永の危篤を知らせに長屋へ行った時に、おせんという娘が一緒に暮らしていた。目が見えにくいのか、額に皺を寄せておひさを見たが、悪い娘だとは思えなかった。

　兄さんに、こんな人がいたのかと驚いたが、あの娘と話をしても良いではないかと考えた。どんな人なのか、知っておきたいという気もする。心を許せる人ならば、磯市の頑なな思いを解きほぐす手助けを頼んでみたい。

　声をかけたが返事がない。戸を開ける。がらんとした部屋には、寒々とした空気が淀んでいた。女の気配など、かけらもなかった。部屋の中が、どこか雑然としているのが気にかかった。

　近くへ用足しに出たとは考えにくい。

　磯市は、いったい何を考え、何をして過ごしているのだろう。おひさはそう思いながら、待たせていた猪牙舟に戻った。

五

永代橋西袂の広場は、夜の帳《とばり》に包まれて静まりかえっていた。その片隅に提灯に書かれた『おぎん』という文字が、淡い光を受けて浮かび上がっている。

磯市は注意深く、店の周りを見回した。通りの端々には、泥に汚れた雪が掻き集められて積まれている。その陰の辺りにも目を走らせた。しかし、見張っている人の気配は感じられなかった。

軋み音を立てながら、腰高障子を開ける。温かい湯気が、食い物と酒のにおいを交えて冷えた体に触れた。十人前後の男が酒を飲んでいて、客の入りはいつもと変わらない。その一人一人の顔を確かめる。もし鮫渕屋に関わりのある者がいたら、金を渡すのはよそうと考えていたが、そういう者の姿はなかった。

おけいが側に寄って来たので、酒を注文する。おけいは何も言わず、注文を板場に通すと、他の客の席に寄って行った。

熱い酒を喉に流し込む。店は、いつもと少しも変わった様子がないのを感じた。

「まだ、金のことは気づかれていないのか」

磯市は、何度も胸の内で呟いた。ここに居る限りは、そうとしか思えない。しかし軍兵衛や鉄造が、数十両の金の紛失に気づかないということはあり得ない気がした。当初、吉次郎の仕業とは知られなかったとしても、それは時間の問題である。炭を入れ替えていた下働きの女中に問い質せば、すぐにその名は浮かび上がってくるはずだ。

この中に、必ず鮫渕屋の息のかかった者が潜んでいる。

二本の酒を飲み終えて顔を上げると、店の隅に居たおけいと目が合った。さりげない目付きだったが、吉次郎の不在を訴えてくるものがあった。今日あったことについて、何かを感じているらしい。

立ち上がって、磯市は店の奥にある厠《かわや》へ行く。小便をして厠を出ると、そこにおけいが居た。壁の陰になって、店の者たちからは何も見えないはずだ。

「吉次郎は、鮫渕屋の金を盗んだ。これがその金だ。この金で、借金を払ってほしいということだった」

そう言うと、おけいは一瞬泣き顔になった。だが金を懐へ収めると、きりりとした顔に変わった。腹を決めたのが分かった。

おけいは何事もなかったように、客たちの間へ戻って行った。

磯市は、もう一本の酒を頼んで飲んだ。飲み終えると、銭を払って『おぎん』を出た。

戸を閉めて数歩歩いたところで、いきなり肩を掴まれた。小さな叫び声を上げそうになるのを、やっと堪えた。振り返ると、そこに居たのは鉄造だった。

「吉次郎から、おけいへの繋ぎを頼まれたな」

「…………」

暗く鋭い眼光が、磯市の目を突き刺した。ぞっとするほど冷たく、不気味だった。小柄なはずの鉄造の体が、自分よりも一回り大きく胸厚に感じた。

「そうか、図星だったわけだな」

有無を言わせない、威圧感のある声だった。これまで、そういう声を何度も聞いたことがある。しかし他人に向かって出された声と、自分に向かって言われた声とでは、込み上げてくる怖れは比べようもない。背筋に悪寒《おかん》が走った。磯市はつい先日、軍兵衛から命を救われたばかりである。

小さく頷いていた。

「で、何を渡した」

「金です。おけいの借金の払いに充てる金だと言っていました」

「吉次郎と会ったのは、いつだ」

「おれの長屋で帰ってくるのを待っていました。一刻ほど前です」

「あいつらの待ち合わせ場所はどこだ」

「それは、聞いていません。言いませんでした。もうここいらにはいねえと思います」

「まあ、そうだろうな」

鉄造は、肩を摑んだまま磯市を引っ張り、『おぎん』とは広場を隔てて向かい側になる建物の陰に身を寄せた。そこから見る店の明かりは、ひどく頼りなげに見えた。

「おけいは金など返しはしねえ。今夜のうちに吉次郎を追って、店を出て行くはずだ。こういう時のために、あいつらは示し合わせる場所を決めているはずだ」

「へい」

そうかも知れないと思った。逃げ出して行くのに、借金なぞ返すわけがない。吉次郎がおけいに金を預けたのは、自身の本気を伝えるためだと解釈した。共に逃げるおけいも、命懸けだ。

「今すぐおけいを取っ捕まえて責めてもいいが、口を割らせるには手間がかかるかもしれねえ。店が閉じ、おけいが出て来たら後をつける。野郎を見つけ出したら、ただでは置かねえ」

怒りが鉄造の口から漏れるのを、初めて聞いた。感情の起伏をまったくといってい いほど見せない男だが、目をかけていた配下に煮え湯を飲まされたのである。

「いいか。最後までつき合うんだ。決して吉次郎を逃がしちゃならねえ」

「………」

「お前は、あいつを逃がす手助けをした。その後始末をしなければならねえんだ」

睨みつけられて、やはり小さく頷いた。歯向かって済む相手ではない。鉄造に命じ られるままに動くしかなかった。

磯市は身じろぎせずに、時が過ぎるのを待った。生唾を幾度も呑んだが、寒くはな かった。町木戸の閉まる四つ（午後十時）の鐘が鳴ってしばらくして、店の明かりが 落ちた。

そして、さらに四半刻ほど過ぎた頃、おけいは店を出て来た。辺りを見回す。提灯 を手にしていたが、火はついていない。

橋の袂から川岸に出、桟橋に立った。繋げられた舟の中から小振りな一艘を選び、 乗り込む。艫綱《ともづな》を解く。女だてらに、おけいは舟を漕ぎ始めた。舟は川上に向かって 進む。

「来い」

　間を置いてから、鉄造と磯市も舟に乗り込んだ。鉄造は巧みに櫓を操って行く。おけいの櫓の捌《さば》き方は、決してうまいとは言えない。音を立てぬまま、逃げる舟に近づいた。もちろん、こちらも明かりを灯してはいない。

　川風が、頬を切るように痛く冷たい。

　新大橋を過ぎてから、舟は本所寄りの河岸に近づいて行く。竪川に入った。そこで、おけいは提灯に火を灯した。何本かの橋を潜ると、両岸は町家ではなく畑地になった。右手に、闇の中から木置き場が浮かんで見えた。亀戸村の辺りらしい。

　提灯を灯した舟が止まった。栈橋に上がる。おけいは立てかけられた材木の群れの中に入って行った。

　鉄造の漕ぐ舟も、音を立てずに同じ栈橋に止まった。二人で、おけいの後をつける。吉次郎は、この材木置き場のどこかに潜んでいるはずだ。磯市は、胃の腑に苦いものが込み上げてくるのを感じた。

　道具類をしまっておくような小屋があった。明かりは漏れていなかった。おけいは、もう一度辺りを照らしてから、中に入った。入るとすぐに明かりは消えた。微かな話し声が、闇の中から聞こえた。

吉次郎である。

鉄造の顔に歪んだ笑みが浮かぶのが、闇の中でもはっきりと見えた。顎をしゃくる。先に入れと、指示をしたのだ。

磯市はためらいがちに戸口を押した。内側から、閂《かんぬき》がかけられている。中の空気が止まったのが分かった。

「開けてくれ。おれだ」

押し殺した声で、磯市は言った。すぐ脇で、鉄造がゆっくりと匕首を抜いた。

「磯市だな。おけいをつけてきたのか」

「そうだ」

「おめえ、一人か」

そう言われた時、脇腹を匕首の先で押された。返答によっては、そのまま刺し込まれると分かった。

「そうだ。おれ一人だ」

閂を開ける気配があって、戸がわずかに開いた。その隙間を、押し開いて黒い影が躍《おど》り込んだ。息つく間もない疾《はや》さだった。

肉と肉のぶつかり合う音。小屋の壁が、振動で激しく震えた。ばらばらと、何かが落ちた。

だが怒声も叫び声も起こらない。

「騙《だま》しやがったな」

吉次郎の小さな声が、呻き声に変わった。荒い息遣いが、小屋の中で縺《もつ》れて響いた。しかしそれは、ごく短い間だけだった。

重なり合って、二つの塊が外へ転がり出た。吉次郎の腹には、すでに匕首の刃が呑み込まれていた。鉄造は狂ったように、その刃先を押し込み、抉っていた。

「ぎゃっ」

声を呑んでいたおけいが、初めて叫び声を上げた。夜の闇に、それは高い音となって谺した。

鉄造は、その叫びに弾けるように、吉次郎の体から離れた。刺さっていた匕首は抜き出され、右手に握られている。体を整える間もなく、鉄造はおけいの体を目がけてぶつかって行った。

「あっ」という呟きが漏れた。続いて、おけいの身じろぎする衣《きぬ》ずれの音がした。だが、その時には、背後に回った鉄造がおけいの喉頸に刃先を突き立てていた。ためらいのない、慣れた動きだった。

悲鳴を上げることもできないまま、おけいの体は崩れ、地べたへ膝をついた。そして、そのまま前のめりに殪《たお》れていった。

鉄造は、動かなくなった二人の懐から、金を抜き出した。

「こいつらを始末するんだ」

立ち尽くしていた磯市に言った。息を乱してはいなかった。

この声で磯市は、はっと我に返った。蒸れた生臭い血のにおいがした。吉次郎の体の脇に膝をつく。すると、死んだとばかり思っていた腕が動いて、磯市の胸元を摑んだ。強い力だった。最期の、渾身の力に違いなかった。

磯市を見つめる。

「こ、これが、鮫渕屋のやり口だ」

そう言うと、今度は本当に動かなくなった。目は開いたままである。呆然として、それを見詰めた。

「担ぎあげろ」

押さえた野太い声が、耳元で聞こえた。指先で目を閉じてやる。握られた胸元の指を、一本一本はずした。ぬるりとする血脂の感触があった。

竪川の土手まで運んだ。

袂に石を詰め込むと、鉄造は磯市に手伝わせて、二つの体を川に投げ込んだ。

六

いよいよ明日は節分会《せつぶんえ》である。年の瀬も押しつまってきた。

寒明けの節分は、おおむね大晦日の前にある。ごくまれに正月以降になることもあるが、この数年は年の内に行われていた。

この日には、どこの神社仏閣でも、氏子や檀家を集めて豆撒《まめま》きをする。菊田川の檀那寺である西念寺でも、例に漏れず豆まきは行われることになっていた。磯市は、菊右衛門が寺の有力な檀家の一人として、住職らと豆を撒く役割を請け持っていることを確かめてきた。この日は必ず西念寺へ行き、そして常次郎とお永の墓参りをするはずだった。

寺の境内には多くの人が集まる。しかし寺の裏手にある墓地に足を踏み入れる者は、皆無に近いはずだ。豆撒きは、夕暮れ前に行われる。用が済んで、菊右衛門が墓参りをするのは、日がだいぶ落ちかけた薄闇の中になることは、明らかだった。

鮫渕屋の軍兵衛の居間で、その報告をした。真っ赤におこった炭火がぱちとはぜ、載せられた鉄瓶が湯気を上げていた。

「もし豆撒きの前に、菊右衛門が墓参りをしてしまったらどうする」

「その時はその時で、やっぱりやります。ですが菊右衛門は、昼過ぎに西念寺に顔を出してから、主だった檀家の人たちと寄合いをし、それから仏前でお祓いを済ませることになります。ゆっくり墓参りをするには、後ということになると思います」

「そうかい。それならば、ぬかりなくやってもらおう」

「へい。それで、手助けを願いたいんで」

「ほう、どんな」

「墓参りの時も、菊右衛門の傍らには、いつも菊田川の奉公人がついています。こいつを何とか引き離す役をする者を、一人つけていただきてえんで」

「よし、分かった。容易《たやす》い用だ。手間がかかったが、ようやくやる目途《めど》がついたわけだな」

命じられてから今日まで、はっきりとした襲撃の目途を伝えたことはなかった。軍兵衛は痺れを切らせていたかもしれない。ともあれ磯市に、熱い茶をいれて振る舞ってくれた。

この間、早朝から夜更けまで、磯市は張りつくようにして機会を狙った。だが確実にし遂げられる機会には恵まれなかった。常に誰かがつきまとっていたからだ。この男を排除してくれる仲間が一人でもいれば、節分の日は絶好の機会となる。

吉次郎とおけいを、鉄造と共に竪川の闇の水面に沈めた夜から十日あまりがたっていた。軍兵衛は、そのことについては一言も触れない。まるで何事もなかったかのように振る舞っている。鉄造とも、毎日顔を合わせていたが、これも同様だった。

吉次郎が金を奪った件については、鮫渕屋に出入りしていた手先が一人、顔を見せなくなった、それだけのことである。

「こ、これが、鮫渕屋のやり口だ」

最期に漏らした言葉が、耳の奥から消えない。自分も掟を破った男である。吉次郎の言う通り、菊右衛門を討ってもまたしくじっても、どちらにしても救われない。そういうことはありうる、という気がした。

けれども、この襲撃をやめる気持ちは起こってこなかった。菊右衛門を襲うことは、磯市にとって悲願である。この日のために、自分は二十二年の月日を生きてきた。そう思う。

茶を飲み終えて下がろうとすると、軍兵衛が言った。

「おせんの売られた場所が分かった。麻布《あざぶ》市兵衛《いちべえ》町《ちょう》の女郎屋だ」

「えっ、本当で」

「間違いはない。私は一度言ったことは忘れない。しくじらないようにやるんだな」

「へえ。大丈夫です」

磯市は両手をつくと、畳に額をこすりつけた。

七

「福は内、鬼は外」

人々のざわめきの中に、叫ぶ声が聞こえた。西念寺は永代寺ほどの大きな寺ではないが、それでもこの日は檀家や近隣の多くの人が集まった。

厄払いを受けた後、撒かれた豆をまるで福を招き入れるように、人々は大振りな風呂敷や袂を広げて奪い合った。撒かれるのは豆だけではない。菓子や餅、お守りの類も混じっている。撒き手には住職や檀家の代表の他、力士や役者の姿もあった。

寺での豆撒きが終わると、冬の日はたちどころにかげり始め、弓張り提灯を手にした人々は、知り合いの家々へその目出たさを祝って挨拶に歩く。訪ねられた家では、山椒《さんしょう》、梅干、黒豆を加えた茶を煮て出す。福茶といって、目出たい茶とされた。

そうこうするうちに、笛太鼓を打ち鳴らした獅子舞が現れる。悪鬼を払い、福を呼び、新しい春を迎えようとするのだ。家々の戸口には、豆の枯れ茎を柊《ひいらぎ》に添えて塩鰯《しおいわし》の頭を刺したものを差し挟んでいる。

磯市は、本堂の向こうのざわめきを耳にしながら、常次郎とお永の墓石を前に佇《たたず》んでいた。この墓は、菊右衛門が菊田川の主人になった折りに建てたものである。

お永やおひさは、墓ができたことを喜んだ。しかし磯市は、この前で両手を合わせたことはなかった。常次郎の霊に対しては、深い思い入れがある。しかし、この墓を建てたのが菊右衛門であり、それは死なせた者への謝罪や哀れみというよりも、犯した罪悪を糊塗《こと》するための道具に他ならないと感じたからだった。

あいつはそうやって、常に野心を果たすための牙を隠してきた。多くの者たちは騙され、目を晦《くら》まされてきたが、おれはその正体を見つめ続けてきた。おひさを可愛がり嫁に迎え入れたとしても、墓を建て神妙に菩提《ぼだい》を弔うふりを見せても、それで誤魔化されてはならない。気を許したとたんに、菊右衛門は隠していた牙を剝き出しにして襲いかかってくるのだ。

この半月余り、磯市は菊右衛門の後をつけ回した。日々の行いには、料理人として舅《しゅうと》としの厳しい姿はあっても、あこぎな商人の姿はなかった。おひさに話しかけるての笑顔。雪の日の手や鼻の頭を真っ赤にして墓掃除をする姿に、はからずも心を揺すぶられそうになった。しかし、その度に、自分に言い聞かせた。

あいつさえいなければ、常次郎は今も健在で包丁を握っているはずなのだと……。

「おとっつぁん。今日こそ、あいつを殺してやるから。見ていてくれ」

軍兵衛はあこぎな高利貸しとして、蛇蝎《だかつ》のごとく嫌われ怖れられている。泣かされ落ちぶれ果てていった者は枚挙に暇がない。しかしそれは、落ちていった者たちに意気地がなかったからである。吉次郎が殺されたのも、それだけの裏切りを犯したからだ。悪党であろうが何であろうが、軍兵衛は口にしたことは守り実行していく。そういう強さと厳しさを、磯市は良しとしてついて行こうと決めたのだった。

おせんの居場所を突き止めたという、軍兵衛の言葉を信じたかった。今日ははからずも節分会。厄を払い、福を招き寄せるのだ。

本堂の裏手、樹木に囲まれた墓のはずれに井戸がある。そこに鮫渕屋の手先が一人いて、事が始まるのを待っていた。菊右衛門の付添いは、いつも家紋のついた桶を持って、井戸へ水を汲みに行く。その時をつかまえて、目と口を塞ぎ動けなくしてもらう。磯市は他に気を取られることなく、長年の憎しみの相手に向かい合うことができるはずだ。

豆撒きのどよめきが、いつの間にか消えた。日はすでに西の空に、ぼかした朱色を滲ませながら沈もうとしている。薄闇が、墓石の合間に這い始めていた。

磯市は大きめな墓石の陰に身を潜めた。

案の定、他に人の気配はなかった。待つうちに、日は徐々に沈み、薄闇は辺りを覆いつくすまでになっていた。菊右衛門は、なかなか現れない。豆撒きの後、何か面倒なことが起こったのか、あるいは誰かと話し込んでいるのか。

ふっと、今日の墓参はないのかとも考えた。日が完全に落ちてしまえば、闇夜の墓参りなぞありえない。わずかな焦りが胸にきざした。

と、足音が聞こえた。二つの足音だ。

少しずつ近づいてくる。菊右衛門の足音だった。

磯市は思わず息を詰め目を凝らした。忘れもしない顔が見えた。心の臓が一気に熱くなり、刻みが速く激しくなった。匕首の柄《え》を握る。

菊右衛門は墓前に立つと、軽く頭を下げた。そして墓石に載った枯れ葉を手で払った。立ち回りの若い者が、桶を手にして井戸端へ歩いて行く。磯市は息を詰めたまま、そろそろと体を動かした。

立ち回りは、釣瓶《つるべ》を使って水を汲み始めた。姿を隠していた男が音もなく現れ、その口を封じて当て身を入れた。菊右衛門は、これを見ていた。

「どうした。何者だ」

井戸端へ近寄ろうとする。

磯市は、匕首を抜いた。菊右衛門の脇腹を目がけて走り寄った。

「くたばれ！　常次郎の仇だ」

刃先は、相手の袂を斬り裂いた。だが、体は一瞬の間に避けられ、身構えられていた。

「誰だ。磯市か」

「そうだ。てめえを、ずっと狙っていた」

逃がしてはならない。逃げ場をなくして、墓石の間に追いつめなければならない。

用心深く前足に力をためた。

「そうか、磯市か」

闇は、いつの間にか濃くなっている。その中で菊右衛門の顔が、わずかに苦痛に歪むのが見えた。しかしその直後、磯市は驚きと共に呻き声を上げた。

菊右衛門が、身構えるのをやめてしまったのである。無防備な姿で見返してきた。

刺されることを怖れてはいない感じだ。

「ど、どうした」

匕首を構えたまま、一歩前に詰め寄る。だが相手は、それにも動じなかった。

「刺したければ、刺せばいい。お前に刺されるのならば、しかたがないだろう。私は確かに常次郎を死なせた。私がくだらない賭けなどをしようと言わなければ、あいつは永代橋の欄干から落ちることはなかった」

「ふん。落ちたんじゃねえ。落としたんだ。御託を並べるな。それでおれが、てめえを許すと思うのか。望み通りに刺してやる」

匕首の柄を、両手で握り直す。腰に力をためて、さらに一歩近づいた。そのまま前のめりに押し込めば、刃先は心の臓へ、そのまま刺し込まれるところまで来た。

だが、やはり菊右衛門は動じなかった。磯市の顔を見詰めたままである。哀れみと慈しみのある目だ。

背筋が、ぞくと震えた。

「ふざけやがって」

気を許すな。許せば、こいつは牙を剝き出して襲いかかってくる。腕に力を入れろ。それを前に突き出せ。それだけで、年来の願いが叶うのだ。

今日までの自分を支えてきたのは、この男への憎しみだ。苦しい修業に堪《た》えることができたのも、料理人としての世界を失った後、それでも己を奮い立たせることができたのも、いつか胸に詰まった怨讐《おんしゅう》を晴らしてやるという、執念があったればこそのものだ。

その憎い相手が、目の前で無防備に立っている。

けれども、体が動かない。菊右衛門は、殺そうとしている自分を、おひさを見ていた時と同じ目で見ている。いや、それとは違う。悲しげな目の色だ。刺されるからではない。刺そうとしているこのおれを、哀れみ悲しんでいる目の色なのだ。

ちくしょう。なんでそんな目で見やがるんだ。

怖がれ。

憎め。

おれは、お前を殺そうとしているんだ！

息苦しくなって、数歩下がった。あらためて力をためようとしたが、体が固くなるばかりで、匕首を突き出す力にはならなかった。

「どけ！」

背後に、押し寄せてくる人の勢いを感じた。黒い塊が躍り込んで来、磯市を突きのける。そのまま菊右衛門の体に向かって激しくぶつかった。

尻餅をついた磯市は、ぶつかる直前に、黒い塊が匕首の刃先を突きつけているのを目撃した。慌てて立ち上がる。絡み合った二つの体は、墓石の間に倒れ込んだ。

「誰だ、きさまは」

磯市が言い終らぬうちに、塊の一つが立ち上がった。顔は闇で、しかとは見えない。大柄な男だった。匕首を握り直す。

「うるせえ。お前は引っ込んでいろ」

その声を聞いて、はっとした。軍兵衛である。軍兵衛が、目の前で菊右衛門にあためて狙いを定めていた。

菊右衛門が、よろけながら立ち上がった。左腕を刺されたらしかった。

「磯市、お前には、この男を刺すことはできない。様子を見ていて、はっきりと分かった。この仕事をさせるために拾ってやったのに、とんだ役立たずだ」

「えっ、それでは確かめるために、ここへ……」

「そうだ。いざという時になって、お前は怯むかもしれないと考えたが、その通りだった」

軍兵衛は匕首を握り直すと、じりと迫った。全身の力が、軸足にためられていた。再び突き込まれたら、菊右衛門はかわす術もなく刺されるだろう。

「待ってくれ。おれにやらせてくれ」

「だめだ。できもしねえ大口を叩くな。菊田川がある限り、萩月の再興はないんだ」

振り向きもしない。菊右衛門に向かい合うことで、憎しみはさらに深まっているようだ。磯市は二人の間に身を投げ入れた。匕首を、両手で握り締めた。

「何だ」

軍兵衛の驚きと苛立ちが、野太い声にあった。

「じゃまをすると、お前も刺すぞ」

「やらせてくれ、おれに。おれは菊右衛門を殺すために、今日までやってきたんだ」

本当に殺そうとしているのか、庇っているのか、分からなくなっていた。ただ軍兵衛に刺させたくはないと、それだけを思っていた。

軍兵衛の匕首の切っ先が動いた。一分の隙もなく磯市の心の臓を狙っていることが分かった。逃げて逃げきれる相手でないことは身に沁みている。そのまま前に踏み込んで、握っていた匕首を突き上げた。相打ちになる覚悟で、満身の力を切っ先に籠めた。

だが切っ先は、肉の感触を摑めないまま空を斬った。手応えのなさに絶望が全身を捉えたが、自分にも刺された感触がないことに、一拍置いてから気づいた。

避けたのは軍兵衛だった。

飛びすさって体を立て直そうとしたが、その直後に匕首が横薙《よこなぎ》に迫ってきて、磯市の頬を斬った。跳ねた血が、眼前をよぎった。

「あっ」

痛みは感じなかった。間違いなく殺される。闇の竪川に消えた吉次郎の姿が、脳裏に浮かんだ。軍兵衛は自分を利用しようとしただけである。博奕場で助けたのも、そのためだ。牙を剥いて襲いかかって来ているのは菊右衛門ではない。

軍兵衛の黒い影だった。

磯市は、がむしゃらに匕首を突き込む。それはことごとくかわされたが、腕の動きは止めなかった。たとえ一瞬であれ、軍兵衛がこちらの突き上げを避けようとした。考えられないことだった。そのことで気持ちを励ました。

息を詰めたまま、さらに前に出た。

だが、腕を握られた。体を寄せられ強い力で捻られた。痺れと痛みが、全身を駆け回る。

はずそうとしたが、鋼のように堅い太い腕だった。もう一方の手に握られた匕首が、自分の首筋に狙いを定めている。

握られた腕ははずれない。死に物狂いの力を振り絞って、膝で蹴りあげた。運の良いことに、それが軍兵衛の股間にはまった。

「うっ」

声が上がって、握られていた腕が緩んだ。やっとの思いではずすと、そのまま握っていた匕首を捻りながら胸元へ引く。その時、何かを斬った手応えがあった。

軍兵衛の左二の腕である。

休まず詰め寄ろうとすると、今度は足下から黒いものが溢れるように浮かんで、磯市の腹からみぞおちにかけて当たった。蹴られたのだと気づいたのは、体が半間も飛ばされてからである。

息が吸えない。

立ち上がることもできない。

そして何よりも磯市を震撼させたのは、手にしていた匕首を、投げ飛ばされた隙に落としてしまったことである。慌てて地べたを手で探る。しかし手には何も触れなかった。

軍兵衛の大きな体が、眼前に迫って被さった。いよいよだめだと覚悟を決めた時、何かが頭の上を空を切って飛んだ。どすと、堅いものが肉を打つ音を聞いた。

投げつけられた石礫《いしつぶて》が、軍兵衛の頬に当たった。

菊右衛門が、磯市を救うために投げたのだ。眼前に被さっていた影が揺れた。すると、さらに次の礫が影を目がけて襲った。

磯市は、転がりながら身をずらした。地べたについた手が、今度は落とした匕首に触れた。それを拾い上げると、半身を起こしながら切っ先を振り上げた。

そのまま突く。

握った匕首の柄に手応えがあった。黒い影に、全身でしがみついた。握り締めたままの柄を、何度も何度も力の限り抉った。

ついに、軍兵衛の体に痙攣《けいれん》が走った。目の前で巨体がゆっくりと傾《かし》いでいき、地に臥《ふ》した。

磯市は、その黒い影が動かなくなるのを、凝然《ぎょうぜん》として見つめた。

提灯を手にした人の足音が、墓地の辺りに現れた。戻ってこない菊右衛門を捜しに来たのである。提灯の明かりは、まず血まみれになった軍兵衛の死体を発見した。

「ぎゃあ」という悲鳴を上げ、人を呼びに走った。

手に手に提灯を掲げて現れた人々は、次に呆然と地べたに腰を下ろしたままの磯市と菊右衛門を発見した。磯市は、血の乾きかけた匕首をまだ握っていた。

寺社役付同心が呼ばれた。磯市は、鮫渕屋軍兵衛殺害の廉《かど》で捕縛された。

八

磯市の軍兵衛殺害に関する吟味《ぎんみ》は、寺社奉行の管轄下で行われた。だが牢は、町奉行所支配の小伝馬町牢屋敷が用いられた。

「刺さなければ、こちらがやられていた」

その証言は、命を救われた菊右衛門がおこなった。軍兵衛は、血のついた匕首を握り締めて死んでいた。

初めから、殺意を持って軍兵衛を刺殺したのではなかった。襲われて、止むにやまれぬ仕儀の中で、我が身を守るために匕首をふるったのである。

軍兵衛は料理屋萩月の再興を目指して、その準備をしていた。それはすでに用意されていた新店の図面や、板場を任せるべくした他の店の板前との折衝の痕跡等で明らかにされた。十一年前に、萩月は潰れた。跡地に菊右衛門が菊田川を移し、店を軌道に乗せたことを、軍兵衛が激しい不快感と憎しみを持って見詰めていたことが、吟味の過程で認められた。

菊田川へも、店を譲り受けるための打診を、すでに三年も前から行っていた。花扇にしたような露骨な嫌がらせをしなかったのは、跡地に自らが萩月を商う腹を持っていたからにほかならなかった。

しかし何年待とうと、菊田川の土地が手に入る目途は立たない。どのような好条件を出そうと、菊右衛門は見向きもしなかった。跡取りの笙太郎は腕を上げ、さらに確かな基盤を築きあげていた。

慎重なはずの軍兵衛が、焦った。

これをもって軍兵衛には、菊右衛門への殺意があったと、奉行は判断した。さらに軍兵衛には、あこぎな高利貸しとしての世間の評判もあった。死んだ後までも、怖れる者はいない。いくつもの悪事が露見した。

磯市の減刑を、菊右衛門は嘆願した。しかし、いかなる事情があろうとも、匕首を向け人を殺害したことは事実である。そしてまた菊右衛門をも殺そうとしていたのだと、磯市は自供した。

しかし奉行に呼ばれた菊右衛門は、そのような事実はなかったと証言した。何があっても、その言を翻さなかった。

磯市の処分は、八丈《はちじょう》への遠島《えんとう》と決まった。

九

夜明けには、まだ一刻半以上の間がある刻限だった。

十四名の囚人は、手鎖腰縄《てぐさりこしなわ》で囚人駕籠に乗せられ小伝馬町牢屋敷裏門を出た。向かう先は永代橋の深川寄り橋際、御船手番所である。ここから島送りの役人に伴われ、流人船に乗せられる。

風があったが、寒さは感じなかった。月明かりが町を照らしている。どこかに桜の木があるのか、花びらが数枚膝の上に落ちた。

磯市は、それを見詰めた。

江戸の町のにおいをかぐのは、これが最後になる。次にかぐことができるのは、いつのことになるのか分からない。あるいは、もう二度とかぐことはできないかもしれない。心残りがないといえば嘘になるが、仕方がないと諦《あきら》めることはできた。

流人船には、磯市の持ち込み品として二十俵の米が載せられている。出航が決まってから、牢屋奉行を通して届けられた。差出人はおひさであった。二十俵の米は、出航にあたって囚人に持たせることができる上限の量だった。

おひさが、そのような米を用意できるわけがない。米の代金の出所が菊右衛門であることは、聞くまでもなかった。

刃物、書き物、火道具は届けられない。長屋の行李の奥にしまったままの包丁一式がどうなったか気になったが、三日前に牢内囚人の世話をする下男《しもおとこ》から、おひさの言伝を受けることができた。

包丁一式は預かったこと。元気で暮らせということ。帰りを待っているということ。そして三月初めに笙太郎と祝言を挙げたこと。おせんの行方を麻布市兵衛町に捜したが、とうとう発見できなかったこと。しかし手立てがないわけではなく、今も捜し続けていることなどが告げられた。

長話なぞできるわけもない。問い質すこともできはしない。耳打ちされた話を、磯市はただ聞いただけである。しかしそれだけでも、気持ちが癒された。おひさや菊右衛門は、大枚の銭を下男に払ったはずだ。

菊右衛門への胸を焦がすほどの恨みや憎しみは、今はない。まるで憑《つ》き物が落ちたように消えた。軍兵衛を襲った石礫がなければ、自分は殺されていた。守られるはずの男に襲われ、襲われると信じた男に守られた。決着のついた死骸の脇で、しばし呆然としたのは、事の意味を体の芯に染み込ませるのに手間取ったからである。

常次郎を刺し貫いた鋭い牙は、いつか我が身にも襲いかかってくる。その怯えが、激しい敵愾心《てきがいしん》を育んだのだと気づいた。もともと牙なぞ、ありはしなかったのではないか……。あったのは、磯市自身の、菊右衛門を信じられぬが故の、虞の気持ちだったのではないか。

胸中に張りつめていたものが、一気に弛緩《しかん》した。我が身の行く末のことなぞ慮《おもんぱか》るゆとりもなかったが、はっきりと心残りなことが一つだけあった。

囚人駕籠は、大川の河岸に出た。懐かしい水のにおいだ。両国橋を渡り、川に沿って深川に向かって行く。

「おせんは、どうしているだろう」

小さく、磯市は口に出してみた。和倉屋の者から、ついに守り通してやれなかった己の非力さが無念だった。一緒に暮らしている時は、側にいることを何とも感じない女だった。だが、いなくなってみると、その息遣いやかたくなな目つき、折々のささいな身ごなしなどが妙に胸に残った。

あの女は、独りぼっちになった。

鳥目の女の、女郎屋暮らしはひとしお辛かろう。

御船手番所につくと、駕籠から下ろされた。川の河岸にある番小屋へ、囚人たちは押し込められた。潮の具合が良くなるのを、そこで待つのである。

小声で二言三言話すことはあっても、長くは続かない。押し黙ったまま、うつむいている者がほとんどだった。繰り言を漏らしながら、泣いている者もいる。震えが止まらない者もいた。

長い船旅の果てにあるのは、孤島での明日のない暮らしだ。

「出ろ」

番小屋から外に出ると、辺り一面を乳色の朝靄《あさもや》が覆っていた。それが見る間に薄れて行く。永代橋の下に、『流人船』と幟の立った船が一艘浮かび上がった。「ああっ」という声を、囚人の一人が上げた。

「さあ、船に乗るんだ」

手鎖腰縄のまま、磯市は桟橋から船に乗り移った。その時いきなり、永代橋の上から声が上がった。人の名を呼んでいる。顔を上げると、欄干から幾たりもの人が身を乗り出して、こちらを見ていた。叫んでいる者、手を振っている者、子供を抱き上げて、こちらへ見せようとしている者。黙許されていた流人船の見送りにやって来た人々である。

「磯市！」

自分の名を呼んでいる者がいる。目を凝らして見ると、菊右衛門がいた。その隣には、肩を寄せ合うようにして筆太郎とおひさがいるではないか。おひさは眉を剃り、お歯黒を染めている。どこから見ても、歴とした商家の若女房の姿だった。

「兄さん！　戻ってきて。待っているから」

おひさの声が、はっきり聞こえた。手を振ろうとしたが、手鎖腰縄ではそれもできない。

「おひさー」

声を限りに、名を呼んだ。

もう会うこともできないと諦めていた顔である。その馴染みのあるいくつもの顔が、必死の形相で自分に別れを告げていた。

菊右衛門が、人の間から欄干の際に、一人の女を押し出した。その女も、涙に歪んだ顔をこちらに向けて、手を振りながら叫んでいた。

おせん。

顔を真っ赤にしたおせんが、大きく目を見開いて、自分の名を呼んでいた。ついに菊右衛門は、おせんを捜し出すことができたのだ。

「帰ってきて！」

おせんは、そう叫んでいる。

目にあったしぶとく、頑なものはなくなっていた。しかし自分を引きつけた強い意志の瞬きは、消えてはいなかった。

ぐらりと体が揺れて、船が岸を離れた。

「おせん！」

磯市も叫んだ。橋の上の叫び声も、船上からの叫び声も一際高くなったが、船は容赦なく離れて行く。

誰が叫んでいるのか、しだいに聞き分けることができなくなった。それでも、おせんやおひさ、そして菊右衛門は声を上げながら、激しく手を振っている。別れを惜しんでくれていた。

その姿は、大川に架かる永代橋の全景と共に磯市の瞼に焼きつけられた。

また戻ってこよう。必ず帰って来て、菊田川の人たちと暮らすのだ。腕は、小僧になったつもりで磨き直せばいい。

常次郎は、この永代橋で死んだ。だが自分は今、この永代橋で生き返った。磯市は遥かに離れた見送りの人たちを見ながら、そう思った。

（了）

解説

縄田一男（文芸評論家）

本書『追跡』の解説を書くに当たり、私が書いた同じ作者による『逃亡者』の解説を読み返したいと思ったのだが、整理が悪く、案の定、本が出て来ない。そこで担当編集者のTさんに頼んでそのコピーを送ってもらった。

その頃からであろうか。本書の題名を『追跡』ではなく、追跡者と勘ちがいして憶えるようになったのは。そして改めて題名を見て〝者〟がついていないと勝手に驚いたりしていると、成程これは〝者〟がついていないわけだと得心がいった。

本書の登場人物は、そのほとんどが目に見えないもの、すなわち「過去」に追われている。人ではないものだから当然〝者〟はつかないわけだ。その過去は、「序章　永代橋」で示されている。

霊岸島の老舗《しにせ》の酒問屋山城屋が、改築した店に古くからの顧客を招き、お披露目の宴をはった夜、油堀河岸南本所石原町代地の料亭「菊田川」の主人の名代として出仕事に行った二人の料理人、常次郎と乙蔵は、その腕を認められ、極上の灘の下り酒をふるまわれた。その帰途、永代橋にさしかかった二人は、山城屋からの祝儀を賭けて、橋の欄干の上を渡り切ろうということになった。はじめに渡りだしたのは常次郎。が中央まで進んだところで彼は足を滑らせて落ちてしまう。そして半刻後、常次郎の死体があがる。

二人は菊田川の十年後を背負う板前として将来を嘱望されていた存在。常次郎は、菊田川の庭の手入れをしていた初老の植木屋作五郎の娘お永と所帯を持ち、四歳になる男の子と乳飲み子の女の子がいたが、お永は子を連れ作五郎のもとへ戻った。乙蔵は常次郎とお永を争って破れたという経緯《いきさつ》があるが、菊田川の主人菊右衛門の声がかりで次女お梶と祝言をあげ、常次郎が死んだときには三歳の息子と、お梶の腹の赤子がいた——。

ここで登場人物たちの逃れられない「過去」がつくりあげられる。それは目に見えないもの、すなわち、〝噂話〟である。それは、乙蔵が常次郎を唆《そそのか》して欄干に載せ、落として殺害したというものである。その理由は、板前としての腕は常次郎の方が上であり、お梶を女房にして菊田川の家の者になったものの、先輩の常次郎がいては何かとやりにくいし、かつてお永を競い、惚れた女を奪われた恨みもあったのではないかというものだった。

そして作者は、無責任にささやかれる噂話の怖ろしさを次のように記す——「表面では仲良く、何事もなかったように親しく付き合っていたが、人の気持ちの裏側なんて知れたものではない……と」。

が、乙蔵は己れの板前としての腕と真摯な姿勢から周囲の信頼を勝ちとり、文化四年八月の富岡八幡祭礼における永代橋崩壊は、菊右衛門と跡取りの長女夫婦までをも呑み込み、菊田川は、乙蔵改め菊右衛門とお梶が継ぐこととなる。しかし、ここでまたぞろ、無責任な噂話が流れることになる。菊右衛門となった乙蔵は、作五郎が亡くなった後、お永に永代寺門前の小店を購《あがな》い、二人の子を養うために団子屋を商わせたのである。これが見てきたかのような密通話のもととなる。色と欲で常次郎を殺したという噂話は、菊田川が繁盛すればするほど人々の中に根深く残ることに——。

見事な導入といわねばなるまい。そして私がつくづく感じずにはいられないのが、この作品を貫く作者の陰翳に富む一分の隙もないキメ細やかな文章の冴えなのである。それは藤沢周平《ふじさわしゅうへい》の初期作品を思わせる。

このことは作者のデビュー時から一貫して変わらない素晴らしさの一つといえる。

千野隆司は、一九九〇年に第十二回小説推理新人賞を受賞した「夜の道行」で斯界《しかい》に登場した。このデビュー作を含む連作集『浜町河岸夕暮れ』が第一著書となるが、とかく類型的になりがちな捕物帳という形式を逆手に取り、主人公の岡っ引き以下、彼を取り巻く家族や市井《しせい》の人々の動向、さらには犯罪行為等を奥行たっぷりに描いて、作者ははやくも時代小説ファンにとって目の離せない存在となったのである。続く『かんざし図絵』では一本のかんざしをめぐる男女の絆を絶妙の筆致で描き出し、さらに作品集『永代橋、陽炎立つ』では、武士道の華、仇討ちの光と影を活写。そして初の長篇『二夜の月』では、片や貧困の中、妻子を亡くし、金持ち相手に盗みを続ける植木職人と、父親を盗賊に殺され、十手の鬼となった岡っ引きという追いつ追われつする男同士を対置法によって描くという小説作法を確立。この手法は前述の『逃亡者』にも引き継がれており、これらの作品の完成度――それがデビュー作「夜の道行」からだから驚く――は、敢えていうならば、故多岐川恭《たきがわきょう》や前述の通り故藤沢周平に迫るものであったから、およそ新人離れしていたというべきであろう。

私の評言が嘘でないことは、本書を読了された方は、充分了解されたことであろう。陰翳ある作品描写、優れた人間観照、そして抜群のストーリーテリング。三拍子揃った千野作品の醍醐味は、作者がデビューして三十年経った今日でも、まったく色あせることはない。

が、私が前述の初期作品が発表されてゆく中で、唯一心配だったのは、作者の寡作ぶりであった。しかし、それはいらぬ心配であった。文庫書き下ろし時代小説が主流となった現在、千野隆司は、〈おれは一万石〉、〈入り婿侍商い帖〉、〈出世侍〉、〈雇われ師範・豊之助〉等のシリーズを手がけ、講談社文庫では、新シリーズ〈下り酒一番〉が第四巻まで刊行されている。こうした中、私が少々気になったのは――これもいらぬ心配だったのだが――これだけシリーズを量産していては、筆が荒れるのではないかということだったが、ここまできては心配というより杞憂というべきであろう。いまでは私は〈入り婿侍商い帖〉の大ファンであり、これらシリーズものの間隙をぬって、本書のような意欲的なノンシリーズをものするのであるから、その作家的成熟たるや唯事《ただごと》ではない。

さてここからは話のネタを割るかもしれないので、解説を先に読んでいる方は是非とも本文の方へ移っていただきたい。

主人公である菊右衛門が逃れられない過去の上に――それが噂話によるものだとしても――成り立っているように、ここにもうひとり、同様の過去、すなわち噂話の上に自分の現在を築いてしまった者がいる。

名前は磯市。高利貸し鮫渕屋の取り立てを任されている若者で、読者はページを繰るうちに彼が常次郎とお永とのあいだに産まれた子であることを知る。彼は菊田川への復讐に菊右衛門の娘おしなとわりない仲となるが、まだ心のどこかでおしなを一途に愛しているかもしれない己れにおののくという純心さを宿している。そして、皆が常次郎は菊右衛門に殺されたという永代橋の闇に佇むと、ただひとつだけ、脳裏に刻まれている父・常次郎の板前姿がはっきりと浮かんでくるのである。

　ここで注目していただきたいのは、千野隆司がかつてのような対置法を放棄してより深い物語構成の上に作品を構築している点である。

　作品は、菊右衛門をめぐる人々と磯市をめぐる人々と、多くの人物が錯綜し、二人は対立しているように見えるものの、実は互いを縛り合っている。噂話の上に成り立っている「過去」と対決しているという点においては共通の目的を持った者同士なのである。

　そして私は先に作者を故多岐川恭や故藤沢周平と比肩し得る存在と記したが、本書を読んで私は、千野隆司はポスト藤沢周平ナンバーワンではないか、との感を強くした。

　さらにいえば、本書の序章とラスト二行を見るがいい。この一篇は、千野隆司にと

っての〝橋ものがたり〟なのではあるまいか。千野作品を読む深い感動に震えつつ、
私はそのことを感じずにはいられないのだ。

本書は二〇〇五年五月、講談社より単行本で刊行されました。

|著者|千野隆司　1951年東京都生まれ。國學院大學文学部卒。'90年「夜の道行」で小説推理新人賞を受賞。時代小説のシリーズを多数手がける。「おれは一万石」「入り婿侍商い帖」「出世侍」「雇われ師範・豊之助」「出世商人」など各シリーズがある。「下り酒一番」は江戸の酒問屋を舞台にした新シリーズ。

追跡《ついせき》

千野隆司《ちのたかし》

講談社文庫

定価はカバーに
表示してあります

2021年1月15日第1刷発行

発行者――渡瀬昌彦
発行所――株式会社　講談社
東京都文京区音羽2-12-21　〒112-8001
電話　出版（03）5395-3510
　　　販売（03）5395-5817
　　　業務（03）5395-3615

デザイン―菊地信義
本文データ制作―講談社デジタル製作
印刷―――豊国印刷株式会社
製本―――株式会社国宝社

Printed in Japan

ISBN978-4-06-521949-2

講談社文庫刊行の辞

二十一世紀の到来を目睫に望みながら、われわれはいま、人類史上かつて例を見ない巨大な転換期をむかえようとしている。

世界も、日本も、激動の予兆に対する期待とおののきを内に蔵して、未知の時代に歩み入ろうとしている。このときにあたり、創業の人野間清治の「ナショナル・エデュケイター」への志を現代に甦らせようと意図して、われわれはここに古今の文芸作品はいうまでもなく、ひろく人文・社会・自然の諸科学から東西の名著を網羅する、新しい綜合文庫の発刊を決意した。

激動の転換期はまた断絶の時代である。われわれは戦後二十五年間の出版文化のありかたへの深い反省をこめて、この断絶の時代にあえて人間的な持続を求めようとする。いたずらに浮薄な商業主義のあだ花を追い求めることなく、長期にわたって良書に生命をあたえようとつとめるところにしか、今後の出版文化の真の繁栄はあり得ないと信じるからである。

同時にわれわれはこの綜合文庫の刊行を通じて、人文・社会・自然の諸科学が、結局人間の学にほかならないことを立証しようと願っている。かつて知識とは、「汝自身を知る」ことにつきていた。現代社会の瑣末な情報の氾濫のなかから、力強い知識の源泉を掘り起し、技術文明のただなかに、生きた人間の姿を復活させること。それこそわれわれの切なる希求である。

われわれは権威に盲従せず、俗流に媚びることなく、渾然一体となって日本の「草の根」をかたちづくる若く新しい世代の人々に、心をこめてこの新しい綜合文庫をおくり届けたい。それは知識の泉であるとともに感受性のふるさとであり、もっとも有機的に組織され、社会に開かれた万人のための大学をめざしている。大方の支援と協力を衷心より切望してやまない。

一九七一年七月

野間省一

講談社文庫 最新刊

千野隆司
追跡
父の死は事故か、殺しか。夢破れた若者の心は、復讐に燃え上がる。涙の傑作時代小説！

新美敬子
猫のハローワーク2
世界で働く猫たちが仕事内容を語ってくれる。写真満載のシリーズ第2弾。〈文庫書下ろし〉

田牧大和
大福三つ巴
〈宝来堂うまいもん番付〉
江戸のうまいもんガイド、番付を摺《す》る板元が「大福番付」を出すことに。さて、どう作る？

輪渡颯介
別れの霊祠
〈溝猫長屋　祠之怪〉
あのお紺に縁談が？　幽霊が〝わかる〟忠次らは婿候補を調べに行くが。シリーズ完結巻！

久賀理世
奇譚蒐集家　小泉八雲
〈白衣の女〉
のちに日本に渡り『怪談』を著す、若き日の小泉八雲が大英帝国で出遭う怪異と謎。

吉川永青
雷雲の龍
〈会津に吼える〉
幕末の剣豪・森要蔵《もりようぞう》。なぜ時代の趨勢《すうせい》に抗い白河城奪還のため新政府軍と戦ったのか？

折原一
倒錯のロンド
〈完成版〉
推理小説新人賞の応募作が盗まれた。盗作者との息詰まる攻防を描く倒錯のミステリー！

創刊50周年新装版

法月綸太郎
誰《たそ》彼《がれ》
〈新装版〉
脅迫状。密室から消えた教祖。首なし死体。驚愕の真相に向け、数々の推理が乱れ飛ぶ！

原田宗典
スメル男
〈新装版〉
都内全域を巻き込む異臭騒ぎ。ぼくの体から強烈な臭いが放たれ……名作が新装版に！

講談社文庫 最新刊

石田衣良
初めて彼を買った日
「娼年」シリーズのプレストーリーとなる表題作を含む8編を収めた、魅惑の短編集！

平尾誠二・惠子 / 山中伸弥
友情
〈平尾誠二と山中伸弥「最後の約束」〉
親友・山中伸弥と妻による平尾誠二のがん闘病記。「僕は山中先生を信じると決めたんや」

有沢ゆう希 / 原作：金田一蓮十郎 / 脚本：徳永友一
小説 ライアー×ライアー
義理の弟が恋したのは、JKのフリした〝私〟？ 2人なのに三角関係な新感覚ラブストーリー！

岡本さとる
駕籠屋《かごや》春秋 新三《しんざ》と太十《たじゅう》
悩めるお客に美男の駕籠舁《か》き二人が一肌脱いで……。人情と爽快感が溢れる時代小説開幕！

高田崇史
鬼棲む国、出雲
〈古事記異聞〉
出雲神話に隠された、教科書に載らない「敗者の歴史」を描く歴史ミステリー新シリーズ。

神楽坂 淳
帰蝶さまがヤバい 1
斎藤道三の娘・帰蝶が、自ら織田信長に嫁ぐことを決めた。新機軸・恋愛歴史小説！

斎藤千輪
神楽坂つきみ茶屋
〈禁断の盃《さかずき》と絶品江戸レシピ〉
幼馴染に憑《つ》いたのは、江戸時代の料理人!? 面白さ天下一品の絶品グルメ小説シリーズ、開幕！

本多孝好
チェーン・ポイズン
〈新装版〉
「その自殺、一年待ってくれませんか？」生きる意味を問いかける、驚きのミステリー。

横関 大
炎上チャンピオン
元プロレスラーが次々と襲撃される謎の事件に、夢を失っていた中年男が立ち上がる！

講談社文芸文庫

坪内祐三
慶応三年生まれ　七人の旋毛《つむじ》曲り
漱石・外骨・熊楠・露伴・子規・紅葉・緑雨とその時代

解説＝森山裕之　年譜＝佐久間文子

幕末動乱期、同じ年に生を享けた漱石、外骨、熊楠、露伴、子規、紅葉、緑雨。膨大な文献を読み込み、咀嚼し、明治前期文人群像を自在な筆致で綴った傑作評論。

978-4-06-522275-1
つＬ１

十返　肇
「文壇」の崩壊　坪内祐三編

解説＝坪内祐三　年譜＝編集部

昭和という激動の時代の文学の現場に、生き証人として立ち会い続けた希有なる評論家、十返肇——。今なお先駆的かつ本質的な、知られざる豊饒の文芸批評群。

978-4-06-290307-3
とＪ１

高野和明　グレイヴディッガー
高野和明　K・Nの悲劇
高野和明　6時間後に君は死ぬ
大道珠貴　ショッキングピンク
高木　徹　ドキュメント 戦争広告代理店〈情報操作とボスニア紛争〉
田中啓文　件《くだん》〈もの言う牛〉
高嶋哲夫　メルトダウン
高嶋哲夫　命の遺伝子
高嶋哲夫　首都感染
高野秀行　西南シルクロードは密林に消える
高野秀行　怪獣記
高野秀行　アジア未知動物紀行 ベトナム・奄美・アフガニスタン
高野秀行　イスラム飲酒紀行
高野秀行　移民の宴〈日本に移り住んだ外国人の不思議な食生活〉
高野秀行　角幡唯介　地図のない場所で眠りたい
田牧大和　花合せ〈濱次お役者双六〉
田牧大和　質草破り〈濱次お役者双六 二ます目〉
田牧大和　翔ぶ梅〈濱次お役者双六 三ます目〉
田牧大和　半可心中〈濱次お役者双六〉

田牧大和　長屋狂言〈濱次お役者双六〉
田牧大和　錠前破り、銀太
田牧大和　錠前破り、銀太 紅蜆《べにしじみ》
田牧大和　錠前破り、銀太 首魁《しゅかい》
高殿　円　メサイア〈警備局特別公安五係〉
高野史緒　カラマーゾフの妹
高野史緒　翼竜館の宝石商人
瀧本哲史　僕は君たちに武器を配りたい〈エッセンシャル版〉
竹吉優輔　襲名犯
高田大介　図書館の魔女 第一巻 第二巻
高田大介　図書館の魔女 第三巻 第四巻
高田大介　図書館の魔女 烏《からす》の伝言《つてこと》(上)(下)
大門剛明　反撃のスイッチ
大門剛明　完全無罪
大門剛明　死刑評決〈「完全無罪」シリーズ〉
橘　もも　OVER DRIVE《オーバードライブ》
橘もも 著　沖田×華 原作　安達奈緒子 脚本　小説 透明なゆりかご(上)(下)
橘もも 著　ヤマシタトモコ 原作　相沢友子 脚本　さんかく窓の外側は夜〈映画版ノベライズ〉
滝口悠生　愛と人生

髙山文彦　ふたり〈皇后美智子と石牟礼道子〉
瀧羽麻子　サンティアゴの東 渋谷の西
高橋弘希　日曜日の人々《サンデー・ピープル》
陳　舜臣　中国五千年(上)(下)
陳　舜臣　中国の歴史 全七冊
陳　舜臣　小説十八史略 全六冊
千早　茜　森の家
千野隆司　大店の暖簾《のれん》〈下り酒一番〉
千野隆司　分家の始末〈下り酒一番(二)〉
千野隆司　献上の祝酒〈下り酒一番(三)〉
千野隆司　大《おお》酒《ざけ》の合戦〈下り酒一番(四)〉
知野《ちの》みさき　江戸は浅草
知野みさき　江戸は浅草2〈盗人探し〉
知野みさき　江戸は浅草3〈桃と桜〉
崔《チェ》　実《シル》　ジニのパズル
筒井康隆　創作の極意と掟
筒井康隆　読書の極意と掟
筒井康隆 ほか12名　名探偵登場!
都筑道夫　夢幻地獄四十八景

富樫倫太郎 風の如く 高杉晋作篇
富樫倫太郎 スカーフェイス〈警視庁特別捜査第三係・淵神律子〉
富樫倫太郎 スカーフェイスII デッドリミット〈警視庁特別捜査第三係・淵神律子〉
富樫倫太郎 スカーフェイスIII ブラッドライン〈警視庁特別捜査第三係・淵神律子〉
豊田 巧 警視庁鉄道捜査班〈鉄血の警視〉
豊田 巧 警視庁鉄道捜査班〈鉄路の牢獄〉
夏樹静子 新装版 二人の夫をもつ女
中井英夫 新装版 虚無への供物(上)(下)
中島らも 僕にはわからない
中島らも 今夜、すべてのバーで〈新装版〉
鳴海 章 フェイスブレイカー
鳴海 章 謀略航路
鳴海 章 全能兵器A《ア》i《イ》C《コ》O
中嶋博行 ホカベン ボクたちの正義
中嶋博行 新装版 検察捜査
中嶋博行 新検察捜査
中村天風 運命を拓く〈天風瞑想録〉
中山康樹 ジョン・レノンから始まるロック名盤
梨屋アリエ でりばりぃAge

梨屋アリエ ピアニッシシモ
中島京子 妻が椎茸だったころ
中島京子ほか 黒い結婚 白い結婚
奈須きのこ 空の境界(上)(中)(下)
中村彰彦 乱世の名将 治世の名臣
長野まゆみ 簞笥のなか
長野まゆみ レモンタルト
長野まゆみ チマチマ記
長野まゆみ 冥途あり
長野まゆみ 45°〈ここだけの話〉
長嶋 有 夕子ちゃんの近道
長嶋 有 佐渡の三人
永嶋恵美 擬態
永井 均 内田かずひろ 絵 子どものための哲学対話
なかにし礼 戦場のニーナ
なかにし礼 生きる力〈心でがんに克《か》つ〉
なかにし礼 夜の歌(上)(下)
中村文則 最後の命
中村文則 悪と仮面のルール

編/解説 中田整一 真珠湾攻撃総隊長の回想〈淵田美津雄自叙伝〉
中村江里子 女四世代、ひとつ屋根の下
中野美代子 カスティリオーネの庭
中野孝次 すらすら読める方丈記
中野孝次 すらすら読める徒然草
中山七里 贖罪の奏鳴曲《ソナタ》
中山七里 追憶の夜想曲《ノクターン》
中山七里 恩讐の鎮魂曲《レクイエム》
中山七里 悪徳の輪舞曲《ロンド》
長島有里枝 背中の記憶
長浦 京 赤《セキ》刃《ジン》
長浦 京 リボルバー・リリー
中脇初枝 世界の果てのこどもたち
中脇初枝 神の島のこどもたち
中村ふみ 天空の翼 地上の星
中村ふみ 砂の城 風の姫
中村ふみ 月の都 海の果て
中村ふみ 雪の王 光の剣
中村ふみ 永遠《とわ》の旅人 天地の理《ことわり》

西澤保彦 麦酒《ばくしゅ》の家の冒険
西澤保彦 新装版 瞬間移動死体
西村 健 ビ ン ゴ
西村 健 地の底のヤマ (上)(下)
西村 健 光陰の刃《やいば》 (上)(下)
楡 周平 陪 審 法 廷
楡 周平 宿 命 (上)(下) 〈ワンス・アポン・ア・タイム・イン・東京〉
楡 周平 血 戦 〈ワンス・アポン・ア・タイム・イン・東京2〉
楡 周平 修羅の宴 (上)(下)
楡 周平 レイク・クローバー (上)(下)
西尾維新 クビキリサイクル 〈青色サヴァンと戯言遣い〉
西尾維新 クビシメロマンチスト 〈人間失格・零崎人識〉
西尾維新 クビツリハイスクール 〈戯言遣いの弟子〉
西尾維新 サイコロジカル (上)〈兎吊木垓輔の戯言殺し〉(下)〈曳かれ者の小唄〉
西尾維新 ヒトクイマジカル 〈殺戮奇術の匂宮兄妹〉
西尾維新 ネコソギラジカル (上) 〈十三階段〉
西尾維新 ネコソギラジカル (中) 〈赤き征裁vs.橙なる種〉
西尾維新 ネコソギラジカル (下) 〈青色サヴァンと戯言遣い〉
西尾維新 ダブルダウン勘繰郎《かんぐろう》 トリプルプレイ助悪郎《スケアクロウ》

西尾維新 零崎双識の人間試験
西尾維新 零崎軋識《ぜろざききししき》の人間ノック
西尾維新 零崎曲識の人間人間
西尾維新 零崎人識の人間関係 匂宮出夢との関係
西尾維新 零崎人識の人間関係 無桐伊織との関係
西尾維新 零崎人識の人間関係 零崎双識との関係
西尾維新 零崎人識の人間関係 戯言遣いとの関係
西尾維新 xxxHOLiC アナザーホリック ランドルト環《かん》エアロゾル
西尾維新 難 民 探 偵
西尾維新 少女不十分
西尾維新 本 題 〈西尾維新対談集〉
西尾維新 掟上今日子《おきてがみきょうこ》の備忘録
西尾維新 掟上今日子の推薦文
西尾維新 掟上今日子の挑戦状
西尾維新 掟上今日子の遺言書
西尾維新 掟上今日子の退職願
西尾維新 新本格魔法少女りすか
西尾維新 新本格魔法少女りすか2
西尾維新 新本格魔法少女りすか3

西尾維新 人類最強の初恋
西村賢太 どうで死ぬ身の一踊り
西村賢太 夢 魔 去 り ぬ
西村賢太 藤澤清造追影
仁木英之 まほろばの王たち
西川善文 ザ・ラストバンカー 〈西川善文回顧録〉
西川 司 向日葵《ひまわり》のかっちゃん
西 加奈子 舞 台
貫井徳郎 新装版 修羅の終わり (上)(下)
貫井徳郎 妖 奇 切 断 譜
貫井徳郎 被害者は誰?
A・ネルソン 「ネルソンさん、あなたは人を殺しましたか?」
法月綸太郎 雪 密 室
法月綸太郎 誰《たそ》 彼《がれ》
法月綸太郎 法月綸太郎の冒険
法月綸太郎 新装版 密 閉 教 室
法月綸太郎 怪盗グリフィン、絶体絶命
法月綸太郎 怪盗グリフィン対ラトウィッジ機関
法月綸太郎 キングを探せ

濱 嘉之 院内刑事〈フェイク・レセプト〉
濱 嘉之 院内刑事 ザ・パンデミック
馳 星周 ラフ・アンド・タフ
畠中 恵 アイスクリン強し
畠中 恵 若様組まいる
畠中 恵 若様とロマン
葉室 麟 風渡る
葉室 麟 風の軍師〈黒田官兵衛〉
葉室 麟 星火瞬く
葉室 麟 陽《かげ》炎《ろう》の門
葉室 麟 紫匂う
葉室 麟 山月庵茶会記
葉室 麟 津軽双花
長谷川 卓 嶽《がく》神《じん》〈上・白銀《しろがね》渡り〉〈下・湖底の黄金〉
長谷川 卓 嶽神伝《がくじんでん》 無坂《むさか》(上)(下)
長谷川 卓 嶽神伝《がくじんでん》 孤猿《こえん》(上)(下)
長谷川 卓 嶽神伝《がくじんでん》 鬼哭《きこく》(上)(下)
長谷川 卓 嶽神列伝 逆渡《さかわた》り
長谷川 卓 嶽《がく》神《じん》伝《でん》 血路
長谷川 卓 嶽《がく》神《じん》伝《でん》 死地
長谷川 卓 嶽神伝 風花(上)(下)
原田マハ 夏を喪くす
原田マハ 風のマジム
原田マハ あなたは、誰かの大切な人
羽田圭介 コンテクスト・オブ・ザ・デッド
花房観音 恋塚
畑野智美 海の見える街
畑野智美 南部芸能事務所
畑野智美 南部芸能事務所 season2 メリーランド
畑野智美 南部芸能事務所 season3 春の嵐
畑野智美 南部芸能事務所 season4 オーディション
畑野智美 南部芸能事務所 season5 コンビ
早見和真 東京ドーン
はあちゅう 半径5メートルの野望
はあちゅう 通りすがりのあなた
早坂 吝《やぶさか》 ○○○○○○○○殺人事件
早坂 吝 虹の歯ブラシ〈上木《かみき》らいち発散〉
早坂 吝 誰も僕を裁けない
早坂 吝 双《そう》蛇《じゃ》密室
浜口倫太郎 22年目の告白〈―私が殺人犯です―〉
浜口倫太郎 廃校先生
浜口倫太郎 AI崩壊
原田伊織 明治維新という過ち〈日本を滅ぼした吉田松陰と長州テロリスト〉
原田伊織 列強の侵略を防いだ幕臣たち〈続・明治維新という過ち〉
原田伊織 〈明治維新という過ち・完結編〉虚像の西郷隆盛 虚構の明治１５０年
原田伊織 三流の維新 一流の江戸〈明治は「徳川近代」の模倣に過ぎない〉
萩原はるな 50回目のファーストキス
葉真中《はまなか》 顕《あき》 ブラック・ドッグ
平岩弓枝 花嫁の日
平岩弓枝 花祭
平岩弓枝 青の伝説
平岩弓枝 はやぶさ新八御用旅(一)〈東海道五十三次〉
平岩弓枝 はやぶさ新八御用旅(二)〈中仙道六十九次〉
平岩弓枝 はやぶさ新八御用旅(三)〈日光例幣使道の殺人〉
平岩弓枝 はやぶさ新八御用旅(四)〈北前船の事件〉
平岩弓枝 はやぶさ新八御用旅(五)〈諏訪の妖狐〉
平岩弓枝 はやぶさ新八御用旅(六)〈紅花染め秘帳〉

講談社文庫　目録

2020年12月15日現在